人生若只如初见

Ren Sheng Ruo Zhi Ru Chu Jian

墨萱 著

内蒙古出版集团
远方出版社

图书在版编目(CIP)数据

人生若只如初见 / 墨萱著. —呼和浩特：远方出版社，2016.1
(紫水晶情感小说系列)
ISBN 978-7-5555-0627-0

Ⅰ.①人… Ⅱ.①墨… Ⅲ.①长篇小说—中国—当代 Ⅳ.①I247.5

中国版本图书馆CIP数据核字(2016)第022761号

人生若只如初见

作　者	墨　萱
责任编辑	蔺　洁
出版发行	内蒙古出版集团　远方出版社
社　址	呼和浩特市乌兰察布东路666号　邮编010010
电　话	（0471）2236471总编室　2236460发行部
经　销	新华书店
印　刷	北京富达印务有限公司
开　本	650×940　1/16
字　数	263千
印　张	23.5
版　次	2016年3月第1版
印　次	2016年3月第1次印刷
标准书号	ISBN 978-7-5555-0627-0
定　价	35.00元

如发现印装质量问题，请与出版社联系调换

人生若只如初见

纳兰性德

人生若只如初见,何事秋风悲画扇?
等闲变却故人心,却道故人心易变。
骊山语罢清宵半,夜雨霖铃终不怨。
何如薄幸锦衣儿,比翼连枝当日愿。

——题记

目录

第一卷　时光的心事

一、邂逅凋零 / 003

二、时光的心事 / 004

三、蔷薇花落 / 005

四、Being Love with the Melody of Rain / 006

五、Love Feels Great,It Hurts / 007

六、遗失的美好 / 008

七、Cry,When Angel Deserve to Die / 009

八、孤单，是一个人的狂欢；狂欢，是一群人的孤单 / 011

九、透明的哀伤 / 014

十、忘记爱的味道 / 015

第二卷　孤独源于爱

十一、孤独源于爱 / 019

十二、蓝色鸢尾花 / 020

十三、悲剧之美 / 022

十四、梦里不知身是客，一晌贪欢 / 025

十五、你的故事谁人读 / 026

十六、Listen to the Whispers of Your Soul / 027

第三卷　故事还没有开始

十七、如果没有如果 / 031

十八、故事还没有开始 / 032

十九、晴雪洗山峦之青 / 035

二十、夜未眠 / 038

二十一、暮雨踏歌夜殇曲 / 042

二十二、无心之过 / 046

二十三、手心的月亮 / 049

第四卷　Beautiful Solitude

二十四、Beautiful Solitude / 053

二十五、The Persistence of Memory / 054

二十六、心底最柔软的触动 / 056

二十七、秋雨梧桐叶落时 / 057

二十八、Love Dances with the Rain / 059

二十九、有谁愿意为我在黄昏的窗前念一首诗 / 061

三十、何当共赏中秋月 / 064

三十一、一长串的从前 / 068

三十二、Empress of the Snow / 070

第五卷　有一种改变是时间留下的伤

三十三、有一种改变是时间留下的伤 / 077

三十四、冰雪世界里的温柔暖阳 / 079

三十五、阳光破碎在往日的阴暗角落 / 081

第六卷　谁是谁的纳西瑟斯，谁是谁的水仙花

三十六、纳西瑟斯和水仙花 / 087

三十七、Someone，Some Love / 089

三十八、傻气的人，喜欢给心 / 093

三十九、爱是前世未还清的债 / 099

四十、偶遇 / 100

四十一、手指泡芙和提拉米苏 / 104

四十二、菊花香，曲悠扬 / 108

四十三、最宽广的孤独 / 112

四十四、如果你是海 / 118

四十五、Good Evening,Heartache / 123

四十六、你是我的一滴泪 / 130

四十七、Sometimes Love Just Has It's Name / 134

四十八、A Dirty Liar / 143

四十九、除夕夜的雪 / 149

五十、玉手镯的秘语 / 154

五十一、不堪回首的"邂逅" / 157

五十二、爱是燃烧中逐渐变短的烛火 / 161

五十三、忘了苏醒 / 171

第七卷　弱者永远没有和强者对话的权利

五十四、No More Crying / 177

五十五、爱情，我还没有读懂 / 183

五十六、弱者永远没有和强者对话的权利 / 188

五十七、岁月如剑 / 199

五十八、爱丽丝遭遇黑天鹅 / 207

五十九、凤凰生于火，珍珠生于伤痕 / 216

六十、泪的使命是坠落 / 221

第八卷　今夜有星，不适合悲伤，只适合怀念

六十一、未曾到过爱琴海 / 231

六十二、今夜有星，不适合悲伤，只适合怀念 / 238

六十三、别怕时光忘记回来 / 243

六十四、消散的，不仅是流年 / 248

第九卷　整个夏天，想和你环游世界

六十五、柏拉图的世界，没有眼泪 / 259

六十六、独自缅怀那些消逝的不为人知 / 266

六十七、What You See is Your Shadow / 271

六十八、Lossing in the Rainy Season / 278

六十九、最后一抹微笑 / 284

七十、整个夏天，想和你环游世界 / 290

七十一、暗涌 / 300

第十卷　大雪无痕

七十二、水晶花园的商业阴谋 / 313

七十三、在荒凉的旷野看见开满玫瑰的花园 / 318

七十四、逃不过时间的纠结 / 333

七十五、如何在黎明之前，让往事安息 / 347

七十六、大雪无痕 / 356

第一卷 时光的心事

  时光静静地流淌，永远不会为一个人而停留，总有一天蓦然回首时，发现年少的无知与浮华已荡然无存。四季风景在窗外悬挂，人海起伏在心底变化。有些人，有些事已永远埋藏在心底看不见光的地方。收起那副端详了许久的画，这一切都是时间和自己开的一个玩笑吧，所有在乎的人都离开了，或许他们是去了一个没有痛苦忧伤的世界吧……

一、邂逅凋零

  树叶静静飘落的季节，天空总是澄净而高远，那个无风而安静的黄昏，又一次遇到安。
  "嗨，安。"
  "嗨，静。"
  "真巧！"
  "好久不见。"
  彼此笑笑，就这样并肩走着，依然走到了广场边的石凳旁。安俯下身，用雪白的方巾拭去凳上的尘土。
  "很久没来过这儿了。"安说。
  "嗯，很久没来过了。"
  斜斜的夕阳将两人的身影拉得好长，暖暖地勾勒出脸庞清晰的轮廓，看着安，毓静的脑海里浮现曾画过的那幅画面，那曾经深烙在笔尖上的感情，黑灰的背景描成浅显的图案，他略带悲伤的侧影，手中的花瓣如泪滴般滑落。这个画面她有多久没有记起过，自己都记不清了。
  "忽然想起曾经画过的一幅画，你的侧脸有点像画中的人。"
  安笑笑说："什么时候帮我也画一幅吧。"
  他们一起坐在那儿，直到晚风乍起，寒意袭来。
  起身告别，依旧像往常一样说再见。

二、时光的心事

微凉的风吹在脸上,脚下的叶子沙沙作响,宁静的路上只听得到远处车轮飞速转过的轨迹。心被寂寞掏空了,毓静望着这华灯初上的城市,时光仿佛又回到了那年的秋天。那年她还只是个孩子呢,心中充满希望与梦想,那是自由呼吸延伸下来的心情吧。大学里半途而废的诗社,志愿者协会歪歪扭扭的板画,笔下那些伤春悲秋的诗词,那一段无所谓开始也不知怎么结束的感情……一幕幕画面迅速闪过脑际。已经忘记他了吧,毓静对自己说,想起那些事,就像在听一个没有讲完的故事。不,应该是有结局的,只是结果并不如自己想象中的完美,人生若只如初见,那该多好。

那天晚上,她在博客上写道:"起风了,你那儿的秋天冷吗?还会为你心爱的人送一杯暖手的奶茶吗?"像是问候一个遥远的朋友,却又多了一份伤感的心情,她知道他永远都不可能看见了,有些事情过去了,就成为永恒,而有些事情永远都不会发生。

时光静静地流淌,永远不会为一个人而停留,总有一天蓦然回首时,发现年少的无知与浮华已荡然无存。四季风景在窗外悬挂,人海起伏在心底变化。有些人,有些事已永远埋藏在心底看不见光的地方。收起那幅端详了许久的画,这一切都是时间和自己开的一个玩笑吧,所有在乎的人都离开了,或许他们是去了一个没有痛苦忧伤的世界吧……

三、蔷薇花落

手机铃声响起，忧伤的音乐弥散在整个屋子里。听到安熟悉的声音，毓静心里突然升起一股暖流："谢谢你，安，谢谢你如此亲切的声音。"依旧上班下班，生活就这样在空灵与充实间轮回着，失去太多的过往，来到这个城市，一个人的生活，安静而规律。直到那天遇到安。

那是夏天的时候，傍晚的天空飘着几朵浮云，几近凋零的蔷薇花瓣落了一地芬芳。毓静漫无目的地走在街心的花园广场，水池的另一边，远远地望去，几个学生支着画板认真地作画。径直走了过去，那是几个十二三岁的孩子，稚气的脸上透出天真可爱的气息，毓静静静地看他们作画，一个孩子问道："阿姨，你看我画的好不好看？"毓静笑笑说："嗯，很漂亮，只是花瓣的层次感再强点就更好了。"几个孩子围过来问道："阿姨，您是美术老师吗？和我们老师说的一样。"静笑着说："是，阿姨也是学美术的，和你们一样。"

"谢谢你指点我的学生，我是安，很高兴认识你。"

毓静回过头，一个手拿颜料盒的年轻男子微笑着对她说。

毓静笑笑："你好，这些孩子画得真好！"

四、Being Love with the Melody of Rain

雨天，不期而遇。漫天淅淅沥沥的雨滴，像是唱着没有旋律的歌，曾经依恋过的雨天，曾经彷徨过的雨天，曾经幸福过的雨天，曾经心痛过的雨天……伞下的那对，好像曾经的我们……雨伞下的温存，依然会怀念，那曾是我们共同撑起的一片天，心灵相互依靠的港湾，有雨的时候你再也不会体谅我的思念，哀莫大于心死，那天，你说你的心已经死了，但不是为了我，我说我的心也死了，为了一个不懂爱的人。现在想来，这一切的是非曲直，都如这坠落无迹的雨滴，不知去处了吧。

Sometimes,it's full of sunshine in the sky,

while heart is raining.

Sometimes,it's raining outside,

while heart is dancing.

人生就是这样，快乐悲伤往往不在你的预料之中，爱情中的永远仅存在于幻想之中，一切的一切都只是矛盾中的偶然统一。

看着雨中木然耸立的站牌，人生的轨迹就这样被定格了吗？

"你也在这里。"轻轻的一声。

抬头望去，是安。

这是毓静第二次见到安，自己窘迫的样子被一个见过一面的陌生人看到，是一件难为情的事情。散乱着的头发湿漉漉的滴着雨水，冰凉的感觉渗透到身体的每一个毛孔。

"嗨,你好。"

"怎么淋成这样,我送你回去吧。"

"不用了,谢谢,我家很近,下一站就到了。"

毓静说着快速跳上一辆车——不知开往哪里的车。

五、Love Feels Great,It Hurts

车窗外暮色渐起,模糊的城市,昏黄的路灯,被一条条下垂的雨线撕扯得支离破碎,从什么时候开始,心变得如此淡泊了,安静得只听得到自己的呼吸。看着车窗上隐隐透出的一张脸,这一张没有表情的脸,苍白而消瘦。下一站是哪里呢?会不会有人在那里等我?也许没有等待才会有更多期待,没有表情才会更加真实。想起几米的《地下铁》,那个看不到光芒色彩微笑的女孩,世界上最美的风景又怎能与她内心的憧憬相比呢。其实她是幸福的,每个人都有自己的幸与不幸,经历了幸福与痛苦之后,很多人都对幸福视而不见了,不再相信爱。只有她心中的憧憬永远都不曾褪色。她是个内心充满阳光的女孩,我比不上她。

下一站该是终点了吧,耳旁突然响起了一首歌。

原谅把你带走的雨天,
在突然醒来的黑夜,
发现我终于没有再流泪。
原谅被你带走的永远,
是终究快要走到明天,

痛会随着时间好一点。
原谅把你带走的雨天，
在渐渐模糊的窗前，
每个人最后都要说再见。
原谅被你带走的永远，
微笑着容易过一天，
也许是我已经老了一点。
……

为什么会想起这首歌，无意识地想起。还会伤心吗？痛真的会随时间好一点吗？原来爱得越深伤也会越痛。

六、遗失的美好

家里的牛角面包只剩下一块，已经好久没有认真吃过晚饭了，看着镜子里的自己，苍老的灵魂附着在年轻的身体上，"我不应该再这样下去了。"毓静想着，随手打开电脑，放了一首轻快的曲子，然后把自己泡在温热的浴缸里。泡完澡换了件舒服的睡衣，粉色的棉质衣身镶着蕾丝边的可爱卡通图案，好像又回到了童年，心情好了许多。鱼儿也该饿了吧，喂完鱼，依旧给自己讲一个故事，海盗船的故事。晚上有时会做梦，梦到自己微笑的脸，哭泣的脸，小时候父亲温暖的怀抱。

第二天早上确是阳光明媚，空气中散发着淡淡的泥土香味，打开窗，让一缕阳光洒在自己的眼眸，深深地呼吸这新鲜的空气，好像自己也被这美好融化成一道光。记起一位朋友曾经安慰自己的话,每一天都是崭新的,生命也是一样。忽然有重获新生的感觉。

  我是木头人。我只是需要一点点的美好,给我一点点美好就好,夏天的一阵微风,冬天里的一场雪。曾经以为生命里只要有他就够了,等了好久才等到,一个善良、温柔、让人敬佩的男子,我的世界就只有他一个人,他只属于我一个人的世界。可以给我温暖的怀抱,逗我笑,给我买糖葫芦吃,讲鬼故事听的人。只要这样永远生活下去就好。可是我错了,没有谁会是谁的永远,没有谁会永远属于谁。他不是我的天使,只是不经意间我看到他折翼的翅膀,却一直将这画面当作是永远。还记得曾经的话,一起去看海,去爬山,去所有美丽的地方,去看西藏小男孩清澈的眼睛……这些话现在想来却如此令人心痛。人的心原来是这样的,无论多么精美绝伦、质地细腻的玉,却都是硬的,冰凉得拔手。人类的欲望生生不息,飞蛾扑火般的执着,却只化为漫天破碎的尘埃。

  我只是需要一点点的美好,一点点的美好就好。温暖的阳光,是你给我的一点点美好;清新的芳香,是你给我的一点点美好。

七、Cry,When Angel Deserve to Die

  也许世界上所有的感情,在生活一点一滴的琐碎中终会归于平凡。那些破碎的梦幻总会给人留下遗憾的空间,让人无法释怀。年轻的心,年轻的梦,年轻的执着也总会随着一次次的破碎而消磨殆尽,我们走得太远了,却忘记了为什么出发。痛得太久,以至于忘记了为什么微笑。

简单的快乐，生活的美好，好像都随着一个人的离开而离开了。像一只随风舞动的风筝，飘得越远线断的时候越会找不到方向。

　　人生若只如初见，这句是包含了太多的遗憾吧。我们生存的世界并不完美，有太多的狭隘无法逾越。这样想来，一个人是如此的渺小与孤单，一个人的感情也是如此的渺小与孤单，而这渺小与孤单却是无法逾越的。"Cry,When angel deserve to die."

　　还记得你离开的那天，晚风凉凉的，月光很美，一切都那么美，美好的夜晚，星星也不肯睡去。我在你背上，感受到你的气息，让我依赖和平静。

　　"你爱我吗？"

　　"爱这个字太沉重，我不能随意说出口。你闭上眼，可以感受到的，那就是爱。"

　　"你太残忍了，给了一个人从未有过的宠爱，却一直说你爱的是另一个人，我不信！"

　　"静，不要再哭了，永远都不希望看到你沾满泪水的双眼，真的不希望。我是个坏人，我有过好多女朋友，不值得你去爱……再抱抱你吧，伤心的时候还可以让你依靠，只是这肩膀承载不起太多。"

　　"想听故事吗？再讲个故事给你吧。"

　　"从前有对男孩和女孩，他们深深地相爱，有一天，男孩要去很遥远的地方，女孩对男孩说：'我在池塘边的榕树下等你。'女孩一直一直等，等到太阳快落山的时候，男孩仍没有出现，女孩还是焦急地等着。其实男孩早就来了，他躲在榕树背后，看着女孩着急的眼神，他再也忍不住了，走到女孩身边，手中拿着两只折好的纸船,递给女孩一只,说:'我们来做游戏吧,看谁的纸船飘得更远。'说着他们一起把纸船放到水里,'许一个愿望吧,我们把它放在船里,一直飘到梦会实现的地方。'他们就这样静静地望着,看着纸船缓缓飘动,被水浸湿,变成一张铺平的白纸消失不见。至少我们有过共同的梦想……男孩对女孩说。"

"走吧,那些感动与心痛都忘了吧,这么久了,你最终还是选择离开。我付出这么多,你一点都没有感受到吗?是我太懦弱,一直觉得生命中不能再失去,失去可以让我一辈子去爱的人。我错了,错得一塌糊涂,人总会因为一些温情的理由而犯错误,失去理智,一错再错地坚持自己的错,直到遍体鳞伤,痛彻心扉。你让我懂得再真挚热诚的爱也无法打动一颗苍老的心。也许我是个贪心的人,不应该这样爱你……"

然而最终,你还是离开了,如果有来生,我愿意承受和你擦肩而过的心痛,也不愿看你沉睡于苍茫的天地里。

八、孤单,是一个人的狂欢;狂欢,是一群人的孤单

也许早已经习惯了一个人的生活,一个人吃饭,看书,写字,画画,唱歌,却也并不如想象中的难过。一个人的世界,好像从来都没有人进来过,也并没有带走什么,原来,我一直都孤单。所谓的爱情,曾经那么坚信的爱情,只不过是寂寞撒的一个谎而已。

秋去冬来又是新年,举目望去,是一个烟火绚烂、灯火辉煌、流光溢彩的世界。平日大街上行色匆匆的人们,都沉浸在

节日的狂欢里。那一群透着稚气欢快的孩子,节日的快乐焰火,因他们而更加绚烂。

望望狂欢的人群,漫天绽放的华丽烟火,整个世界都舞动在绚丽的氛围中,好似尘世的痛苦与忧伤都悄然远离一般,而毓静心里突然有排山倒海的酸楚。

我们来唱歌吧,就算没有人懂得倾听;我们来跳舞吧,就算没有人愿意欣赏。世界原本如此忧伤,为何不尽兴跳舞歌唱。

又是二月,又见飘雪。哦,今天是你的生日了吧。雪花纷纷而落,像是唱着无瑕的歌。

"生日快乐哦,毓静。"她对自己说。

  轻快的
  你迈着圣洁的步
  在如水般清澈的世界里
  狂舞着,狂舞着
  一不小心
  闯入我弥散
  茉莉花香的怀抱
  那一刻
  你是如此贴近我的心
  你纤弱的华美
  在我柔软的心田
  汇成一股缠绵的溪
  无声无息地淌入
  那守望已久的遐想。
  ……

博客上又多了一首诗——《纤弱的华美》，这博客开了多久，自己也记不清了。只是发一些自己的闲言碎语，偶尔有几个访客，也只是浏览一下，并不留言。其实大家都明白，在别人的世界，别人的故事里，自己只能是不起眼的配角，偶尔客串一下主角的心情罢了。

"今天的雪，很美，但不如你的诗美。还记得我吗？我是安。祝你生日快乐。"第二天，毓静无意中发现这句留言，有点惊奇。脑海中浮现那个热情爱笑的艺术青年，他还记得我？

雪依然在下，飘飘洒洒……

"你好，我是安……"QQ上闪动着安可爱的头像。

"你好，安，叫我毓静吧，钟灵毓秀的毓，安静的静。"

"'静'，好安静的名字，很符合你的气质。不问问我怎么加你为好友吗？我是个电脑高手哦。"

"我看到你在博客上的留言了，谢谢你还记得我。"

"不会觉得我是个坏人就好，其实我自己都觉得有点冒失，鼓起很大的勇气写下那些话，没有吓到你就好。还记得那个车站吗？你也许都忘了吧，雨天，你没有打伞。"

"我在美院工作，每天都会经过那个车站。正巧那天有点事，在那儿下了车。那以后，有好多次，我都从车窗上看到你，孤单的身影，安静地站在风中。头发随着目光飘得好远。"

"哦，那个车站。"

"一定想知道我怎么知道你的QQ吧。很巧，前几天，下班时经过那个车站，看到你站在人群中，那天人好多，你打开钱包取钱时，不知什么东西从里边掉下来，我以为是很重要的东西，就下去捡了。结果是你的名片，才知道你是杂志社的美编，还有你的联系方式。也许真是天意,那天要是早一点或晚一点,或许就读不到那么美的诗了。"

"哦,原来这样啊,生活有时候真像悬疑小说一样。"

不觉已是深夜,洁白的雪,将寒冬的黑夜泼染成乳白色。

"夜深了,休息吧。"

"嗯,晚安。"

"晚安。"

九、透明的哀伤

几天的雪终于停了,安静的街道,安静的房屋,洁白得不染一丝尘埃。仿佛依然是昨夜梦中的纯净世界,好一场雪。

生命不也如这雪一样吗?悄悄地来,倏然地消融,原本的纯净,却终于免不了归于尘土。生是过客,生命本身是脆弱的,年轻时的洁白无瑕源于灵魂深处信仰的纯美,而前路的茫然与无知,却时时投下一瞥透明的哀伤。

生命中还有多少可以让你驻足停留的风景,如偶遇故友可触动心弦的话语,亲人间无法忘却的真情。

在这样冰冷的城市,没有几个可以说话的朋友了吧。

忽然想起安。

打开电脑,看见安熟悉的头像闪闪烁烁。

"也只有他还会想起我吧。"毓静想着。

"嗨,好吗?雪停了,有没有出去玩?"

"嗯,洁白的世界,让人好想听童话故事。"

又是黄昏,依旧沏一杯清茶,邮箱里多了一封安的来信。

毓静：

　　对你，我有种相见恨晚的感觉。我们有如此多相似的地方。同样喜欢几米的画，喜欢川端康成的文字，泰戈尔的诗。

　　毓静，你知道吗，你的身影，有种深刻的孤独感，我每次经过那个车站，就会浮现这样的画面。这种孤独感深深地吸引我，不由自主地去关注。而你的文字，忧伤而华美，感情饱满得像要溢出来，这样理性而又感性的一个人，有着迷一样的忧伤。

　　为什么要给自己的心加一把锁呢？生活中的快乐，其实很简单。

　　我相信你心里一定也有一个温柔的梦想。人生苦短，一个人不可能只生活在自己的世界里，心里有爱的人，会好些。

十、忘记爱的味道

　　"心里有爱的人，会好些。"静想着。曾几何时，她是如此渴望去爱，渴望亲人之爱，朋友之爱，恋人之爱。也许正因爱得太深，却重重地成为负担，记忆中爱的完美，只定格在失去的瞬间。也许，我只是忘记了爱的味道，忘记了心中温柔的理想。那些尘封的爱，如抽屉里泛黄的照片，阳光下有种落寞的温暖。

毓静回信道：如果你所爱的人，都遗失在模糊的记忆之城里，而现实却一如既往的悲凉，找不到一点温柔的理由。心被牢牢地禁锢，无法逃离，无从追寻。你会不会也试着去忘记，忘记爱的幸福滋味，忘记这幸福中暗含的遗憾与痛楚。

　　安回信到：过去只是一种人生经历而并非负担。所有经历过的，爱或不爱，喜欢或厌恶，都只是一种情结，一种感受而已。沉溺在记忆的幻影中，无论这记忆是美好或哀伤，都如在现实中迷失了自我的孩子一般，在记忆的阴影中顾影自怜，只能更加找不到自我。

　　曾经逝去的感动，毕竟永远都回不来了，过去就让它过去，还是原谅自己吧。

第二卷 孤独源于爱

孤独源于爱
没有爱的人不懂孤独
……

十一、孤独源于爱

毓静看着邮箱里的一字一句,字字刺痛心扉,泪不觉得掉了下来。

手指在键盘上漂浮,心也颤抖着。

是的,是我一直不肯原谅自己,所有的失去,都只一个人在心底默默地承担,总以为没有人可以理解,总以为自己深深的孤独感源于灵魂深处无法割舍的亲情与爱情。那些遗失的爱,总会不经意间浮现,晴天便也化作雨天。

给你看曾经写的一首诗吧。

领悟孤独

等待的身影,孤独
守望的眼神,孤独
记忆的泪光,孤独
离别的挥手,孤独
体味孤独
品位孤独
领悟孤独
甘于孤独
孤独源于爱

没有爱的人不懂孤独

……

也许,是我自己从来都没有试着去原谅自己。

安回道:

看完你的信,真的深有感触,也给你看首诗吧。博尔赫斯的诗。摘抄了几句。

> 宁静的自得
> 我比自己的影子更寂静
> 穿过纷纷扰扰的贪婪
> ……
> 我款款而行
> 犹如来自远方而不曾到达希望的人。

觉得诗中人如你一样,生活在自己的世界,一个忘却尘世繁芜,与世无争的平静世界。诗人对现实世界,好似已经无所留恋,只是一个看客,看这尘世的纷纷扰扰,如镜中之花,水中之月,如你记忆中的幸福,可望而不可即。

十二、蓝色鸢尾花

喜欢听故事吗?我是个很喜欢听故事的人,小时候最佩服的就是讲故事讲得好的人。曾经听过好多故事,欢喜的,忧伤的,圆满的，残缺的。沉迷于其中，好似自己就是主人公一般，历尽艰险，尝尽甘甜。从中学会如何去爱，如何去恨，崇高与渺小，善良与邪恶。长大了才知道，所有的故事，都不如自己生活中所经历的真实，都不如自己所经历的生动。

听过蓝色鸢尾花的童话吗？前几天看了德国作家赫尔曼·黑塞的鸢尾花的童话，讲给你听吧。

鸢尾花也叫"剑叶百合"，为蓝紫色。他小时候钟爱鸢尾花，经常在门前的花园里用他清澈而好奇的眼睛探望这蓝色的精灵。花形似翩翩起舞的蝴蝶，内有黄色的小花药。中间一根明亮的管子，一直向花身延伸下去，这是花朵心灵和思想栖息的地方。童年的呼吸和美梦，就是经由这条玻璃脉络交织的光滑通道随时进进出出，生命中最初的美梦、意念、歌声，就从这神秘的幽谷中流露出来，伴随他度过整个童真时代。那花朵，每个夏季都出落得那么清新，神秘而动人。

鸢尾花像一个默默摊开的问题，向他想象丰富的心灵祈求一个永生的答案，然而他却随时被其他种种可爱的事物吸引，抛弃了真正重要的内心世界，他离开家乡，离开母亲，从中学到大学，再到教授，从天真到现实，再到追逐名利、金钱……随其他人一样，一辈子迷失于纷繁的尘世，在烦恼、奢望与目标之间争逐浮沉。终有一天发现花冠中被金色篱笆围绕的通道里不再吞吐任何美梦和童话故事，母亲也离他而去，心变得越来越孤独。

有一天，在朋友聚会上遇到自己心爱的女子，如鸢尾花盛开般的优雅，他随即向她求婚，这名叫伊丽丝的女子却对他说："你若能找出记忆中伊丽丝在你生命中的位置，再来找我吧。"

他再次穿越记忆的窄门，曾经追过的第一个女孩，上过的

第一节课……一切都变得那么模糊，终于，他独自回到了家乡，站在童年时的那个花园里，心潮澎湃。原来，伊丽丝就是鸢尾花的花语。

当他再一次站在伊丽丝的面前时，她却已经永远离开了。

"一切都是幻象，地球上每个现象，都是意念的化身，每个化身，都是一扇打开的门。"他对自己说，而他感受到心中有一份存在，并非是虚幻的影像，而且始终跟随着他。这份存在用他母亲和伊丽丝的声音对他说话，她们是他的安慰与希望。

独自回家的路上，他偶遇寒冬日孤身傲放的鸢尾花，终于重新认识了童年的梦境。梦指引着他的方向……

他来到一间小屋，屋里有一群孩子，他给他们牛奶和面包，给他们讲最美的童话。

十三、悲剧之美

毓静：从你的言语中我读到了悲字，读到了你对生活、理想、信念的悲观。你应该是比较极端的完美主义者吧。或许我们都对生活过于奢望和苛求，对人生，过于天真和执着。于是理想的饱满，更衬托出现实的干涸。当成长的隐痛慢慢滋生，梦想照进现实的时候，童年单纯的水晶世界悄然粉碎。生存的压力，世俗的局限让人容易迷失。随之而来的琐碎、庸俗、淡漠、冷酷、邪恶也便慢慢地生长，侵蚀着人们的心灵，生命便因生活而累，因压力而苦，因不易满足而不幸福。但也因为这些不满，因为生存的不易，生命越发朝气蓬勃，人类才有向前发展的动力。也许每个人对人生意义的追求不同，价值观不同，见解不同，对生命的态度便不同。在我看来,你是一个悲观主义者,你的悲观有一定的原因。或许是你所追求的太过完美,要知道,生命并非完美无缺,没有完美,只有更美。不得不承认这是一种遗憾,正因为有遗憾才有追寻的动力,没有遗憾又何来完美?

悲剧之美,给人以强烈的心灵震撼。当一个人在悲伤的氛围中探寻人性的真善美,他的生命,就如同崎岖险恶的冰山上盛开的一株雪莲。越加险恶的生存环境,越能彰显出生命的顽强与美好。人性的光辉给人的精神冲击与心灵感动也越多。

又比如爱情,悲情的爱,往往更加深沉厚重。《红楼梦》里金陵十二钗中,黛玉之所以更受推崇,正因她的悲情。一个悲字涵盖了多少真、深、纯,一个悲字牵动了多少性情中人的心!

想

> 现在我无所事事
> 在这封信上一直趴到深夜一点半
> 看着它,并透过它看着你
> 有时候(不是在梦里)
> 我想象中出现了这样的情景
> 你的脸被头发遮盖了
> 我成功地分开了你的头发
> 向左右两边撩开头发
> 你的脸现出来了
> 我的手抚摸着你的前额和太阳穴
> 双手捧住了你的脸
> ——卡夫卡《致密伦娜情书》

这是我所喜欢的卡夫卡的一首诗,最近总想他,或许卡夫卡最值得人们怀念的,一半是他的《变形记》,一半是他执着于爱情的纯美。

很久以前,小小的布拉格城镇,住着贫困潦倒的卡夫卡。没有人能读懂他的文字,没有人能读懂他的内心,也没有地方肯接受他的作品。而他并没有因此放弃写作,放弃思考。

一度靠别人接济度日的卡夫卡,在雅可咖啡店老板的允许下,终日在咖啡店拐角的小桌上思考、写作。孤独寂静的卡夫卡就是在此遇到了那个带给他爱与痛的女人。

她看到他安静地写着,以一种岿然不动的姿势,沉浸在自己心中幻化的世界,任时光倾泻。终于有一天,她坐到了他对面,拿起那些浸满墨香的手稿,一页一页地看,而他一页一页地写,看完的那一刻,她说:"不得不承认,我喜欢上了你的作品,也喜欢上了你。"

这个女人就是密伦娜,维也纳一个颇具才华的作家,一个有夫之妇。她并非真正喜欢卡夫卡寂寞而刻板的生活,却爱他文学方面的才华和毫无伪饰的纯洁灵魂。她亦点燃了他已邻灰烬般的爱情之火,而三十七岁的卡夫卡并不知小他十余岁的密伦娜已为人妇。他们寄情于信,默默地互诉衷情,而卡夫卡最终还是知道了一切,炽热的爱就这样很快陷入绝境。

在随后的岁月里,伴随卡夫卡的,只有无尽的痛苦和思念,以及一封封缠绵悱恻、柔肠寸断的情书。

> 写信意味着在贪婪等待着的幽灵面前剥光自己,写下的吻,到不了它们的目的地,而在中途即被幽灵们吮

吸得一干二净。

——卡夫卡

密伦娜此后来到过雅可咖啡店,独自坐在初遇的桌旁,沉思良久,转身黯然离开。她想,只有她能读懂他,读懂他的心灵,读懂他的爱。

"现在,我已经记不起你脸庞的模样,只有你离开咖啡桌那一刹那的背影,还历历在目。"这是卡夫卡在密伦娜离开的那晚写给她的最后一封信。他们就这样彼此错过,没有再见过面。

卡夫卡一生未娶,他把全部的爱都留给了自己的记忆,留给了密伦娜转身那一刹那的背影。他用孤寂的生命诠释了爱的崇高与澄净,诠释了对爱的尊重。

十四、梦里不知身是客,一晌贪欢

毓静从黑暗中醒来,乳白色的纱帘透出幽幽月光。看着月光下幽暗笼罩的城市,眼前浮现几米的《月亮忘记了》。

首页中潦倒失意的中年男子在阳台梦到童年的自己和月亮相依为命。那迷离的目光,呆滞的表情,空虚的心灵,无望的幻想,凄冷的月光,一切都还历历在目,那情景和此刻的自己如此相像,不由得念出那页的几句诗:"生命中不断有得到与失去。于是,看不见的,看见了;遗忘了的,记住了。"夏日的清风吹过,只留下一地斑驳的树影迷离。

又一次想起忆远,一个遥不可及却又近似咫尺的幻影,想着曾经孤苦清寂的自己靠在忆远温暖的臂弯为他读:"有谁愿意为我在黄昏的窗边念一首诗。"

世事弄人，生命中唯一的一点幸福，却也如此脆弱短暂，被时光冲刷得幽暗斑驳，如梦中凄冷的月光。

"梦里不知身是客，一晌贪欢。"幽暗之夜的默默衷情，又有谁人得识？唯有李煜先生吧。

"安，你能理解吗？"

十五、你的故事谁人读

毓静坐在画室的办公桌前，凝神望着窗外，偶尔被对面建筑遮挡的飘忽不定的浮云，思绪随着刚刚读过的故事飘得好远。一尘不染的玻璃橱窗上映照着细碎的阳光和绿叶，斑驳如油画。

心中暗自勾勒着主人公黯然神伤时的表情，手中的画笔微微舞动，一时间，一个完美的舞娘形象便跃然纸上。雪嫣，这是小说中笔者的名字。静思忖着，如此清淡优雅的女子芳名，竟写出惊艳满城的舞娘悲喜交叠的情感世界及波澜起伏的命运悲歌！满城的灯火，一世的笙歌，却也只化作孤灯斜照、只影叹息。

毓静想着，作为美编的自己读过很多的故事了，欢喜的、悲伤的、圆满的、残缺的，为其劳心、为其伤神、为其动情、为其落泪，却都只是为着别人的心事，别人的心情。自己的故事，自己的心，又有谁人读懂过呢？

曾几何时那么想要诉说的冲动，也随着年岁的增长渐渐淡薄了；而灵魂的麻木与孤寂却野草一样疯狂滋生，如魔鬼般啃噬着原本简单纯美的心灵。

外强中干的人们都被这样的心病同化着,一边悔恨着不该轻信于人,一边又怀念曾经单纯却被爱所伤的灵魂。封心看海,孑然一身。

世界上所有的誓言,在现实的冲击下如此苍白无力,均变得鸿毛一样轻浅。

每当夜幕降临,那一瞬阴暗的梦魇总会浮现在眼前,苍茫的琉璃世界里,忆远苍白憔悴的微笑让毓静心痛神伤!

心口依然会隐隐作痛。两年来,这痛已演化为毓静的心病,不定时地在某时某刻发作。尤其在遇到安后,一幕幕黑灰色的记忆渐渐变得清晰而鲜活。

十六、Listen to the Whispers of Your Soul

夜深人静时,毓静依然默默敲击着一段段心事。这是否是灵魂深处的呐喊?是精神世界的表达?情感世界的爆发?抑或是一种精神上的寄托?她在找,找可以发现自己脆弱而孤独的灵魂世界的同类。或者,潜意识中她希望可以是安。

曾有诗人如是说:历史的车轮,如泛滥之洪水滚滚向前,在一切都有可能会被湮灭和消亡的时代,我只愿永远保持刚健的姿态,以极大的热情和我慈父的勇气,站在大地,"会挽雕弓如满月,西北望,射天狼"。

审视我们自己,失去信仰的灵魂已承载不起太多的热情、热心和热量,以及从热量中升华出的爱、信任和忠诚。难道我们的心,都慢慢地死掉了吗?我们被时间偷走了的灵动青春,何处安放?被现实磨灭了的高贵灵魂,何处重生?在微醉的轻歌曼舞中蒸发了的幸福理想,何处寻觅?年少轻狂的人们,站起来吧!"Listen to the whispers of your soul!"

看着邮箱里这个陌生又熟悉的男子的来信,毓静的心仿佛有了某种对未来的寄托和对过往的释然。

不知从何时起,在博客上讲故事、听故事,便成了毓静和安特有的交往方式。纷繁的世界,琐碎的生活,在这点点滴滴的聆听和倾吐中变得安详而温暖。

第三卷 故事还没有开始

　　每当夜深人静,毓静便沉浸在回忆的深海里无法自拔,博客上写给安的故事,便从这里讲起。

　　那些让毓静的心沉痛、压抑、跌宕起伏的人生故事,也便从这里拉开帷幕。

十七、如果没有如果

有时候想,世事是由好多偶然串成的念珠,每一个偶然都是那样圆润饱满,施了神仙的咒语,又不由自主地串成生命悲戚的必然。由生到死不断地轮回着。

是的,她不由自主地喜欢他,喜欢上他带给自己的安全感,可有时,安全感是个太笼统的字眼。而正是这笼统的安全感使她的生命瞬间找到了可以安然入梦的温床。

若不是第一次在学院的机房里遇到,他就满怀热情地教她 Oracle 的界面操作和开发;

若不是他每次在吃饭时都微笑着递给她餐巾纸,帮她夹自己喜欢吃的菜;

若不是他柔声细语,温婉爱怜地唤他替她取的小名卿卿;

若不是他一句句浅笑吟吟、半含爱怜的"淘气鬼"、"小屁孩";

若不是那串串酸涩的糖葫芦和让人毛骨悚然、惊险刺激的鬼故事……

她也不会喜欢他吧。

就因为这些,她告诉自己,这是她要一辈子在一起的人,她喜欢他,喜欢他给自己的安全感。默默地喜欢着,静静地依恋着。

他不经意间带给她的温暖,都让她想起自己的父亲,她离世已久的父亲。

这是她生命中第一次也是唯一一次爱恋,那样绵长温存、刻骨铭心的情愫，无声无息地流淌在青春葱翠、藤蔓纠结的心房。

忆远，这个大她近六岁的温婉男人，在毓静二十岁的生命里悄然注入鲜活的暖流，如痴如醉的幸福，同时也注入了痛的心魔，爱的剧毒。

从此，每当夜深人静，毓静便沉浸在回忆的深海里无法自拔，博客上给安的故事，便从这里讲起。

十八、故事还没有开始

十八岁那年的初秋，故事似乎还没有开始。

蒙蒙秋雨映照下的北国新城，有一种如家乡般似曾相识的古朴与沧桑。雨中踽踽独行的瘦弱女孩没有撑伞，身后大大的旅行包更衬托出她背影的孤独。

初进大学校园，秋雨中丁香树叶飘飘洒洒落了一地，想起丁香绽放的时节，不禁使人黯然。

"同学，自己一个人来报名？你是我们学院第一个自己报到的学生！勇气可嘉呀！"

"像这样独立自强的孩子现在已经很少了啊！"

……

这个看来有几分单薄，几分忧郁，几分沉默的女子，便是初入大学时的毓静。

回首高中三年，生命中最寒冷漫长的季节里，她养成了沉默寡言的性格，生活除了黑白还有灰色。唯有对父亲的那句诺言，在幽暗而压抑的内心深处暗自闪烁，"爸，我一定不会放弃，不会让你再这样受苦。"正是这句承诺，如黑夜里的孤灯，指引了生的方向，点燃了梦的希望。

这时的毓静，刚满十八岁。

十八岁，对于一个女孩的人生意义是不言而喻的。十八岁意味着成长，意味着蜕变，意味着破茧而出那一刹那疼痛的华美。经过了高中三年的洗礼，生活抑或是命运的历练，毓静，这个看似年幼的单薄女子，对人生对未来好似已经有了自己固执的想法。

初入大学的毓静，偶尔想起儿时的旧梦，依然会有些许怅然和伤感。

幼儿园时想要做一名警察，像福尔摩斯一样机警聪明、惩恶扬善。小学时想要做一名导游，可以乘着飞驰的列车环游世界，看一看马尔代夫斑斓的珊瑚和深埋海底的耀眼珍珠。中学时想要做一名导演，将自己内心深处的快乐忧伤拍成一部部真实直白的电影，悲剧抑或喜剧，抑或未完待续。

十五岁那年初夏，儿时所有的旧梦，都被一个充斥于胸的强烈念头所覆盖。做一名医生，一名可以让家人永远健康快乐的医生。

然而，世事总是不尽如人意的。高考那年她的发挥失常，使她与理想中的医学圣殿失之交臂。又因为自己高中时学过美术，便调剂到另外一所大学学艺术设计，艺术设计需要一定的绘图和计算机功底，所以美术和计算机软件便成了她的第二专业。

因为这个，高考后的毓静大哭了一场。想着对父亲的承诺，或许永远都不可能实现了。谁说的，"Dream your dreams！只要努力就一定会实现。"这些话只是用来骗骗那些在失意或绝望中迷失挣扎的人。真正意义上的成功，只属于已经实现了梦想的极少数；而对于还在寻梦途中的人，那些虚无缥缈的话，仅仅是画饼充饥的那张纸，荒漠中的海市蜃楼。况且，有些事并非由人的意愿可以左右。

只因这生命中有太多偶然。

"忘记，忘记。所有的一切都已是过去，我很快乐，很幸福。"毓静在心里默念着。抬头望着刚刚放晴的西南天际焰火般燃烧的云彩，置身于有着西方古典建筑特色的秀美校园，这个美丽的初秋，一切都变了，是呀，一切都变得那么美。

想要过自由而充实的生活，想要变得开朗健谈，想要别人懂得自己，想要有好多志同道合的朋友。

想要做明朗的人。温暖明朗中融化了悲伤。

于是她奔走于各种社团与校舍之间，日子过得忙碌而充实。

还记得自己参加的第一个社团，现在想起来，毓静的嘴角还是会不由自主地扬起微笑。那是一个中国志愿者组织在大学里办的社团，有一个很好听的名字红烛志愿者协会。

"予人玫瑰，手有余香。"看着纳新展牌上富有诗意而人情味十足的这八个字，静毫不犹豫地在报名表上写上了自己的名字。

那是大学刚开学不久，每年一次的社团纳新活动在校园里最大的群芳广场上举行，各种各样的社团，如雨后春笋般招徕着往来新生。总结起来有学术类、实践类、艺术类、体育类。

那天，她不仅加入了红烛志愿者协会，还参加了一个名为逐风的文学社。后来在一个同系同学的邀请下，他们组织了一个自己的文学组织晴雪诗社。

当年青涩忧郁的少女，在岁月悄无声息的脚步中缓慢成长着，期待着蜕变，破茧，而后化成绝美的蝶。

十九、晴雪洗山峦之青

金盏菊娇艳,白海棠静雅。乍暖还寒时候,景色却是极佳的。

是日,诗社一行人齐聚校园中央的玥明湖,填词弹曲,舞文弄墨。所到之处无不吸引众人眼球。

"晴雪洗山峦之青,落霞映江水之赤。"

晴雪诗社名便取自毓静的这句诗。

"晴雪",让人想起冰释那一瞬间柔软的寒冷。秋末冬初时节,刚下过一场雪,万里无垠的洁白世界,被温柔的阳光所包裹,所融化。

暖融融的清新。

晴雪诗社就这样诞生了。

在一群志同道合的同学的共同支持与参与下,一起举行赛诗会、茶话会、文学研讨会,办社内刊物,晴雪诗社盛极一时。

那是第一次文学茶话会吧,也是诗社所有成员的第一次见面会。地点定在永宁路沿湖的一个酒吧里,从酒吧二楼可以看到永宁江水缓缓流入流苏湖的景象。枫叶绯红,夕阳残照,映得湖水也好似玛瑙般红润。晚上六点半,大概有二三十人陆陆续续到了,酒吧上下已几乎围满了人,大家各自寒暄了一番。

北方深秋的黄昏是有些凉意的。社长陶旭笙举起话筒说道:"欢迎大家的到来,我是社长陶旭笙。谢谢大家对晴雪诗社的支持,这是晴雪第一次举行文学茶话会,也是诗友见面会,之所以定在彼岸酒吧,只是想让大家能感受到更加轻松愉悦的气氛,大家就当这是一次结交朋友的 party 好了。大家今天的任务就是玩得开心,谈得舒心,吃得放心。可唱可跳可写可画可说可演也可欣赏,大家随意就好。Help yourselves!"

在社长的指挥下,大家将凳子围成一个大圈,相互围坐在一起。只留一个缺口通向舞台。接着社长宣布:"晴雪诗社第一次文学茶话会现在开始。"四周响起阵阵掌声。

突然间,灯灭了,在音乐及镁光灯的簇拥下,出现了一位翩翩少年,只见他身高八尺,脸庞轮廓分明,身着英伦气质黑灰毛呢外套,座上掌声四起,只听有人轻声议论道:

"这不是校园十佳歌手景铭卓吗?"

"哇,真的好帅耶!"

毓静循声望去,原来是和毓静同寝室的姐妹,夏紫萱和张锦如。夏紫萱满身贵族气质,生得眉清目秀,肌骨莹润,待人却豪爽不羁。张锦如唇红齿白,温柔可人,待人亲善。毓静和她们两人关系甚好,参加社团也总是一起,形影不离。

景铭卓原是音乐学院的院草,在校园草莓音乐节上以一曲原创歌曲《流苏湖上琉璃月》技压群雄夺得桂冠。其曲风清新流畅,古朴婉约又不乏现代元素,是中国风与 R&B 音乐融合的典范。

这天他唱的是一首新曲《长安灯火》,曲调古朴,只听得琵琶与古筝的音符悠悠荡漾开来,与钢琴的旋律及定音鼓的节奏交融成一曲动人的乐章。词写得很美,记得高潮部分的一句:

"羊皮纸信封存你的段落,想带你陪我去看长安灯火。"

接着出场的是汪臻,物理学院颇有文艺气质的才子,据传正是他开创了"爱因斯坦相对论式"现代诗,也正是他引领了现代诗歌"无厘头"化的潮流。汪臻一出场,便引来阵阵掌声和口哨声。

"同志们好!"只听得一声,还以为是首长检阅部队来了。

接着便看到一个革命时期颓废诗人装扮的青年怯怯地走到了台上，巨大的黑框眼镜下是一张涨得通红的脸。

"哎呀妈呀，俺还没经历过这大场面呢。"他操着浓郁的东北口音说道，滑稽中透着可爱。

大家可不要被他腼腆的外表所迷惑，没错，他正是在模仿笑星赵本山："我来自大城市铁岭莲花赤水沟子，是第二代本山训练营的成员，今天心情非常的冲动，今夜阳光明媚，今夜多云转晴。我给大家表演一个节目，那就是我要给大家朗读一下我最近的新作《日子2》。在朗读之前我要发表一个声明：在《日子1》发表的时候，我家村头那可是锣鼓喧天，彩旗飘飘，鞭炮齐鸣，人山人海。大家排着长队来买呀！所以在《日子2》发表的重大时刻，也要有锣鼓喧天的掌声，掌声呢？怎么没听见？"

台下掌声和欢呼声接踵而至。

接着他便模仿赵本山，以无厘头的方式搞怪地念出了自己的新作：

关于爱

爱是微笑

是眼泪

是拥抱

是挥手

是尼采的太阳

是莫奈的睡莲

是毕加索的情妇

是川端康成的雪国

是李白的豁达

是波德莱尔的忧郁

是泰戈尔唯美的轻柔

是杜甫现实的厚重

是草长莺飞，杂花生树

是日月轮回，潮起潮落

Above all,love makes the world go rould!

汪臻以无厘头的方式抒发自己的情感，引得台下观众笑声连连，掌声连连，诗中真意又有谁人懂？

暮雨薇，诗社成员之一，人如其名，生得粉面丹唇，妖娆多姿。音乐学院舞蹈专业出身，以一曲独舞《霓裳羽衣》赢得满堂喝彩。她轻灵的身影随着唐代宫廷曲《霓裳羽衣》翩跹在舞台上，只听得台下有人吟诗曰"此曲只应天上有，此人本是月上仙。"据说诗社里很多男成员，均是追随她而来。

人们在欢声笑语中掩饰着自己蠢蠢欲动的心。

接着社长将各人的诗作收集起来，集结成册，分发给每一位诗社成员，并建了自己的网站，每位成员均可在网上发文，互相交流。

二十、夜未眠

"月半弯，淡如逝水一般映照你下落……"听着 MP3 里的歌，华美而忧伤，夜深人静时的孤独，只有自己一个人品味，每天忙碌、充实、洒脱的那个自己好似脱离了灵魂的幻影一般遥远而模糊。

细数周六这一整天自己所做的事：早上八点，为孤儿院的义卖活动做海报；十点，筹划下一期文学茶话会的主题；十二点吃中饭；十二点半整理学生资助管理的资料；一点半参加红烛协会宣传部海报创作培训，直到下午六点。静下心来的时候，却不知自己该做些什么。

　　灵魂深处的空洞，只剩下忧思与怀想来填补。

　　一个人斜靠在寝室的床上，翻开前天从图书馆借来的《凡·高传》草草地浏览，不由得哼起了那曲子"Stary stary night, piant your palette blue and grey"。窗外的爬山虎浸在夕阳的怀抱里，微微地泛着红晕。

  Starry starry night

  Paint your palette blue and grey

  Look out on a summer's day

  With eyes that know the darkness in my soul

  Shadows on the hills

  Sketch the trees and the daffodils

  Catch the breez and the winter chills

  In colors on the snowy linen land

  Now understand what you try to say to me

  And how you suffered for your sanity

  And how you tried to set them free

  They would not listen

  They did not know how

  Perhaps they'll listen now

Starry starry night

Flaming flowers that brightly blaze

Swirling clouds in violet haze

Reflect in Vinecent's eyes of china blue

Colors changing hue, morning fields of amber grain

Weathered faces lined in pain

Are soothed beneath the artist's loving hand

For they could not love you

But still your love was true

And when no hope was left inside

On that starry starry night

You took your life as lovers often do

But I could have told you, Vincent

This world was never meant for one as beautiful as you

Starry starry night

Portraits hung in empty halls

Frameless heads on nameless walls

With eyes that watch the world and can't forget

Like the strangers that you've met

The ragged man in ragged clothes

The silver thorn of bloody rose

Lie crushed and broken on the virgin snow

Now I think I know what you tried to say to me

And how you suffered for your sanity

And how you tried to set them free

They would not listen

They're not listening still

Perhaps they never will

……

夕阳西下,繁星渐起。毓静看着看着竟掉下泪来……

夜未眠

星星睡了

月亮睡了

花儿睡了

鸟儿睡了

绵绵的沉睡

笼罩的世界里

唯有你

夜越深

越清醒

这是一时有所感的毓静在这个久久不肯入眠的夜晚用潦草的笔迹写下的一首小诗。为凡·高的善良与孤独而写,也为自己的孤独……诗后还附有一段话,那狂乱的笔迹或许连毓静自己都很难辨认清楚。

"我不能确定所有历经磨难的人,都具有超高的艺术天才。但我可以说,所有经历过巨大痛苦,却依然心怀悲天悯人情怀的人,都是天才。正因心灵深处对爱与善的渴望太过强烈,才衍生出巨大的悲和苦,而这悲和苦也正是生命的美之所在和艺术创作的灵感之源。"

二十一、暮雨踏歌夜殇曲

曾经以为蝴蝶飞不过沧海,或许并不是飞不过,只是它自恃太弱小,没有飞跃沧海的勇气。一个原本弱小的生命,就注定只有望洋兴叹的命运吗?或许只是它的内心还不够强大,不够勇敢,不够自信。

此时,诗社的社员互动现场,雨薇正在为景铭卓的诗作伴舞。悠扬的乐曲令人陶醉,翩跹的舞姿令人迷醉,曼妙的诗句令人沉醉。琴韵舞韵诗韵合而为一。一曲罢了,在场所有人无不为这对金童玉女所折服。雨薇用细软的音调感谢观众的支持,并说:"下面有请我的好友,组织部部员林毓静为大家表演节目,大家掌声欢迎。"

看着舞台上的暮雨薇,绝美的五官,精致的妆容,一袭华丽的淡紫色长裙,更衬托出妖娆的身材。毓静看看自己,宽松的半袖衫,简短的马尾,被风吹得凌乱的刘海,面色苍白,神情怯懦。自己就像众星捧月的那颗暗淡无光的白矮星,在雨薇耀眼的光芒下更加黯然失色。

站在偌大舞台上的毓静,突然感觉自己是如此渺小,如此怯懦,如此孤单。

她唱了首高中时候经常唱的歌,梁咏琪的《魔幻季节》。

生活像悬疑的小说,下一页剧情是什么
我相信没有人晓得,世界究竟怎么了
也许是我也闷得太久,也许是我今天着了魔

我好想失踪几秒钟

　　孩子似的闭上眼向前走

　　回到自己那一国

　　那个好久忘了去梦的入口

　　我喜欢孤单冒险追踪梦的线索

　　我的注册商标是自由

　　再也不想做无聊的那个我

　　我走向魔幻季节原来那么快乐

　　我连呼吸都是幸福的

　　换一个角度去看另一个地球

　　……屋顶上的我镜子里的我留短发的我最胆小的我不回头的我

　　由于紧张抑或是很长时间没有唱歌,有几句忘了词,有几处跑了调,也不必在意,因为这并不影响每个人的心情。

　　在这个人才济济的社团里,默默地瞻仰才是毓静的处世姿态。而她也更加寄情于文字,这些文字就像录影带,每每翻看,都能发现另外一个自己。

　　自从雨薇为铭卓伴舞以来,两人关系一度升级,有传铭卓因雨薇放弃去奥地利维也纳音乐艺术学院留学的机会,为雨薇写了很多首动人的曲子,买了好多款Chanel香水、LV包包,只因这是雨薇的最爱。他看到她笑,他就开心,心里充满了甜蜜。

　　他喜欢牵着她的手在黄昏的玥明湖畔散步,给她唱自己写给她的小情歌,她看到他干净的微笑在唇边绽放出好看的花朵,便会情不自禁地跳起舞来,如美艳灵动的蝴蝶翩然起舞。这是怎样唯美的画面,在所有人看来雨薇就如童话里圣洁如雪的公主,在俊朗迷人的白马王子的呵护与宠爱下过着幸福无比的生活。

美玉仙葩,天作之合,铭卓与雨薇的爱恋一时间轰动校园,无人不知,无人不议。

有些人注定是有缘分的,偌大的学校,众多的社团,雨薇、铭卓、锦如和毓静,可以参加一个诗社已经很有缘了,连全校最抢手的选修课,外国文学艺术鉴赏,几人竟也同时选上并在同一个班。

除了诗社活动,毓静、锦如、雨薇和铭卓或许只有在上外国文学艺术鉴赏课时偶尔才会碰面,碰到了四人就坐在一起,而这次数是极少的。其他时间他们的生活几乎没有交集。静喜欢靠墙的座位,雨薇、铭卓喜欢中间偏后的位置,因为那四周人很少,不至于有人打扰,可以恣意做自己的事。

还记得第一次碰面的时候,四人邻座,相互寒暄介绍。

这是毓静与雨薇、铭卓两人的第一次近距离交集。自那以后,锦如仿佛便对雨薇和铭卓十分关心。

关于暮雨薇,之前听到的版本是:她就是一个传说。

传说中暮雨薇艳若桃李,身如飞燕,舞姿妖娆,课业成绩也是一流。身后追随的男生不计其数,在她身边的男主角戏份不会太多,从来都是她率先离场,留一个生性凉薄的骂名。

不过自从和铭卓交往以来,雨薇似乎便没有多大变数了。不过,她与生俱来便有一种摄人心魄的美,只一眼,便让人难以忘怀。正因如此,她举手投足间,便给人孤傲和盛气凌人的感觉。可是纵然如此,后辈依旧会为她的一个回眸而心花怒放。

雨薇的这些事,仿佛都是从锦如那里听说的,现在想起来,锦如已然对雨薇和铭卓两人都十分清楚,他们过去的种种,他们现在的种种,仿佛她已是雨薇和铭卓的心腹一般。不过每次见面,锦如都会很腼腆地站在毓静或紫萱身后,目光闪烁迷离,并不像是和他们很熟的样子。

……

初秋过后,一切平日里的风花雪月、爱恨情仇与即将到来的期中考比起来,都显得有点微不足道。

暮雨薇的外国文学艺术鉴赏选修课笔记,记在一本蓝色封皮的软抄簿上,封面绘有闪闪烁烁的星星、暗暗沉沉的浪花,以及随着海风摇曳的航船。翻开来看,笔迹潦草,很多只写了一半就翻去下一页,看来是不拘小节的女子。

翻到后面几页,有几行用行书工整写下的句子:

"幸好爱情不是一切,幸好一切都不是爱情。

Miss somebody I lost,forget somebody I miss....

立冬,小雪,大雪,冬至,小寒,大寒。在无法遇见第二个寂寞的人的寂寞冬天。独自行走,独自唱歌,独自逛街,独自看着一整个世界狂欢。人们手牵手地逛着游乐园。曾经,你是我的独一,我是所有人的无二。如今我的世界充满了你的气息,却始终无法看清你的真心。

我讨厌一成不变的生活!"

这些话,道出了一个幸福光鲜的女人不为人知的忧伤一面。

毓静坐在上岛咖啡馆靠窗的一个座位上,细细地读着雨薇有着淡淡忧伤的文字。馆内暖气开得很热,暖暖的气流熏得人恹恹欲睡,玻璃窗上的水蒸气隐约遮盖了窗外缓缓飘落的枫叶。

雨薇的脚步声很小,小得如轻轻飘落的枫叶。而毓静,却依然辨别出是她的声音。扭过头去,果然是她。

彼时雨薇穿一件黑色修身毛衣,领口稍宽,露出好看的锁骨,棕色短款修身皮草,毛茸茸的桃色长版围巾随意地搭在脖颈上,一双棕色过膝长筒靴,显出修长的双腿,高雅娇媚而不失洒脱温柔。她进来的瞬间,便引来良多晦涩目光。

毓静在心里暗自赞许,微笑着递给她一杯预点的红茶。

"先喝杯茶暖暖胃吧。"毓静说道。

雨薇接过茶,双手握着茶杯,低头抿了一小口说道:"外边结霜了,是有点冷,这红茶,有点涩,不过水温刚好。"

"再喝点什么吗?要不换一种吧。"毓静说着将菜单递与雨薇。

雨薇便又点了一杯咖啡,并吩咐服务生多加一块糖。

毓静将书本移至一侧,说道:"谢谢你的笔记。"

"不客气。"

雨薇肤色莹白,棕褐色的发丝微卷,神色略显疲惫,说话时却是深远的,有一种恣意的专注。

毓静其实并不喜欢与这样的女子一起,并不是怕做了映衬,只因她的性情气质以及她的美都是招摇的。她更喜欢内敛随和的女子,如一杯温润的奶茶,甜而不腻,涩而不苦,让人不致心生惧意,可以随和交往。

若不是自己的笔记本被弄丢,锦如这两个月来都没怎么好好上课,自己也不至于借雨薇的了。原本她是不愿借的,只是耐不住锦如的劝说。

二十二、无心之过

期中考过后的外国文学艺术鉴赏课,和暮雨薇一起是有幸的。虽然同坐最后一排,却总是成为全场目光的焦点。

无论怎样的装束和发型,即使偶尔朴实无华,她也是最吸引眼光的、美的、嚣张的暮雨薇。

那一天,雨薇与铭卓同坐后排,毓静与锦如同坐右侧。四人距离甚远。课上,刘教授让大家对夏尔·皮埃尔·波德莱尔(Charles Pierre Baudelaire)以及象征派诗歌发表演讲。

雨薇侃侃而谈,从《恶之花》谈到《巴黎的忧郁》,从《腐尸》谈到《吸血鬼的化身》、《忧郁之四》,声音朗朗,配上手势,遇到敏感的部分,也照样侃侃而谈,调笑不误,无一丝矫揉造作,甚为惹人耳目。

"恶之为花,其色艳而冷,其香浓而远,其态俏而诡,其格高而幽。它绽开在地狱的边缘。

"《恶之花》是波德莱尔的代表作,也体现了他的创新精神。创新之一在于他描写了大城市的丑恶现象。在他笔下,巴黎风光是阴暗而神秘的,吸引诗人注目的是被社会抛弃的穷人、盲人、妓女,甚至不堪入目的横陈街头的女尸。波德莱尔描写丑和丑恶事物,具有重要的美学意义。他认为丑中有美。与浪漫派认为大自然和人性中充满和谐、优美的观点相反,他主张'自然是丑恶的',自然事物是'可厌恶的',罪恶'天生是自然的',美德是人为的,善也是人为的;恶存在于人的心中,就像丑存在于世界的中心一样。他认为应该写丑,从中'发掘恶中之美',表现'恶中的精神骚动'。总之,波德莱尔以丑为美,化丑为美,在美学上具有创新意义。这种美学观点是20世纪现代派文学遵循的原则之一。

"《恶之花》以其大胆直率得罪了当局,其怪诞的思想和超前的理念更触怒了保守势力,结果招致了一场激烈的围攻。波德莱尔被指控为伤风败俗、亵渎宗教,上了法庭,最后被迫删去被认为是大逆不道的六首'淫诗':《累斯博斯》、《入地狱的女子》、

《首饰》、《忘川》、《致大喜过望的少妇》、《吸血鬼的化身》。四年后,《恶之花》新增了三十五首诗再版,获得了空前的成功。

"波德莱尔的诗集带给我们的,不仅是形式上的审美情趣,更有深邃的思想——将最真实的自己表达出来,无论以什么样的方式,保守抑或前卫,只要这种表达是真实的,发自内心的,灵魂深处的,在时间的洗礼下,就一定会绽放出耀眼的光芒。"

雨薇言毕,只听得一阵掌声。

因为时间的关系,刘教授只点了几个作业得全优的同学,最后一个便是毓静。

大家的观点基本和暮雨薇一致,毓静却说出了自己不同的想法。

"《恶之花》的主题是恶及围绕着恶所展开的善恶关系。恶指的不但是邪恶,而且还有忧郁、痛苦和病态之意,花则可以理解为善与美。波德莱尔破除了千百年来的善恶观,以独特的视角来观察恶,认为恶具有双重性,它既有邪恶的一面,又散发着一种特殊的美。它一方面腐蚀和侵害人类,另一方面又充满了挑战和反抗精神,激励人们与自身的懒惰和社会的不公做斗争,所以波德莱尔对恶既痛恨又赞美,既恐惧又向往。他生活在恶中,但又力图不让恶所吞噬,而是用批评的眼光正视恶、剖析恶。如果说它是病态之花、邪恶的花,那是说它所生长的环境是病态的、邪恶的。波德莱尔从基督教的'原罪说'出发,认为'一切美的、高贵的东西都是人谋的结果','善始终是人为的产物',所以要得到真正的善,只能通过自身的努力从恶中去挖掘。采撷恶之花就是在恶中挖掘希望,从恶中引出道德的教训来。"

末了,刘教授总结评价了每个人的发言及论文。令他最钟情的,竟是雨薇和毓静。

这是怎样的两个女子，一个率性无忌美得嚣张，一个淡然随和波澜不惊，论文的笔触却都是极其清淡的，教授用投影仪将出彩的文章打在大屏幕上，有雨薇的，锦如的，铭卓的，也有毓静的。

毓静和锦如怔怔地默读，想要记住雨薇笔底的神韵，却不能体味这样一个女子，有着迥然不同的外表和内心。

最后，教授宣布最终评比结果，暮雨薇96分，林毓静98分。第一名竟然是毓静！

毓静心想着，这真是无心之过。

二十三、手心的月亮

秋天，蝴蝶将要消失的季节，那灵动的身影，华丽的翅膀，在荒芜的装点下却越发张扬。傍晚的月色，些许迷离，却清澈地映照着寂静的黄昏。

蝶，不同于飞蛾，却为何如此爱恋这清冷的月光呢？毓静望着这清澈月光下华美的蝶，喃喃自语。

偶　遇

你灵动的身影
在闪闪烁烁的烛光中摇曳
舞了一天的蝶儿呀
你依旧执着地爱恋着光明的怀抱吗
你嫩黄色的翅膀柔美而温馨

你柔软的身躯娇小而可人
你弯弯的触须
在点点的烛光中
划出让人惊叹的曲线
我可亲可爱的蝶儿呀
黑暗中
你是因着这点点余火
找到我的吧
你是否也在月影清辉中
迷失了回家的路呢
抑或窗外黑暗沉寂的夜
让你感到孤独与寒冷呢
你是从我童年的树林子里飞来吗
你也曾在那片树叶上驻足凝视吗
你喝过那条穿越田野与草地的小河中的水吗
你看见过那片开得灿烂的油菜花吗
你是否曾在一株野丁香上睡过一夜
我想是的
因为在你的身上
我闻到了丁香花的味道
朴素的大自然的味道

手心的月亮

第二天，这首诗出现在诗社首页原创诗歌推荐榜第一名。
作者署名为：手心的月亮。

第四卷 Beautiful Solitude

　　他站在巨大的落地窗前，心无旁骛地解说着自己的作品，沉醉于自己的艺术世界。夕阳折射出的虚幻光影将他的身体晕染成金黄色。窗外，梧桐树叶依旧轻飘飘地落着。

　　叫人如何忍心扰乱这如梦如幻的时刻。

　　Time of beautiful solitude.

二十四、Beautiful Solitude

如果没有遇见远，毓静的大学生活应该如片片飘落的秋叶——安静，平和，波澜不惊。

可是，就在这纯美却感伤的季节，远出现了，以那样美好而亲切的方式，猝不及防地闯进她的心。他亲切的笑容，他举手投足的姿态，他讲话时微微上扬的嘴角，他金丝眼镜下弯弯的睫毛……

忘记了那是怎样的一个秋日午后，只记得阳光温柔，微风舒缓。一个人的机房，空空荡荡，毓静停下手中设计了一整天的图稿，思绪却迟迟无法平静。底稿上完美无缺的立体图案，为何无法在电脑中实现合成？

艺术设计系的机房窗外，梧桐叶轻飘飘地落着。此时的世界，除了孤单，一切都是美的。Beautiful solitude，寂寞又美好。

就在此刻，门开了，进来了的除了他，还有金色的阳光。

他咖啡色的风衣随性地敞着怀，衣襟随着脚步缓缓摆动。迎着光，静清楚地看到他柔软的发丝轻轻地飘动，灰黑的颜色，却好似夹着几丝银发；银灰色的金丝眼镜下幽暗的瞳孔模糊却闪亮；手上一叠厚厚的资料图纸，衣袋里笨重的移动硬盘露出半个脑袋。

只见他径直走向靠窗的投影仪，动作熟练地打开电脑，连好移动硬盘，不一会儿，屏幕上出现几个字"Abstract Artistic Design For<<Artists>>"，接着便有一幅幅惟妙惟肖的艺术作品出现在屏幕上。

巨大的机房里一台台笨拙的电脑突兀地挺立在他们之间,像透明却没有出路的迷宫。那男子深色的瞳孔并没有发现角落里小小的毓静。而他那些或深情或张扬的艺术作品,却一件件印刻在她脑海里,让她深深地为之动容。

他站在巨大的落地窗前,心无旁骛地解说着自己的作品,沉醉于自己的艺术世界。夕阳折射出的虚幻光影将他的身体染成金黄色。窗外,梧桐树叶依旧轻飘飘地落着。

叫人如何忍心扰乱这如梦如幻的时刻?Time of beautiful solitude,寂寞又美好的时刻。

二十五、The Persistance of Memory

午后的阳光将时间定格成金黄的暖色调。毓静如痴如醉地听着,仿佛进入了一座恢宏的艺术宫殿。

男子依旧滔滔不绝地讲述着,当画面最终停留在一幅关乎生命关乎时间的作品上时,男子停了,窗外的夕阳,也渐渐褪去了金黄的颜色。毓静却依旧沉浸在那一副副深邃而充满张力与美感的作品中,情不自禁地鼓起掌来。

男子有点惊慌,不知所措地望着毓静。

她走向讲台,有点惶恐地说道:"不好意思,打扰了。"

"没关系,还以为没人,是我打扰你了。"男子的眼神平和而温柔。

"你的作品让我想起萨尔瓦多·达利的《The Persistance of Memory》"

"惭愧惭愧，萨尔瓦多·达利可是一位具有卓越天才和想象力的艺术家。我怎能和他相比呢？见笑了。"

"你太谦虚了，刚刚看到你的作品，笔法灵活，立意深刻，画面深沉而且很有质感。尤其倒数第二幅，朦胧的光影中踩着时间阶梯从新生到死亡的美丽面孔，给人人生匆匆落花流水的沧桑感。背景从新生生命的懵懂到孩提时记忆中的单纯色彩，再到青春浓郁的叛逆色彩，以及成熟时的世俗与欲望贪念的纠结，到最后衰老死亡的窒息感，作品中都有很好的表现。就如你演讲时所说，时间空间，记忆与现实，咫尺天涯，瞬间与永恒，未知和已知，在这幅作品中均有表现。真的很深刻，不愧是老师啊！"

"你真是个会说话的孩子！当时画的时候也没有想到你说得这么多，只是随便画画而已。不过，我可不是老师哦，只是普通学生而已。刚才讲的是给《Artists》杂志的一篇约稿，导师想让我给师弟师妹讲一下，我从来没讲过课，呵呵，让你见笑了。"

"前辈，你不是老师啊，居然有这么好的作品！还是《Artists》杂志的约稿，真的好厉害！"

"等你到我这把年纪的时候，肯定比我强多了。这么小就开始研究萨尔瓦多·达利了，以后还不得超过他？"

"前辈你真的很像他，风格很像，把梦境的世界变成客观而令人激动的形象。在某些方面你甚至超过他哦。如果说萨尔瓦多·达利的作品是超现实主义中的简约派，那你的就是印象派中的工笔画。"

"呵呵，你这个小孩真是太会说了，以后叫我学长好了，前辈可折杀我了。"

"好的，学长。"

静拿起自己桌上的图纸，"学长能不能帮我处理一下，我的这幅图怎么无法用 3D 显示？"

二十六、心底最柔软的触动

毓静安静地凝视着他，以最温柔的姿态。男子不停地操纵着电脑，微笑着，讲着。她看着他专注的样子，微笑的样子，目光柔柔的样子，夕阳的光晕浸染着他头发的样子，以至于忘记了时间，忘记了作业，忘记了他口中这样那样的图像处理软件，忘记了窗外夜色已渐浓。

然后，他们在蒙蒙夜色中分离，他送她下楼。在宿舍门口暖黄的路灯下，他说："我叫苏忆远，你呢？"

"我叫林毓静。"她回过头，微笑着说。

繁星点点的夜晚，幽幽暖暖的路灯，斑斑驳驳的树影，这一切都将定格在记忆的深处。忆远回想起这个画面时总会对静说："那时的你，在暖暖的灯光下微笑的你，真的很美很美。"

第二天一早，去食堂吃早餐的路上，远远的，静看到忆远，瘦瘦的背影，被一大沓书本衬托得更加瘦弱。看着他远去的背影，想着自己因为诗社的活动、志愿者协会的版画，多久没有如此这般地想要读书、思考，感受自己灵魂深处的饥渴。

萨尔瓦多·达利（Salvador Dali），I'm keen to meet you！

一上午的时光，也不过只翻了薄薄的几页书，旧书淡淡地浸满时光墨香的气息，让毓静心旷神怡，然而心却无法安静下来欣赏、品味。

只因对面的书桌上，坐着正读得如痴如醉的忆远。

她抬头望过去，只隔了一排书桌的空隙，如此近又如此的远。

窗外，秋海棠凋零了一地的残瓣，梧桐叶在狂风中舞动着最后的旋律。

"惯伴诗书消岁月，忍将寂寞点年华。"毓静随意在书本上写道。

有多久没有这种儒雅清幽的感觉了？

参加诗社，原本是想要找到这样的感觉，能让自己的心充实而激动的感觉。但有时候越是想要就越是得不到，就算得到了也已经不是开始想要的了。

"或许，我只是想要南风轻吻脸庞的感觉，雨露滋润心田的感觉，花香袭人心扉的感觉。"

此时，让自己的心狂乱不已的感觉，属于哪一种呢？

二十七、秋雨梧桐叶落时

望着窗外幽暗的天空，梧桐更兼细雨的场景，不免有些伤感。

"Yellow leaves of autumn, which have no songs, flutter and fall there with a sign."

记得忆远在后来的后来说过，世间最美的爱情，莫过于朦胧伤感牵肠挂肚却不必言明的心有灵犀。一句"你知道，我知道"便胜过千言万语。毓静看着自己潦草的笔记，这诗正是此时狂乱的心的表达吧。

邂逅凋零

九月的风

夹着一叶枯黄

飘落脚尖

心中却有一股

绿色暗涌

慢慢地渗入

那清晰的叶脉

那绿

升华为一种隽永

让人想起

绿色的湖水的怀抱

一刹那

心潮饱满地想要溢出堤岸

生命,因这一瞬间永恒

邂逅,竟如此深刻

……

天色越发阴暗下来,玻璃上映出屋内橙黄灯光的朦胧景象,让人有种温暖的错觉,窗外却是雷雨交加,如童话中施了魔咒的城堡摇晃在风雨中。

埋头于书本中的忆远终于整理完论文的初稿,揉了揉发酸的手腕,抬头时才发觉天色已是幽暗深沉,嘴角却扬起一丝温柔的笑,对着对面桌上正写写画画的毓静。忆远提起铅笔,粗粗浅浅的线条，朦朦胧胧的光线，将她单薄的轮廓勾勒出来，掩在书堆纸扎里的身影，有种孤零零的落寞。画上题曰：有谁愿意为我在黄昏的窗前念一首诗。

二十八、Love Dances with the Rain

不觉已是午后，楼下伞花开了又落，屋内读者来了又走。狂舞的雨滴渐渐柔和而温顺，天色却依旧是沉甸甸的灰。

看着笔记本上工整隽秀的诗句，毓静欣慰地抬头望向忆远。却只看到对面的他亦直直地望向自己，一时四目相对，却是有些尴尬，脸颊也微微泛起热来。

只微微地一笑，轻声道："学长好。"声音清远而缥缈。

忆远轻声走向她，只顾着寒暄，不想却惊扰了其他几位看书的同窗。不一会儿，偌大的中文阅览室里已只剩下毓静和忆远两个人。

忆远拿起毓静的笔记本，封面是凡·高的紫色鸢尾，大朵大朵地绽放在湛蓝的天空下，像凡·高孤独却盛放的灵魂。

"很多人喜欢凡·高的《向日葵》，却不知他的鸢尾更加耐人寻味……毓静，我可以看看里面吗？"忆远说道。

"只是一些胡言乱语，学长何必取笑？"

"敢不敢和我玩个游戏？你输了就让我看，我输了你想干什么我都答应你。"远说。

"好吧，什么游戏？怎么个玩法？"

"你猜我今天论文都写了些什么，我猜你这个本子上都写了些什么。你若猜出来，我什么都答应你哦。你先猜吧。"

毓静道:"我猜是昨天的那篇论文稿!"

忆远递给她一打纸,说道:"自己翻翻看吧,小妹妹。"

毓静接过来,一张一张地翻看,却都只是一些文献资料,并无昨天的设计图,只待翻到最后一页时,竟看呆了,有种说不出的冲击力侵袭感官。

毓静仰起头的瞬间,目光再次与忆远相接。他看到她眼神纯净如水,睫毛微微上扬,深深的双眼皮弯成一道优美的弧线,带着浅浅的若有所思的痕迹,说不出是欣喜还是忧伤的表情,只是四目相接后,眼光却四处躲闪开去。这是情窦初开的少女特有的含蓄与腼腆吧。

忆远继而说道:"怎么样,你猜错了吧。"

毓静道:"学长你不会一直在画这个吧?"

"你说对了,我就是一直画这个来着。呵呵,怎么样,该让我看了吧。"他说着便去拿那笔记本。

毓静急忙道:"可是你还没有猜到我的呢。你是学长,不能耍赖的啊。"

忆远低下头拿起笔在纸上写道:"相思树底说相思,思郎恨郎郎不知。"

"毓静是不是写的这个?哈哈!"

"学长你好坏,怎么这么坏!"毓静说着拿起书本径直向外走去。

"毓静,没有生气吧,对不起,我只是开开玩笑的……等等我……"忆远随着追了出去。

此时窗外雨意渐薄,深秋凉意却已渐浓。淡紫色的伞花下,毓静悠然地走在雨中。蒙蒙雨雾笼罩下的世界,如此迷离,如此唯美。如同她的心事一般,甜美而忧伤。

"毓静,对不起。我不是故意的!"

转过头去,是忆远,湿漉漉的忆远。

"学长你怎么没撑伞!淋成这样。"说着与他同撑起来。

"我一着急就忘了。你不要生气,都是我不好,只是开开玩笑,本没有恶意的。"

"学长你看起来文质彬彬的,怎么这样傻傻的?其实我并没有生气,只是……只是有些不好意思罢了。淋成这样小心要感冒的。"

"呵呵,没事,只要你不误会就好。"

"学长你的画真的超好,从来没有人画过我呢。"

"喜欢吗?喜欢就送给你了。"

"学长给你看我写的吧,可是你不要笑我哦。"

二十九、有谁愿意为我在黄昏的窗前念一首诗

"这些都是你写的诗?"忆远问道,说着不禁念了出来。

心之所在

风说

我要去北方的北方

我说,带我一起吧

少陵塬畔

已没有了我

那儿

已没有
我所留恋的

风说
可那儿
有牵挂你的
无言中
风穿过灵魂
荡涤心泉
泛起无尽的遗憾

樊川道上
那满目疯狂的野草
可是我
狂乱的心的表达

"学长你不要取笑我了。"
"真的很有味道哦,不过意境有点苍凉。"
"是我想家的时候写的。"
"孩子啊,还没长大呢!"
"说别人孩子的人自己才最孩子气呢!"
"孩子,你喜欢现代诗还是古典诗?"
"古典诗更有韵味和意境,而现代诗更易于情感的表达。各有利弊吧。那学长你呢?更喜欢哪个?"
"个人更偏好唐诗宋词吧,意境深远,比起现代诗更深沉厚重些。"说着便背起南唐后主李煜的《长相思》。

一重山，两重山，山远天高烟水寒，相思枫叶丹。

毓静接着他的上句背出了下句：

菊花开，菊花残，塞雁高飞人未还，一帘风月闲。

背完，毓静说道："学长你是婉约派的，看我豪放派的！"说着便背起了苏轼的《定风波》。

莫听穿林打叶声，何妨吟啸且徐行。
竹杖芒鞋轻胜马，谁怕？一蓑烟雨任平生。

远也接着毓静的诗背下去：

料峭春风吹酒醒，微冷，山头斜照却相迎。
回首向来萧瑟处，归去，也无风雨也无晴。

"我突然想起两个人。"毓静道："两个一起看雪看月亮，从诗词歌赋谈到人生哲学的人。"
"又一个琼瑶迷！琼瑶阿姨呀，你又祸害了一个傻孩子！"
"哇！这样你都能知道我说的是琼瑶剧，比我境界高啊！"
"我也想起了两个人，里尔克和卡卜斯。"忆远说道。
"在上个世纪初的一个深秋，一个叫卡卜斯的年轻诗人在维也纳新城陆军学校的校园里，坐在一株古老的栗树下读着一本诗集。莫名的兴奋使这个年轻人给诗集作者寄去了他的诗稿，并附了一封请教信。几周后,他收到了盖有巴黎邮戳的回信。于是,这个年轻的诗人和那个旷百世而一遇的诗人里尔克开始了长达 5 年之久的书信往来,因此也就有了后来著名的《给一个青年诗人的十封信》。

这是两个诗人在诗中相逢,用纸笔交流的结晶。当两个诗人相遇的时候,有多少关于诗的话题可以交流,那该是多么诗意的倾心啊。而事实上,这只不过是我的一些天真的想法和诗意的揣测。想来大多数人如我一样地冒昧,会生出如此的想法。

当我打开里尔克《给一个青年诗人的十封信》这本小册子的时候,我不由得瞠目结舌。当这两个诗人相遇的时候,他们虽然也谈论到诗和艺术,但他们谈论的更多更集中的是寂寞和忍耐、生活和职业的艰难。他们谈论的话题竟然也是如此现实并那么的沉重,不如我想象中的诗意。而他们这两个诗人谈论的,竟然是每一个要过世俗生活的普通人都不得不面对和谈论的问题。"

他们就这样边走边说,边说边笑,时而婉转,时而悠扬,像是在唱着一首平和安详的歌。这画面又好似一首梦境般的抒情诗。

三十、何当共赏中秋月

那年的中秋来得特别晚,当所有的鲜艳明丽都随风凋零的时候,月亮才偷偷地绽放了笑靥。最最皎洁的月光,也无法点亮满目的枯萎与荒芜。

满城的灯火,却照不亮灯火阑珊处的那张脸。

当我想你的时候，你是否也会想我？

最是相思难堪破。

最深沉的孤单，不是自己一个人，而是心里住进了另一个人。

"毓静，发什么呆！和几个朋友约好去K歌过节，一起去吧！"

"好的，紫萱。"

K歌房里闪动着五颜六色亮晶晶的霓虹。

大家正讨论着雨薇和铭卓两人怎么还没来，就听得一声："我们来晚了，让大家久等了。"

只见暮雨薇拉着铭卓的手满面春风地走进来。

"说曹操曹操就到！来晚了，要罚唱十首哦。"夏紫萱打趣道。

"罚也不怕，我们就是来唱歌的，哈哈。"暮雨薇笑说。

"紫萱，你太不地道了，私藏帅哥也不给我们介绍介绍！"雨薇看着坐在紫萱旁的男子问道。

"你每天就知道腻着你家铭卓甜蜜去了，眼里哪还会有我们呐！"紫萱笑说，"我给大家介绍介绍，这位是沈昱潇。"

"嗨，大家好！"沈昱潇摆摆手说道。只见他眉目俊朗，轮廓分明，后来听紫萱说他可是体育系篮球打得最漂亮的帅哥。

"昱潇你可要小心紫萱哦！她被称为少男杀手的！"雨薇笑道。

"那就要拜托紫萱手下留情了！"众人笑道。

"不知大家都吃过饭没有？真是失误，应该先一起去吃饭再来唱歌的。"紫萱说道。然后点了几个小菜，几瓶酒水，说道："大家先随便吃一下，唱完歌再去吃点。"

毓静突然想起包里还有一大袋没送出去的月饼，便拿出来分与大家，说道："请大家吃月饼，刚买的。"

"什么口味都有呀，太好了，莲蓉蛋黄馅、板栗馅、豆沙馅、水果馅、五仁馅、奶酪花生馅！都是我爱的口味！"紫萱说道。

"毓静，还是你最贴心！"锦如笑说。

毓静心想着，这本是送给学长的，可惜他回家了，不过月饼总算还是派上用场了，但心里却还是有说不出的失落。

"那片笑声让我想起我的那些花，在我心中某个角落静静为我开着……"听锦如唱着，柔美的嗓音让人如沐春风。

一曲完了，只听掌声不停。

紫萱说道："锦如你可真厉害，跟了你这么久，都不知道原来你唱歌这么好听！"

接着大家提议雨薇和铭卓来首情歌对唱，雨薇与铭卓又提议紫萱和昱潇两人对唱。

雨薇推脱说："你们知道，我五音不全从来都不唱歌的。今天来，主要是听你们唱。"

紫萱道："那好，我们唱歌可以，但你要伴舞我们才唱。"

雨薇道："舞蹈可是我的专业哦，我从来都不怕跳舞的。"

"想把我唱给你听，趁现在年少如花……"紫萱和昱潇两人对唱着，雨薇拉着铭卓来伴舞。

"终于唱完了啊！"雨薇道，"你这嗓音，也不比我好到哪里去啊！"

"就你非要让我唱，我说不唱吧又不好意思，唱了又说人家唱得不好，唉，你这个人，真爱欺负人！"紫萱笑道。

"呵呵，挺好听的，现在就流行这个音哈。"铭卓圆场道，"毓静唱首歌吧，还没听过你唱歌呢！"

毓静接过麦，"好吧，帮我点首《但愿人长久》吧，王菲的。"

明月几时有

把酒问青天

不知天上宫阙

今夕是何年

……

一曲唱罢,只听得紫萱道:"毓静,你唱得这么好,怎么平时都没听过你唱歌!"

昱潇说:"没有听到过如此温柔空灵的嗓音,真的有王菲的味道。"

铭卓道:"毓静的嗓音空灵冷寂,欲言又止,喉间略带哽塞,将这首歌的意境表现得淋漓尽致。真的很有潜力哦。"

毓静道:"以前在家很喜欢唱歌,在学校基本没有唱过。呵呵。"

望了一眼窗外的月亮,白色月光笼罩下的点点星光,像镶嵌在蓝色锦缎上的细碎水钻。而空中的圆月,又如被水钻包裹的巨大珍珠。

暗暗低头,不知道忆远在干什么,有没有吃月饼?有没有和家人一起吃团圆饭?有没有和喜欢的人一起对月抒怀?有没有听到自己唱的《但愿人长久》……

……

只听得铭卓的歌有种凉凉的悲哀:"也许你不曾想到我的心会疼,如果这是梦,我愿长醉不愿醒……"

……

焰 火

回家的路上，不知是谁在放焰火，
斑斓了静谧的月色。
绚丽迷乱耀眼短暂。
来不及说再见，却已走远。
但愿人长久，千里共婵娟。
是美丽却短暂的梦境！
说了再见，是否下一秒就会相见？
难说再见，是否就意味着永远？
相见不如怀念。
抑或怀念是最深沉的相见？
繁华易逝，烟花易冷。
绚烂的记忆却可以定格成永远。
没有绝对的永远，却有记忆的永远。

三十一、一长串的从前

时间如指缝间安然流过的水，匆匆而逝。转眼间已到了冬天。雪，樱花般纷纷而落，又仿佛翩然而至的蝴蝶，密密麻麻飞落一地。

窗外的世界，俨然一座冰清玉洁的宫殿。

毓静穿好羽绒服，拿起画板画架便奔出了门外。

多美的雪，家乡的雪从来没有过这样壮美！

雪，一片，一片，一片，安然地落着。在额头，在脸颊，在手心，融成一股清凉的甘泉，豁然间流入心底最柔软的地方。

选了玥明湖畔的一处凉亭，支起画板静静地画着被洁白默默覆盖的世界。

不知过了多久，只觉得手脚已有点麻木了，呼出的气体，瞬间便结成了细碎的水晶。

"会长出冻疮的，你个小傻瓜！这么冷的天画画！也不戴手套！"只听得背后有声音传过来。

便已知道，那是忆远。

"学长你怎么来了。"话音未落，只见两只大大的暖暖的手套已套在了自己冻红的双手上。羽绒服上的帽子，也已套在了头上。

"不行，我还没有画完呢。"说着毓静摘掉了右手的手套，去抢被忆远夺走的画笔。

远躲开来，笑嘻嘻地说："不要画了嘛，手会冻坏的！"

"不行，你快还给我……快还给我……"

"你能抓到我，我就还给你！过来抓我啊！"

"看我怎么抓到你！"

玥明湖上已然结了厚厚的冰，积满了一尺厚的雪，脚踩上去，"吱吱"作响。

两人团起一团团的雪球，竟打起了雪仗。手脚虽冻得冰冷，心却像春天一样荡漾着温和的阳光。

"苏忆远，你不要跑！看我怎么抓到你！"

雪依然飘飘洒洒地下着，两人身后的脚印也越来越模糊，心底却留下了一长串深深的记忆。

三十二、Empress of the Snow

"林毓静,快来抓我呀!抓到了我就是你的了!"忆远边跑边笑着说。

"谁要你啊,我才不要这么幼稚的学长!快点还给我!"毓静追在后边。

"林毓静,快来抓我啊!"

"苏忆远,看我来抓你!抓到你来做我的奴隶哦!"

雪簌簌地下着,两人的嬉笑打闹声如此清脆悦耳,引得许多路人也不禁玩起雪来,这场景,这画面,洋溢着浓浓的幸福的味道。

"终于抓到了!跑不掉了吧!"毓静扯着忆远的衣襟,坏坏地笑着。

"好了好了,做你的奴隶。说吧,小屁孩,想要让我做什么?"

毓静想了想,说道:"你去帮我画完那幅画吧。"

忆远笑笑说:"愿赌服输,不过这也太简单了!你都快画完了啊。"

毓静撇撇嘴:"不过要按照我的思路来画!"

忆远笑笑说:"好,孩子大了,事儿也多了。说,你要我怎么画?"

"我要你在上面加一个人。"毓静说道。

"噢,我明白了,早说嘛,想让我画你就直接说好了!"忆远坏坏地说。

"我才没你那么臭美!本来是想画白雪皇后的,都是被你打扰的,一点灵感也没有了!"毓静有点委屈地说道。

"白雪皇后是?"忆远不解地问。

"苏忆远你怎么这么笨!安徒生童话的经典角色,白雪皇后都不知道!"

"好好好,是我笨,我哪有你那么幼稚?"

"你说什么?再说一次!"

"哦哦,我说是我笨,哪有你那么聪明。"

"这还差不多,看在你是我奴隶的份上,就给你讲讲这个故事吧。你要好好听哦。"

"北方的北方的拉普兰德,那里住着雪之女王,一年四季都是白雪皑皑的。北边的尽头,拉普兰德,在那最深最冷的地方,有雪之女王的宫殿。用白雪筑成墙,用凛冽的寒风做成窗的冰宫里,隔绝世界上所有暖气,一个冰冻的雪之女王,她是世界上最漂亮的人,也是最孤独的人。

"在一个大城市里,住着两个清苦的孩子。男孩的名字叫加伊,女孩叫格尔达。他们并不是兄妹,不过彼此非常亲爱,就好像兄妹一样。他们住在面对面的两个阁楼里。两家的屋顶差不多要碰到一起,两个屋檐下面有一个水笕,他们只要越过水笕就可以从这个窗子钻到那个窗子里去。他们一起长大,并相互喜欢。

"在一个冬天的日子里,当雪花正在飞舞的时候,加伊拿着一面放大镜走出来,提起他的蓝色上衣的下摆,让雪花落到上面。

"'格尔达,你来看看这面镜子吧!'他说。每一片雪花被放大了,像一朵美丽的花儿,像一颗有六个尖角的星星。这真是非常美妙。

"不一会儿,加伊戴着厚手套,背着一个雪橇走过来。他对着格尔达的耳朵叫着说:'我要到广场那儿去——许多别的孩子都在那儿玩耍。'于是他就走了。

"在广场上,那些最大胆的孩子常常把他们的雪橇系在乡下人的马车后边,然后坐在雪橇上跑好长一段路。他们跑得非常高兴。不一会儿,有一架大雪橇滑过来了。它漆得雪白,上面坐着一个人,身穿厚毛的白皮袍,头戴厚毛的白帽子。这雪橇绕着广场滑了两圈。于是加伊连忙把自己的雪橇系在它上面,跟着它一起滑。它越滑越快,一直滑到邻近的一条街上去。滑着雪橇的那人掉过头来,和善地对加伊点了点头。他们好像是彼此认识似的。每一次当加伊想解开自己的小雪橇的时候,这个人就又跟他点点头,于是加伊就又坐下来了。就这样,他们一直滑出城门。这时雪花在密密地下着,伸手不见五指,然而他还是在向前滑。他现在急速地松开绳子,想从那个大雪橇上摆脱开来。但是一点用也没有,他的小雪橇系得很牢。它们像风一样向前滑。这时他大声地叫起来,但是谁也不理他。雪花在飞着,雪橇也在飞着。它们不时向上一跳,好像在飞过篱笆和沟渠似的。他开始害怕起来。

"雪越下越大了。最后,雪花看起来像巨大的白鸡。那架大雪橇忽然向旁边一跳,停住了,那个滑雪橇的人站起来。这人的皮衣和帽子完全是雪花做成的。这人原来是个女子,长得又高又苗条,全身闪着白光,她就是白雪皇后。

"她太孤独了,所以只好把加伊带走,她那么说过。

"格尔达为了寻找加伊,来到了雪之女王的住处拉普兰德。她找到了加伊并带走了他。但世界上最美丽最孤独的雪之女王,从此却更加孤独。"

"可是,一个人住在冰冷的宫殿里,不是太惨了吗?"

"可是,一个人住在冰冷的宫殿里,不是太惨了吗?"

毓静的脑海里重复着远的这句话,若有所思地望向远方。

"毓静,你是不是有心事?"忆远一边画着画,一边问道。

毓静依旧望着远方,仿佛没有听到似的沉默。

"雪之女王的裙子应该是白色的吧?"忆远再次问道。

但回答依旧是沉默。

"毓静,我讲个故事给你听吧。"忆远说道,语调舒缓而温柔。

他一边画一边讲着。

"一天,一只小白兔跑到药店里,问老板:'老板老板,你这里有胡萝卜吗?'

"老板说:'没有。'

"小白兔就走了。

"第二天,小白兔跑到药店里,问老板:'老板老板,你这里有胡萝卜吗?'

"老板说:'我都跟你说过了,没有!'

"小白兔就走了。

"第三天,小白兔跑到药店里,问老板:'老板老板,你这里有胡萝卜吗?'

"老板急了:'我跟你说过多少次了!没有!!!你再烦人,我就拿老虎钳子把你的牙都拔下来!'

"小白兔害怕了,跑掉了。

"第四天,小白兔跑到药店里,问老板:'老板老板,你这里有老虎钳子吗?'

"老板说:'没有。'

"小白兔问:'那,你有胡萝卜吗?'

"老板真的生气了，拿出老虎钳子来，就把小白兔的牙给通通拔掉了。

"第五天，小白兔跑到药店里，问老板：'老板老板，你这里有胡萝卜汁吗？'"

讲完后毓静微微一笑说："学长，你还蛮幽默的。我还要听。"

"好，再给你讲一个。"忆远呼出一口气，搓了搓双手，说道："小白兔和熊瞎子走在森林里，不小心踢翻一只壶。

"壶里出来一个精灵，说可以满足它们每人三个愿望。

"熊瞎子说：'把我变成世界上最强壮的狗熊。'它的愿望实现了。

"小白兔说：'给我一顶小头盔。'它的愿望也实现了。

"熊瞎子说：'把我变成世界上最漂亮的狗熊。'它的愿望又实现了。

"小白兔说：'给我一辆自行车。'它的愿望又实现了。

"熊瞎子说：'把世界上其他的狗熊全变成母狗熊！'

"小白兔骑上自行车，一边跑一边说：'把这只狗熊变成同性恋……'"

"哈哈哈！那只狗熊真是个大白痴！跟学长你挺像呢！哈哈哈。"毓静听完不觉笑出声来。

"你终于笑了。傻妞，好了我画完了，过来看看。"忆远搓着手说道。

毓静走过去，握着忆远的手，帮他戴上手套，"冻坏了吧。"

站在画板前，轻声说着："好美，白雪皇后，真的好美。可是，她只有一个人。"

忆远握住毓静的手，放入自己的衣袋里，说道："不，她不是一个人，她还有加伊。"

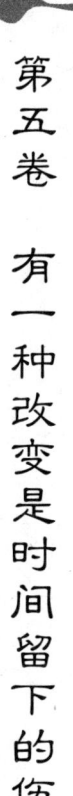

第五卷 有一种改变是时间留下的伤

那个冬夜,雪花轻盈。

锦如说:"北方的冬天,好冷。"

毓静拍拍她的肩膀说:"没关系,春天就要来了。"

豁然间,毓静仿佛听到她的泪水如冰珠般掉落一地。

也许,她是孤单了,想家了,毓静这样想着。

……

三十三、有一种改变是时间留下的伤

锦如、紫萱、铬儿,还有毓静,四个女孩同住在一个寝室,有快乐,有忧伤,还有很多未说完的故事。

紫萱性格直爽,单纯善良,是典型的富家小姐脾气,说一不二,其父亲是东南亚最大的广告公司老总,却也没见她自己提到过。

铬儿本名李钰铬,父亲是本校设计学院的教授,母亲是高中美术老师。她从小受到严格的家庭教育,是典型的乖乖女。

说起锦如,她其实也如毓静一样有着说不完的忧伤故事。花一样的女孩,却有着不为人知的辛酸和忧愁。其中的故事,或许只有锦如自己知道。

不知过了多久,质朴的锦如变得小资起来。不再在挤满了人的学校饭厅排队买饭,而是穿梭于缀满优雅水晶吊灯的欧式餐厅,吃意大利桑葚酱烘焙的蛋糕,喝葡式白巧克力奶茶,读简·奥斯汀和唐诗宋词。穿灰色花边短裙,配棕色长筒靴。黑长柔顺的直发也变成了优雅性感的波浪卷,简直换了一个人。

雪如樱花的夜晚,铬儿回家,紫萱探亲,寝室里只剩下锦如和毓静。

"小如,是不是恋爱了呀?最近变得这么漂亮。"毓静问道。

"没有啦,你和学长才让人羡慕呢。"锦如笑说,笑容里却有掩盖不住的忧伤,毓静发觉那眼神,好像曾经的自己。她走过去,拍了拍锦如的肩膀,轻声问:"下雪了,是不是有点冷?"

锦如说:"我从白日走来却没有黑夜的感觉,在这个熟悉又陌生的城市里,我是孤独的。"

毓静说:"小如,我们都一样,孤独地面对着漫长的冬夜,孤独地守候着未知的明天。"

锦如说:"每个人都孤独吗?不,我们不一样,你们和我不一样,我最孤独。"她说,"你们都很幸福,你有学长,紫萱有昱潇还有老爸,铬儿有温暖的家,而我,什么都没有,一无所有。"

是呀,一无所有,为什么不是呢?小如,其实我们都一样,我们都一样。

毓静说:"小如要有男朋友了,一定会有疼爱小如的好男孩。"

小如沉默了,弯弯的睫毛上挂满了湿漉漉的泪水,不一会便坠落下来。

这样的小如,好像曾经的自己。忽然间,排山倒海的伤感一波波侵袭过来,毓静抱着小如的肩,轻声说着,"你不是一个人,你不是一无所有,以后你再也不孤单。"说着自己也掉下泪来。

毓静又说道:"小如,你知道吗?有些人喜欢把自己当成质数,3或者19,孤单又清高,但我们没有,我们一向很随和,没有架子,但不得不承认,质数或偶数都是数,他们本质上都一样,但实际上,表面温和的偶数比质数更加孤单不合群,质数的孤单沉默并不是不相信他人,而是不相信自己,害怕付出太多,结果会伤得很痛。"

"小如你知道吗?其实有很多人喜欢你,关心你,爱你。"

从此,毓静对锦如的关心总是无微不至,做什么都会想到锦如一份。

三十四、冰雪世界里的温柔暖阳

白茫茫的雪,在冬日的阳光下闪耀着鱼鳞般耀眼的光。在紫萱的号召下,大家一起携男友或准男友奔赴北郊的玉龙山滑雪场,滑雪、赏梅、泡温泉。

玉龙山坡连绵百里,山麓温泉浴场洁净开阔,古典的园艺造型梅花,绽放在冰天雪地间。天蓝雪白,场地开阔,使得大家心情也舒畅起来。

雨薇、铭卓、紫萱,三人均是滑雪高手,锦如、毓静、忆远、和昱潇却完全不懂怎么站住脚。

雨薇提议:"不如我们一对一,会的教不会的如何?"

紫萱接话道:"男女搭配,干活不累。"说着拉起昱潇的手。

"不如来场比赛好了。一个小时后,来这里集合,看看谁教的徒弟滑得最好,滑得不好的队,要请滑得好的队吃饭。"铭卓说道。

大家都说这个主意好。

接着雨薇也拉起忆远说道:"这两个从来不运动的美女,就交给你啦。可别有什么非分之想啊!毓静你放心,学长就交给我好了。"

毓静笑说:"好了雨薇,知道啦。"

说时雨薇已拉着忆远走远了。白茫茫一大片雪地上,只留下铭卓、锦如和毓静。

铭卓轻声问道:"以前没有滑过吗?"

"没有。"

毓静和锦如一起说道。

"哦，没关系，学会了很有意思的，好像在风中飞翔一样。不过你们刚开始学的时候，千万不要怕摔倒，怕的话就会学不好的。"铭卓的眼神像飘忽不定的蝴蝶，闪闪烁烁。音调却温柔饱满。

一次次的摔倒让毓静因为自己没有运动天赋而懊恼不已。整整一个小时里，她摔倒的次数为平均每分钟一次，"这次真是被人笑掉大牙了！"毓静自己心想着，不过和她一样没学过滑雪的锦如，却好像和滑雪有相见恨晚的感觉，滑得出奇的好。

毓静第一次看到锦如的笑，如盛夏骄阳中绽放的向日葵，金灿灿的，而自己却有些窘迫。

她也发现，铭卓好像并没有对自己生气的趋势，每次扶起摔倒的自己时，语气却更加温柔。

一个小时很快就过去了，只见雨薇拉着忆远兴高采烈地走过来，紫萱和昱潇直接滑着过来，看来他们都成绩斐然啊！自己却有想要放弃的冲动。

不用多说，结果可想而知，毓静滑得是最差的。昱潇最有运动天赋，占据绝对领先的优势，跟随其后的是锦如，接下来是文质彬彬的远。

铭卓一组只好愿赌服输，请大家去吃玉龙山庄比较有名的韩式自助烧烤。

饭间，锦如的目光，如飞飞停停的蝴蝶，不敢在铭卓的眼眸上多停留一刻，而隐藏着自己心事的或许不止锦如一人。

三十五、阳光破碎在往日的阴暗角落

下午的阳光温柔迷离地照着,时不时被几朵浮云揉碎在湛蓝的天际。

吃完饭,大家一致提议去泡温泉。进入温泉区时,门外一巨大石碑赫然在目,上面刻有一诗:

> 玉龙泉水沸且清,
> 仙源遥自丹砂生。
> 沐日浴月泛灵液,
> 微波细浪流琤峥。

一排古色古香的古典庭廊映入眼帘,大体分为三座,是分别题有朱砂泉、紫云泉、玉龙泉匾额的庭院。这里与冰天雪地的玉龙山真是天壤之别,处处草木苍翠,鸟语花香。

玉龙泉水自玉龙峰下喷涌而出,与紫云峰隔溪相望。泉水分为三处,分别为朱砂泉、紫云泉、玉龙泉,且温度也由低变高,所含矿物成分也有所不同。

只见昱潇说道:"来玉龙山,不泡玉龙泉,枉为男人,走,咱们去泡玉龙泉。"说着拉着铭卓和忆远进了玉龙泉。

雨薇和紫萱怕冷,锦如和毓静怕热,所以分为两路,雨薇一路进了紫云泉,锦如一路进了朱砂泉。

但见院内烟雾弥漫,仿若仙境。

几人在这水气蒸腾氤氲中,水温缓缓地渗入肌肤,全身心都在这温水中得到最大的放松。

毓静突然从"春寒赐浴华清池,温泉水滑洗凝脂",想到"渔阳鼙鼓动地来,惊破霓裳羽衣曲",这些凄婉感人的历史故事也都是发生在温泉边的。

她记起小时候和父亲去过的华清池,便说道:"锦如,这里和杨贵妃洗澡的地方很像。"

"哦,那我们岂不是也享受到贵妃级别的待遇了?"锦如说。

"是呀,曾经唐明皇专为杨玉环修建了华清池中的海棠汤,池内平面呈盛开的海棠花状,是当年唐明皇作为爱情的礼物赐给杨贵妃的,也称贵妃池。杨贵妃有羞花闭月之貌,她的美更因温泉水的滋养而更妩媚迷人。白居易《长恨歌》中'春寒赐浴华清池,温泉水滑洗凝脂'记录的便是杨贵妃在海棠汤出浴后的娇态,为世人留下了一幅美丽的'贵妃出浴图'"。

"毓静,你怎么这么了解华清池呢?"锦如问道。

"我小时候和爸爸去过华清池,现在想起来还挺怀念呢。"毓静回道。

"原来是这样啊。是不是有点想家了?"锦如问。

"想起小时候和爸爸一起出去玩,兵马俑、碑林、华清池、翠华山、华山……他都带我去过。"

"你好幸福啊,有这么爱你的爸爸。"锦如说道。

毓静却看到锦如眼中流露出的深深的落寞。

"我好想,他再带我去一次。"毓静说,"可是,这或许只能在梦里实现了。"

"为什么?你爸爸没有时间吗?这又不是很难实现的事。"锦如好奇地问。

"有些东西，当它存在的时候你总会不以为然，而当你真正失去的时候，才会懂得痛彻心扉是什么滋味。"毓静平静地回答，心中却有阵阵刺痛。

"我爸爸他已经不在了。"

"对不起，我不知道原来……"锦如赶忙说道。

"没关系，我已经习惯了。"至少，在毓静心里，父亲对自己的爱永远都不曾褪色，父亲生前的点点滴滴，已然印刻在她的脑海里，提醒着自己：我不孤单

"也不知道怎么会说起这些，锦如你真的不用在意，这些都已经过去了，只是偶尔想起会有一点点心痛。"毓静说道。

"毓静，其实我也和你一样，我们都一样，只是，我从来不会想起他。"锦如的眼神沉沉的，仿佛陷入某种深思。"我爸爸也不在了，只是他走了，我没有一丝的痛苦，心里反而得到了解脱似的欣慰。"

"为什么？"毓静诧异于锦如的话。

"因为我恨他……从小到大，我从来没有感受到什么是父爱，当别的孩子依偎在父亲怀里撒娇听故事的时候，我听到的只有母亲怨妇般的抱怨和谩骂，面对的只是无穷无尽漫长黑暗寒冷的暗夜。他从来都没有爱过我和我妈妈，自从他外面有了女人之后，只回过两次家，回家的目的，也只是跟我妈要钱，除了钱，他什么都不认得。我记得有一次他向我妈要钱，一个大男人，为了钱居然可以卑躬屈膝！那可怜巴巴的乞求声我永远也无法忘记，'给我钱，求你了，我知道我对不起你，可是看在我们夫妻一场的份上，给我吧。我什么都不要，只要你给我钱……'接着母亲拿出了我们家唯一的一点可称为财产的东西，一只母亲娘家陪嫁的玉手镯，我歇斯底里地叫着：'不要

给他，不要给他！'可是他早已抓在手里，风一样地跑了出去。自那以后，我就再也没有见过他。

"后来，我妈带着我搬了家，为了逃离他无穷无尽的纠缠，走了好远好远，终于摆脱了他的阴影。再后来，听别人说他已经死了，溺死在海里了。"

空气中突然充满沉沉的寂静。

毓静拉着锦如些许粗糙的手，仔细审视着那只戴在手腕上从不离身的玉镯，那鲜翠欲滴的颜色闪着柔和温润的光泽。

"小如，原来你比我承受的更多。"

第六卷 谁是谁的纳西瑟斯,谁是谁的水仙花

你知道吗？今天下午，我特地去买了一盆水仙花，洁白的花瓣，嫩黄的花蕊，优雅芬芳，亭亭玉立，花瓣低垂着，仿佛在凝望水中自己的倒影。

这让我陷入一种深思：我们每个人都是凝望着自己倒影的水仙花——时时刻刻以自我为中心。

佛说：人最爱的是自己，由于爱自己，所以执意去取得认为属于自己的一切。

我们口口声声说的"我爱你"，或许并不是爱那个让自己魂牵梦萦的人，而是自己本身。

……

三十六、纳西瑟斯和水仙花

那时候,不知道美男子纳西瑟斯(Narcissus),也不知道深爱他的可爱女神爱可(Echo)。只是,如水仙花一样美的男子,却误闯进我贫瘠干涸的心。

这是锦如网络日志上的一段话。

她说,今天我看了古希腊神话中关于"水仙子"的故事,这故事让我感慨万千,与心中所想不谋而合,这些日子好多心绪压得我喘不过气,就写出来,不管你能否看见,至少我的心可以好过点。

她说:"我觉得自己就像被抛弃的爱可一样,心碎却无人发觉,爱得如此狼狈和艰辛;而你,却如此狠心,我的自尊和心痛换来的只是你的漠视和残忍。

"是啊,你们如此幸福,你们灿烂的笑刺痛了我深情注视你的眼眸,你们紧扣的双手伤透了我深深爱你的心房。你知道吗,你就是我心里一朵盛开的玫瑰,开得鲜艳如血,芬芳如蜜,而这华美的甜蜜背后,却有尖利的刺深深刺入我滴血的心房。

"不知道你在干什么,也许是和你的她约会吧,想到这里,你知道我的心会痛吗?

"不管怎样,我想讲个故事给你听。希腊的神话,你喜欢吗?

"纳西瑟斯实在是太美了,见过他的女孩都渴望当他的爱人,但他一个也不想要。他漫不经心地走过最迷人的少女身边,无论她怎么吸引他的注意,他都不理不睬。心碎的姑娘在他眼中算不了什么,连最美的仙女爱可的悲剧都打动不了他。纳西瑟斯不改残酷的作风,一直瞧不起爱情。有一个伤心人向天神祷告,结果应验了:'愿不爱别人的他爱上他自己。'女神宁美息事插手安排这件事。纳西瑟斯掬一捧清水来喝时,看见自己的倒影,立刻爱上了它。他嚷道:'现在我知道别人为我吃了多少苦头了,连我自己也热烈地爱上我自己了。可是要如何才能接触水中迷人的影像呢?我离不开它,我唯有一死才能得到自由。'事情就这样发生了,他一年到头守在那潭边,凝视水影日渐憔悴。爱可在他附近,可是一点办法都没有,等到他奄奄一息地对自己的影子叫道:'别了——别了。'她才复诵这句话,算是跟他道别。而纳西瑟斯的亡魂渡过阴间四周的河流时,还依着船身,最后一次捕捉水里的倒影。他死后,受他藐视的众仙女待他很仁慈,想找到他的尸体来安葬,却找不着。他倒下去的地方却开出一朵迷人的鲜花,她们就叫它纳西瑟斯(水仙花)。

"你是我的纳西瑟斯吗?算了吧,算了吧,即使是,我也不会停止爱你。

"你知道吗?今天下午,我特地去买了一盆水仙花,洁白的花瓣,嫩黄的花蕊,优雅芬芳,亭亭玉立,花瓣低垂着,仿佛在凝望水中自己的倒影。

"这让我陷入一种深思:我们每个人都是凝望着自己倒影的水仙花——时时刻刻以自我为中心。

"佛说:人最爱的是自己,由于爱自己,所以执意去取得认为属于自己的一切。

"我们口口声声说的'我爱你',或许并不是爱那个让自己魂牵梦萦的人,而是自己本身。"

三十七、Someone，Some Love

锦如曾说，曾经的自己，也和暮雨薇一样，受很多男生的爱慕。只是来到大学后，人才济济美女如云的环境，让自己一下子失去了昔日的光彩。锦如的笑，也曾是许多男孩心中的一把刀。

不错，锦如的笑，是许得九心中的一把刀。许得九何许人也？是中学时期锦如无数爱慕者之一。

这把刀第一次刺伤他，是几年前的一个初秋，许得九刚刚转学进入锦如的学校，那是一所县级中学，周围乡镇、村落里的学生，条件好点的都来这里就读。许得九第一次在全班学生面前露面，便引得大家哈哈大笑，彼时锦如在写一篇英文日志，听到排山倒海的笑声才抬起头，不想自己也被眼前这个土得冒泡的新同学逗乐了。

只见许得九穿着一套宽大的黄不拉几的旧西装，像被子一样将瘦弱的许得九包裹在其中。而他的脚上，却套着一双雪白雪白的运动鞋。那是他第一天从乡下转学到县城，妈妈为此特地去集市上为他买了这双鞋，四十几块钱，是他最贵的行头。她很自豪地说，去城里了，别让人笑话。

她一定想不到，他还是让人笑话了。这些笑他的人并不会知道，他为了害怕在鞋面上留下褶痕，是怎么一路像木偶一样直着膝盖走过来的。他低下头看着平平整整一尘不染的鞋面，很难过。再抬起头来的时候，就迎上了一张脸，一张笑着的脸。

当然,所有人都在笑,但这个笑容在他看来是不同的,仿佛有一种超乎年龄的冷漠和轻蔑,这轻蔑穿过皮肉,穿过经络,从骨子里一把揪疼了他。

这就是张锦如。在许得九残酷的青春里,她轻而易举地践踏了他的尊严,一个刚刚萌动而出的男子汉的尊严。

后来与许得九同桌的女生说:"她当然瞧不起你,她只喜欢有钱人。"

"有钱人?"许得九并不理解同桌小敏的话。

小敏继续说:"她有什么了不起,她很美吗?许得九,你说她美吗?"

许得九很想说她不美,可他不想说谎。他不知道什么样子才叫美,可是这个女孩,她这样地让他疼啊。能让人疼的女孩,怎么会不美呢?

那时的锦如,温软的外表下藏着一颗不羁而狂野的心,也许正因从小失去了父爱的呵护,而越发地有了一份坚强硬朗的气质。初中时功课不好的她,升入高中后却像是变了一个人一样,门门功课都是第一,再加上柔和甜美的外表,她不得不被扣上校花的名号,追随者也络绎不绝。

土得冒泡的许得九,当然不被放在眼里。

然而,锦如的如花笑靥却像尖刀一般深深地刺进了得九的心里。不知不觉中,许得九的脑海里无时无刻不想着锦如的倩影。睡觉时想,走路时想,吃饭时想,发呆时想……后来慢慢地发展成上课时也想。坐在后排的许得九,一米八大个子的许得九,傻呆呆的书呆子许得九,总是默默地注视着那个他爱的女孩,笑容温润如玉的、课业好得不得了的女孩的背影。他望着她和别的男孩嬉笑打闹,言辞轻浮;望着别的女孩因为她而争风吃醋;

看着她风光的成绩和美丽的外表,以及看似放荡不羁的生活下不为人知的秘密和忧伤。

对锦如的爱慕,已经远远地超出了自己所能承受的范围。当他把所有关注的目光都投向锦如时,初中时课业斐然的得九,成绩却一泻千里,被同学笑称为呆瓜。

得九从同学那里得知,锦如曾经因母亲身体不好休过一年学,可是,自他转入这所学校以来,他从来没有见到她回过家,周六周日几乎都是在一个小型广告公司做礼仪接待兼职。即便在某些节日,她也留在学校或做兼职赚钱。由此,得九对锦如的爱慕与敬仰之情更加深了一层,心想着,同样来自于单亲家庭,锦如却比自己坚强优秀得多。堂堂七尺男儿,却比不过一介弱女子,让自己心爱的女子瞧不起,真是太失败了。自此,他便默默下定决心,一定要比锦如强,要让锦如看得起自己,要让自己强大到可以保护她。

自此,得九的成绩蒸蒸日上,终于在高一第二学期的期末考试中初露锋芒,他所擅长的数理化以压倒性优势超过总排名第二的锦如,位列第一名。

成绩公布那天,锦如看得九的眼神有些许不同,好似藏着更深的内容。得九在心里告诉自己,锦如终于看得起自己了,不想锦如的这个眼神,却只是暴风雨来临前的一个伏笔。

得九开始发现,身边的人在排挤自己,数学课上,自己回答问题时总会听到很多唏嘘和挖苦的声音。打饭的时候,总有人会以这样那样的借口插自己的队,排在最后的得九只能吃到可以用"残羹冷炙"来形容的饭菜。自己的作业经常被别人篡改和抄袭,让老师误以为他之前的成绩不过是作弊得来的。

同桌小敏悄悄告诉得九:"你这下惨了,从来没有人可以超过锦如,她是个好胜心极强的人,她一定不会放过你的。我和她是初中同学,了解她的性格为人,初中时她一心想玩,没人能玩得过她,后来她又一心想学,同样也没人学得过她。玩得过她学得过她的人最终都会输得很惨。正因为争强好胜的性格,她从来都没有输过,自而周身散发出一种无处不在的优越感。这种柔和却又刚毅的气质吸引了无数爱慕她的人,而她却唯独喜欢和有钱人交往。"

"或许是因为她母亲有病急需用钱吧。"许得九对小敏说。

"得九你是不是傻了喜欢她,她有什么好?她这样心狠手辣、见利忘义的女人有什么好?你说她有什么好?"

"小敏我不许你这样说她。"

"人的一生至少该有一次,为了某个人而忘了自己,不求有结果,不求同行,不求曾经拥有,甚至不求你爱我,只求在我最美的年华里,遇到你。"得九边听着同桌小敏对锦如的谩骂,一边写着,那是一本关于锦如的日记,封面印有锦如最喜欢的太阳花,金灿灿地向着太阳微笑,这笑容和阳光融化在一起,暖暖的让人心潮澎湃。每当遭到同学欺负和排挤时,得九便拿出它来翻看,那是他精神和灵魂栖息的地方,而他却不知道,太阳花金灿灿的笑容背后,却有着不为人知的阴暗面。

高中以来,每次考试,锦如都没有输给过任何人,而自那次考试以后,每逢大考小考,得九的数理化成绩都会以绝对优势超过曾经被视为考神的锦如,这已让一向骄傲的锦如无法接受了。而引发锦如对得九累积已久仇恨的事,还要说到那次全国高中生物理竞赛。得九和锦如分别以市第二和第五名的选拔赛成绩成功晋级全国比赛。得九不孚众望地以全国第一的成绩为学校和自己争得了很大的荣誉,这所学校自建校以来,还从未出过国家级的竞赛冠军,得九的夺冠,在当地乃至全省引起了巨大的轰动。

和得九的风光夺冠形成鲜明对比的是锦如的不幸落榜。就在得九在台上被众人簇拥采访奉上鲜花掌声不断的时候,一向花团锦簇的锦如却悄然转身,潸然泪下。这一幕,恰巧被得九看到,那一刻,他的心像是被什么东西刺了一下,钻心的疼。

从那以后,锦如看得九的眼神更多了一份嫉妒和仇恨。而得九看锦如的眼神却多了一份哀怨和愧疚,像是做错事的小孩子在请求妈妈的原谅。

锦如早就知道得九喜欢自己,从得九对自己的低声下气以及软弱示好就可以看出来。可是她讨厌他软弱无能、优柔寡断的样子;她讨厌他课业比自己好,却总是故作谦虚的样子;讨厌他装疯卖傻痴痴呆呆的样子;更讨厌他在自己和同学的欺负下却还是微笑着的样子。为了报复得九,嫉妒心作祟的锦如故意和一个追求自己的长得很帅很帅很像金城武的男孩子交往了,并故意让得九看到他们一起甜蜜的样子,看着得九为此伤心落泪失魂落魄的模样,锦如的心才能稍稍平静。

锦如这一招正中得九的要害,为情所伤的得九整日失魂落魄,浑浑噩噩,度日如年。

三十八、傻气的人,喜欢给心

得九被锦如伤得死去活来的时候,也正是《仙剑奇侠传》演得如火如荼的时候,得九却和所有青春期未过去的少男少女不同,无暇去迷恋美若天仙的灵儿刘亦菲,去崇拜潇洒帅气的逍遥哥哥胡歌，却偏偏因林月如这个角色而惆怅落泪。

林月如，一个刁蛮任性的千金小姐，一个不谙女子柔情的富家女，却在遇到李逍遥之后彻底改变了她的人生轨迹。爱上了李逍遥的月如愿意为了那个早已心有所属的他而放弃一切，只为了能看到他幸福的样子。为了爱，她愿意去尝试梳妆打扮，愿意去学习脉脉柔情，甚至会为了他无意的一句话而多吃饭，养胖些，深夜为他盖被，四处为他的灵儿找药材。

看着月如因李逍遥而长夜落泪时，得九的心抽搐着，鼻子酸酸的，又想起了自己的锦如。

不料这时候，电视里响起了一首歌，伴着月如的泪，搅得许得九本已酸楚的心更加凌乱伤感。

空荡的街景想找个人放感情
做这种决定是寂寞与我为邻
我们的爱情像你路过的风景
一直在进行脚步却从来不会为我而停
给你的爱一直很安静
来交换你偶尔给的关心
明明是三个人的电影
我却始终不能有姓名
你说爱像云要自在飘浮才美丽
我终于相信分手的理由有时候很动听
……

得九看着屏幕上月如流泪的脸，心里想着，这样的爱，是不是太苦？或许从一开始，这份感情就是一个错误。

蓦然回首,依然还是那一句:给你的爱一直很安静。

> 望着你慢慢离开
> 宿命像潮水般
> 淹没我不能呼吸
> 漂浮在黑色的海
> 怎么习惯失去你的未来
> 怎么留住渐渐消失的云彩
> ……

自此,许得九便恋上了这首看似很安静却能穿透灵魂的歌。

那时窗外阴雨霏霏,得九神情呆滞地望着蒙蒙雨雾中几近凋零的玉兰,曾经的一树繁华,眼前的零落成泥。自己的心,却也如这飘落凋零的玉兰花,飘摇颓丧。

一直安静却深情地爱着的许得九,一直沉默却早已将心赋予的许得九失恋了,每天看着自己爱着的女孩对别人微笑,对别人撒娇,和别人手牵手地出双入对时,他的心便如刀绞一样痛。

即使得到第一又能怎样!即使得到所有人都羡慕的成绩又能怎么样!想着想着,得九竟痴痴傻傻地掉下泪来,滴在刚刚写下的日记上:

"天空没有飞鸟的痕迹,但我已经飞过;心没有被刀剑刺穿,却早已血流不止……"

暗蓝色的墨迹瞬间晕染开来。那字迹也模糊在沾满泪痕的双眼。

而此时的锦如,却正在和帅哥"金城武"卿卿我我。这一幕,恰巧被泪眼婆娑的许得九看到。得九终于爆发了,扔下所有的书本作业，推开阻拦自己的同桌小敏，越过一排排熟悉又陌生的桌椅，一把推开"金城武"，转过头，愤怒的目光瞬间柔和下来，低着头温柔地对着锦如说："我喜欢你，我们交往吧。"

一瞬间，所有人的目光都投向许得九。此时，只听得一声巨响"啪——"，得九只觉得脸上如火烧一样烫，未反应过来时，"金城武"已转过身拉着锦如向教室外走去，得九只隐约听得"金城武"的一句"你不配"和锦如的一句"拜托你去照照镜子，我从来不和乡巴佬交朋友"。锦如恶毒的话语如鸩酒一般将许得九的心完全撕裂！得九推开挡在前边的同学，奋不顾身地追了上去，拉着锦如的袖口，再次说道："我喜欢你，不管你怎样看我，我不想你因为学习成绩而记恨我。"

锦如冷冷地甩开得九的手，漠然地说道："我讨厌你，看到你就难受！"

瞬间，得九的眼中，只余灰烬。

他飞也似的跑了出去，奔跑在被昏暗天空压低的玉兰树丛中，出了校门，穿过熙熙攘攘的街，得九只觉得，风直把自己往后推，而自己眼中的世界却在急速后退。"山雨欲来风满楼"，得九却无暇顾及这些，心里尽是锦如那些怨恨和不屑的眼神、话语。"别人的嘲笑、谩骂和讥讽，我从来不会放在心上，但对于你，一个眼神，一句话语，却能让我有万箭穿心般的痛。"得九在心里想着，不知不觉中走进了一家名为暗夜的酒吧。

嘈杂的音乐，昏暗的灯光，喝得酩酊大醉的许得九。

太痛苦的时候，用酒精来麻痹自己不失为一个好方法，然而从学校偷跑出来的身无分文的许得九，却因付不起酒钱而遭到酒吧保安的谩骂和殴打。

被打出酒吧，鼻青脸肿的许得九，摇摇晃晃地穿过那条灯红酒绿的滨海街，不知不觉中又到了与家乡一江之隔的海滩。此时的天空，竟"噼里啪啦"下起雨来。听着海风从耳旁吹过，任冰冷的浪一次次淹没双腿，直到麻木，直到失去知觉。

得九看着一滴滴的雨，在海面上跳跃着，泛起一圈一圈涟漪，碰撞的瞬间便破碎了，幻灭了。就如自己此刻的心，这颗曾经完整饱满的鲜活的心，也随着破碎了，幻灭了。曾经那么执着的对生命的热情，对理想的追寻，对未来的憧憬，对所有美好事物的激情，也都随着破碎了，幻灭了。脑海里漂浮着自己在那本印有金色太阳花的日记本里写给锦如的最后一句话：

"我的世界太过安静，静得可以听见自己心跳的声音。心房的血液慢慢流回心室，如此这般的轮回。聪明的人，喜欢猜心，也许猜对了别人的心，却也失去了自己的。傻气的人，喜欢给心，也许会被人骗，会被拒绝，会被伤害，却也是真正爱过，不曾后悔。"

就这样一直想，一直想，想着想着，竟看到锦如微笑着的脸，和那片梦里无数次看到过的盛开的太阳花。

几天前玉兰花大朵大朵开得洁白如雪，不几天的时间，却又凋零无迹，让人不禁怀疑这短暂的花开不过是一场梦境。走得最急的，都是最美的风景；伤得最深的，也总是那些最真的感情吧。

自那天被锦如拒绝以后，这所校园里再无许得九的痕迹。有人说他那天太丢脸转学了，有人说他害怕锦如的报复所以不敢再待在这里了，也有人说他在这里受到太多人的排挤，所以不再来了……

无论哪种说法，只是，许得九真的再也没有在这所校园里出现过，就像从海面蒸发了的水汽一样，飘散无迹。

"小如，后来呢？他真的转学了吗？你们后来有联系过吗？"毓静问道。

"我也不知道他后来去了哪里，之后他妈妈来找过我，说她儿子很长时间都没有回过家了，问我有没有看到过许得九。我把事情的经过如实告诉了她，后来听人说有人看到许得九那天喝了好多酒，又没有钱付账，结果被打得浑身是伤，去了海边的他，在雨中被巨大的海浪卷走了。后来就再也没有了消息。她妈妈听到这个消息后整个人都垮了下去，没有了精神支柱，不久后也抑郁而终。"锦如说这段话时，眼里流露出一丝哀伤。

"对不起，也许我不应该问起这些，让你想起那些伤心的回忆。"静说道。

"没关系，我还觉得自己找不到倾诉的对象。"

"你和那个'金城武'后来怎么样了？"

"我们波澜不惊地分手了，他知道了我是利用他来气许得九，和我狠狠地吵了一架，我也一点都不伤心，因为没有爱也就没有痛苦。"锦如坦然地说道。

"你还会想起他吗？"

"你是说许得九？"

"嗯。"

"有时候会想起他离开时哀怨的表情，觉得很心痛。"

"你心里其实是有他的，是吧？"

"不知道为什么，曾经那么讨厌他，那么想要永远都不要再见到他，但是当一个爱你的人，真的永远消失在你生命里的时候，却有一种莫名的失落和心痛。每次进教室的时候，都会不由自主地期待看到他土里土气的永远安静如空气的身影。或许是我亏欠他很多吧。"

"小如,得九是个好男孩,他真的很爱你……"

"毓静,我知道,我曾经那样的捉弄他,他从来都没有怪过我,只是,现在说什么都已经没有用了。"

"你日记里所说的'纳西瑟斯'是许得九吗?"毓静问道。

"说起来你也许不会相信,那是一个和许得九长得很像很像,像是一个模子刻出来的,但我可以确定他不是许得九的人。而且这个人你也认识。"

"是……"

"对,他就是铭卓。"

三十九、爱是前世未还清的债

锦如说过:"出来混的总还是要还的。"欠债还钱,杀人偿命是天经地义的事,然而一个人最痛苦的不是负债累累,不是贫困潦倒,却是背负着感情的债讨生活。每次看到铭卓,就会想起许得九,你都无法想象,世界上居然会有如此相像的两个人,现在才知道,生物老师的话有多么不可信,她说世界上不可能有两片相同的树叶,即使形状相似,纹路也绝对是不同的。而铭卓和许得九却是两片形状和脉络都完全相同的树叶,然而,他们的确不会是同一个人啊!铭卓出身高贵,爸妈都是身家上亿的铭基集团老总。才华横溢、谈吐不凡,浑身上下都散发出贵族气质。而许得九不过是出身清寒的穷小子,父亲是普通的渔夫,在他读小学时出海打鱼遭遇风暴,不幸遇难,渔船和人一起葬身大海,母亲是小学语文教师,在父亲去世后独自一人将年幼的许得九抚养成人。从小便知世事沧桑的许得九节俭谦逊、懂事知礼,受母亲柔和性格的影响,有一点点自卑的许得九一向诚实内敛,谨言慎行。从他的身上,可以看到典型的单亲家庭孩子的影子。

生活在这样两种不同世界的人,却有着如此相似的外表!那样一张俊美的脸,配在许得九身上,就好像是生了锈的铜,刷上了一层明晃晃的金水,那铜锈终究有一天还是会露出来。而在铭卓身上就如耀眼的钻石嵌在铂金的艺术品上,无论怎么看都是完美无瑕、永恒不变的艺术品。

"第一次在诗社的活动中见到他,我都不敢相信自己的眼睛,那怎么会是许得九?《流苏湖上琉璃月》,那样的音乐,那样的歌声,怎么会出自傻傻呆呆土得冒泡的许得九?自那时起,便有了好多好多关于他的传闻,在我的心头荡漾起涟漪。

"他的每一首歌,他的每一句诗,他和暮雨薇的每一件事都会让我的心颤动不已。碰触到关于他的一切,都会让我想起当年的许得九,有种不可原谅自己的心痛!或许这就是报应吧。"锦如说着。

原来,让锦如心有所属的人竟然是铭卓!怪不得她对铭卓和雨薇的事儿关心到无微不至呢!

四十、偶遇

不知不觉中,紧张的期末考终于过去了,毓静和锦如最喜欢的外国文学艺术鉴赏课居然都得了优等。可是两人却怎么也高兴不起来。毓静的总体成绩和上次考试不无差别,只是让人惊奇的是,上次全班第一名的锦如,这次居然惨不忍睹地排到倒数。看来爱情的魔力,有时可以让人如此意乱情迷。

"每个人都有考不好的时候呀,小如,这只是一次意外而已。不要放在心上,总会好的。"毓静安慰她道。

"恩,我知道。"锦如轻声说着,却低头一言不发地走开了。

毓静正要追上去的时候,又一想,还是让她自己一个人安静地待一会吧。于是想起和远约好的每个月的最后一个周五下午六点一起去整理诗社月刊的稿子,抬起手,看了一眼手表,呀,已经七点了,他不会已经走了吧,便快速向社团工作室走去。边走边翻找包包里的手机,只见足有七八个未接来电,才想起刚才去导员办公室时手机调成了静音。

这个时候忆远已经去上平面设计课了吧,毓静想着,今天只能自己一个人整理诗文稿了,不觉情绪低落下来。

月影斑驳北风清洌的晚上,毓静独自穿过悠长的走廊,月光倾洒下一排排掉尽了叶子的梧桐树影,投射在乳白色的汉白玉栏杆上,清冷而皎洁。

远远望去,微弱的灯光点亮了她寂静的双眸。会不会是远今天没有去上课呢?想到这里,她心中不禁开出了暖暖的花。

毓静轻轻地敲了敲门,不一会儿便开了,出现在眼前的不是忆远,却是铭卓。

"真巧。"

"是啊,你也在。"

"来整理诗稿吗?"

"嗯,你呢?"

"我来找一首前两个月的诗,觉得写得很好,可惜不小心被我弄丢了。"

"我可以帮你的,那首诗的名字,你还记得吗?"

"我记得好像是叫《偶遇》。"

"哦,你喜欢这首诗吗?"

"嗯,写得很美。"

毓静转过身,很轻松地在塞得满满的书架上拿出一个文件夹,又很轻松地在装满诗稿的文件夹里拿出一篇,那正是铭卓要的《偶遇》。

偶　遇

你灵动的身影

在闪闪烁烁的烛光中摇曳

舞了一天的蝶儿呀

你依旧执着地爱恋着光明的怀抱吗

你嫩黄色的翅膀柔美而温馨

你柔软的身躯娇小而可人

你弯弯的触须

在点点的烛光中

划出让人惊叹的曲线

我可亲可爱的蝶儿呀

黑暗中

你是因着这点点余火

找到我的吧

你是否也在月影清辉中

迷失了回家的路呢

抑或窗外黑暗沉寂的夜

让你感到孤独与寒冷呢

你是从我童年的树林子里飞来吗

你也曾在那片树叶上驻足凝视吗

你喝过那条穿越田野与草地的小河中的水吗

你看见过那片开得灿烂的油菜花吗

你是否曾在一株野丁香上睡过一夜

我想是的

因为在你的身上

我闻到了丁香花的味道

朴素的大自然的味道

  铭卓惊奇地望着毓静，说道："你好厉害，居然可以这么快就找到。"

  毓静莞尔一笑，心中暗想，这首诗就是我写的，我怎么会不知道放在哪里呢！

  "其实我是想用它来写一首歌，这首诗写得太美了，所以，所以想为它谱一首曲。"铭卓说道。

  "哦，这样啊。"毓静说道。

  "只是不知作者是否愿意。我只知道作者署名为'手心的月亮'，却不知她是谁。"

  "我想，她应该无所谓吧，她也许，不，一定会很开心的，自己的诗被谱成曲唱出来，她应该很开心才是。"

  "这么说，你知道她是谁？"铭卓问道。

  "其实，这个问题……其实我也不知道。"毓静吞吞吐吐地回答。

  "不知道诗社有没有她的联系方式，手机、QQ或MSN之类？"

  "好吧，我帮你查一下吧……她的QQ，×××××××。"

"好的，谢谢你哦，我记下了。我们一起整理吧。看看下个月有没有写得很出彩的。"铭卓边说边翻看着一篇篇诗文稿。脸上挂满暖暖的笑容。

毓静第一次这么近距离地面对铭卓，日光灯亮白的色调斜射在他棕黑色微卷的头发及长长的睫毛上，闪着柔润的光泽。这样一张俊美的脸，竟可以用惊艳来形容。柔亮的肤色晶莹剔透，轮廓柔和而不失冷峻，好像梦境里走出来的高雅神圣不可及的王子，难怪锦如要将他比作纳西瑟斯呢。

冬日的晚上，天色已经暗黑，月亮斜挂在光秃秃的梧桐树梢，锦如走着，看着自己复印的暮雨薇的笔记，想着自己那可怜的成绩和卑微的感情，一幕幕往事浮上心头。

"这不是我要的生活，这所有的一切，都不是我要的，高中时那么多努力，都白费了吗？现在的自己，如此平庸，如此黯淡，如此不堪一击，就连自己都讨厌自己现在的样子！曾经的勇气，曾经的自信，曾经的热情，曾经的傲气，曾经的敢作敢为，如今都化作泡沫一般深埋心底。我要做回自己！做回最真实的自己。"锦如想着，眼前浮现了暮雨薇冷峻强势、嚣张妩媚、优雅性感绝美的姿态。

……

四十一、手指泡芙和提拉米苏

寒假不动声色地来临，身边的同学一个个都回了家，寝室里只剩锦如和毓静两人相互取暖。

远曾问起毓静不回家的原因，她只搪塞说被导师选中参加实习。锦如每天只泡图书馆恶补上学期落下的科目，毓静便一个人在宿舍七楼的阳台上看细细的雪、冷冷的月。还有紫萱留下的缺乏侍弄的含羞草和仙人球，那青色中有了些许衰败的痕迹。

快要过小年了，每当夜幕降临时，天空便开出一朵朵璀璨的烟花，毓静伏在七楼的阳台上静静地看着，红的鲜艳，黄的璀璨，蓝的深邃，紫的瑰丽，照得细细飘落的雪也绚烂缤纷起来。

"吹不熄的光芒努力燃烧自己，只为你爱过的萤火，永不坠落……"王菲慵懒的歌声弥散在清冷的空气里。她随意地写着一些零零碎碎的感想，犹如记忆的碎片一样散落在字里行间。

  Maybe it's intuition,

  But somethings you just don't question,

  The answer is blowing in the wind,

  Like in my eyes,

  I see a colorful world in an instant.

一日，毓静无意在校园的广告招贴栏上发现一则糕点促销员的招聘广告，便去应征了。这是一家名为 Sweet Heart 的糕点连锁专卖店，装潢考究，有着温馨浪漫的粉红色墙壁和紫色水晶吊饰，意式的装修风格，温和典雅而不失雍容华贵。

店主竟是和自己同校的法国留学生，当然，毓静顺利被录用了。

毓静看着一条条金灿灿的手指泡芙在自己的手中散发出甜腻的香味，心也暖暖的，它们就好像有生命的自己的孩子一样，每一根都是卓尔不凡的艺术品，躺在一尘不染的玻璃橱窗里等待喜爱它的人来品味鉴赏。

一杯杯鲜牛奶混合咖啡以及 Mascarpone Cheese 和红酒的香味慢慢融合成为曼妙的提拉米苏甜点，静的心仿佛也被这款优雅别致的甜品征服了。

小年夜终于来临了，落地窗外火树银花，灯火通明，彰显着人们期待过节的心情。一个月来天空细细飘落的雪也因这节日的欢快氛围而停了，毓静想着远收到她寄给他的生日礼物时幸福甜蜜的表情。那可是她为了他整整一天才做好的糕点呀——手指泡芙、提拉米苏和抹茶红豆味的奇异果蛋糕。她后来才知道，这一天，居然也是铭卓的生日。

"姐姐你好，我要两个卡布奇诺，两个红豆抹茶双皮奶。"毓静听到一个小女孩的声音，有着淡淡的阳光的味道。

她将刚刚烘制好的提拉米苏递给小客人，转身竟看到锦如对着自己坏坏地笑着。

"Miss Lin,may I have a peace of Tiramisu please？"

"小如，你怎么来了！"毓静欣喜地走向锦如。

"毓静，我特地大老远地跑来看你，不请我吃甜点就太不地道啦！"锦如边笑边说着。

"今天心情这么好，是不是和某人有关系啊？还不从实招来！"毓静拍着锦如的肩膀说道。

"今天是某人的生日哦，嘻嘻……"锦如坏坏地笑着。

"小如，你真的太厉害了！这个你都知道呀！我还以为学长的生日就我一个人知道呢！"毓静惊讶地说道。

"今天也是学长的生日吗？好巧！铭卓今天也过生日呀！我好不容易才打听到的，而且，他居然主动邀请我去帮他庆生呢！真是太开心了！他今天在滨海别墅开生日聚会，邀请我们俩一起去呢！你看，这是请帖。据说他只邀请了自己最好的朋友，他把我当作他最好的朋友呢！毓静，我真是太开心啦！真是太开心啦！"锦如说着将那请帖递给毓静。

"对了，毓静，给我两个提拉米苏，一个大号的生日蛋糕。我下个礼拜再给你钱好不好？谢谢你，我的好姐妹！我知道你最好了！"锦如拉着毓静的手，甜腻腻地说道。

"好的，知道啦！看你这么开心的，幸福的哈。"毓静答道。

"毓静，我要是送他提拉米苏，你觉得好吗？"

"好主意！提拉米苏的甜与苦就像天使与魔鬼，和谐而又冲突地结合起来。"毓静笑着说道。

"我曾经在一本言情小说里看到，关于提拉米苏，有一个很浪漫感人的故事呢！一个意大利士兵即将开赴战场，可是家里已经什么也没有了，爱他的妻子为了给他准备干粮，把家里所有能吃的饼干、面包全做进了一个糕点里，那个糕点就叫提拉米苏。每当这个士兵在战场上吃到提拉米苏时，就会想起他的家，想起家中心爱的人……"锦如若有所思地说道。

"这么浪漫啊！你这么有心，我想他一定会喜欢的！"

"毓静，你也收拾收拾，穿得漂亮点，我们一起去！"

"可是，我还要上班，你帮我带份蛋糕给他，就说我祝他生日快乐。"

"你不去多可惜呀，我一个人孤苦伶仃的，你和我一起去嘛！"

"小如，我真的走不开，昨天答应了法国小老板，小年夜帮他看店的，越是过节越是忙啊。这几天生意好得不得了，我走了店里就没有人手了。"静边说边帮锦如包装生日蛋糕和甜点。

"好啦好啦，那我走了啊，回来帮你带好吃的哦。"

"哎,我那份蛋糕也带着,替我说声生日快乐呀!"

"知道啦。"锦如接过蛋糕和甜点,转身消失在暮色中。

四十二、菊花香,曲悠扬

回寝室后,锦如迅速洗完澡,换上中午刚刚租来的优雅的淡紫色真丝晚礼服,并去校外的美容院化了一个完美的古典气质淑女妆。她早就知道,铭卓喜欢紫色,喜欢优雅的古典美。看着镜子里娇媚如新的自己,心中淡紫色的小花,却开成了大朵大朵金灿灿的向日葵。当一切都准备完毕,锦如望着邀请函上的地址:滨海别墅雅香阁9栋。"哇!这里应该是滨海最有钱的人才住得起的地方呀!曾经好像听到过当红影星范子琪就住滨海别墅!"想到这里,锦如脸上不禁泛起微微的笑。

"出租车!"穿着单薄的锦如,站在凛冽的北风中,小脸通红,小腿发抖,挂在手臂上的大大小小的礼品盒颤巍巍地随着身体摇摆着,好似一片不久便要凋零的紫藤花瓣。

"出租车!"锦如依旧脆生生地喊着,终于搭到了车。

"师傅,麻烦您到滨海别墅。"锦如看了一眼手表,已经接近七点半了,要迟到了,便对司机说道:"师傅,请您快一点,我赶时间。"

终于到了小区门口,扑面而来的兰花香让人心神陶醉。锦如走进古典亭阁式的接待处(安保室)表明来意,保安员通过电子设备与铭卓通话确认后,才放锦如进入。彼时只见一辆黑色劳斯莱斯已停在锦如眼前,司机下车并向锦如挥手致意。

"小姐您好,铭少爷已让我在此等候多时了。"说着打开车门请锦如上车。

"呵呵,您好!铭少爷太客气了,有劳您了。"锦如说着已上了车,双色调的高级真皮坐垫柔软舒适,车窗外柔和的古典园艺灯光让人迷醉。

司机见锦如衣着单薄,便将车内温度调到很高。只觉车子绕了几道弯,便停在一幢法式古典贵族风格别墅的地下停车场。下车后便有人领她去见铭卓。院内灯火通明却柔和而温馨,高跟鞋踩在巨大坚实的青石台阶上"叮叮"作响,花园和草坪用篱笆隔开,四目望去,一片古典的法式园林景观。

进入内堂,仿佛进入了一座中世纪的欧洲宫殿,柔和暖黄的色调,简约而不失奢华的装潢,古色古香的水晶灯饰,刻有矢车菊图案的镂空屏风,古朴而有质感。锦如跟随管家顺着螺旋状的楼梯缓缓地上了二楼,楼梯扶手如玉石般光滑剔透,栏杆上同样刻有镂空的矢车菊花纹,舒缓的钢琴旋律缓慢地流淌在有着淡淡菊花香味的空气里。

到了二楼大厅,一股菊花香迎面而来,那曲调也更加流畅紧凑。而且这旋律好像在寝室里曾经听到过,仔细想去,仿佛是那首《Melody of the Wind》,Pacific Moon 在《Ancient CityII》专辑里的一支旋律清纯的钢琴曲,毓静的最爱,她是 Pacific Moon 的超级粉丝,怎么铭卓也痴迷起这首曲子了?

继续前行,锦如放眼望去,墙壁上、屋顶上布满了一闪一闪亮晶晶的淡紫色萤火彩灯,恍若进入梦中的童话世界。雨薇正摆弄着手里的一大束矢车菊,淡紫色的晚礼服典雅而高贵,腰际的蝴蝶结蕾丝系带上坠有亮晶晶的紫色水钻,华美无比。紫萱和昱潇正歪在沙发上谈笑,紫萱一袭卡其色休闲装配上棕色短卷发,时尚而知性。诗社社长陶旭笙在和一位以前没见过的看来年纪还小的女孩子在聊天。

"少爷，客人到了。"管家对着铭卓轻声道。钢琴声突然停了，大家的眼光纷纷望向锦如。

"哇，锦如今天好漂亮！"紫萱说道。

"刚刚还提起你和毓静呢，你就来了。呵呵。"雨薇笑说。

"呵呵，锦如来了，毓静怎么没有一起来？你们俩那么形影不离。"铭卓故作随意地说道。

"哦，毓静找了份兼职，最近挺忙的，小年夜还要加班。不过她让我带来了蛋糕，这个是她送的，让我替她说声生日快乐。"锦如递上蛋糕和自己精心挑选的礼物，并说："这个是我的一点心意，希望你能喜欢。"

"谢谢，太客气了。"铭卓说着收起礼物，放在旁边的一个储物柜里。

"我给你介绍一下，这位是我妹妹景铭甜，这位是我的朋友张锦如。"铭卓指着站在社长陶旭笙旁的小女孩说道。

"锦如姐姐好。"小女孩看起来十二三岁的样子，富有光泽的马尾上扎着紫色的蕾丝蝴蝶结，清纯的声音可爱至极。

"铭甜你好！"锦如轻拍着铭甜的肩膀，"这么可爱的女孩，铭卓你太不地道了，现在才介绍给我们认识。"

"她一直和我爸妈住在云雾岛，本来没想着她会来的。"

"她是碰到了我。"紫萱接过铭卓的话，"哭着喊着让我带她过来给她哥哥过生日的。"

接着有服务生端上不同的饮品供锦如挑选，有 1885 年的干红葡萄酒，不同口味的鲜榨果汁，刚刚煮好的咖啡，温热的牛奶……

"锦如，毓静找了什么样的兼职呀？这么忙，一个晚上的时间都没有。我和昱潇原本在云雾岛度假，接到铭卓的电话，当天就飞过来啦。"紫萱说道。

"原本毓静也想来呢，只是她昨天已经答应了法国老板小年夜要留在蛋糕店里帮他看店。"锦如说道。

"哦，她是在哪家蛋糕店？我有个法国朋友也是开蛋糕店的。"铭卓问道。

"店名好像是叫 Sweet Heart，而且老板是我们学校的法国留学生。"锦如说道。

"老板名叫 Pierre 是不？百分之九十是了。"铭卓说道。

"老板的名字我就不知道了。"锦如说道。

"应该不会是 Pierre 那么巧吧？"雨薇说道。

"打个电话就知道了。"铭卓拿出电话拨通了号码，证实毓静确是在 Pierre 的店里上班。

"Long time no see, and I know you are busy, but you must come here with Yujing right now. Today is my birthday! You know I want some desserts."铭卓半开玩笑地说道。

"Ok, I know, I know you are a hungry cat being hungered for the sweet tooth. Please wait a minute." Pierres 说道。

"Alright Pierre. We are all waiting for your desserts."铭卓回道。

"什么时候给我们吃饭呀，我们饿啦，要吃饭。"紫萱拉着锦如的手说道。

"大小姐，真是委屈你了，Pierre 和毓静马上就到了，我们的晚餐也马上开始。"铭卓说着吩咐厨房先准备一些餐前甜点。

如水的旋律再一次蔓延在黑白分明的琴键，这依然是静喜爱的 Pacific Moon 的那首《Waterlily》。

锦如走近阳台左边的沙发，与社长陶旭笙寒暄了几句，只见一排排摇曳的烛光晃动在眼眸，那烛火摆成大大小小的心形，有如点点璀璨的星光。

"好漂亮的烛火！"锦如不禁感叹。

"这烛光是雨薇布置的，为了铭卓这个生日场地，她整整摆弄了两天呢。"陶旭笙说道。

"雨薇这次是动了真心了，那样骄傲的女子，只有碰到心中的纳西瑟斯，才会为了他而降低自己高高在上的姿态，卑微到尘埃里。"锦如望着这浪漫到极致的烛光萤火，在心里感叹着。

四十三、最宽广的孤独

不一会儿，Pierre 和毓静便到了，进入内堂的一刹那，毓静惊奇并由衷地赞叹这典雅而奢华的氛围，眼睛里却是淡淡的，波澜不惊。熟悉的旋律流淌在耳畔，这样安详而穿透灵魂的曲调，缓缓地在铭卓的指尖荡漾开来。

彼时毓静穿一件黑色毛领短款修身大衣，配下摆开得很大的过膝棕色百褶裙及短款棕色圆头靴，走起路来裙摆下便如波浪般开出一朵朵优雅的花；微微卷曲的发梢，鼓鼓囊囊地搭在毛茸茸的领口，看起来既随意又别有用心。

Pierre 一身休闲装亲切随和，手中拎着大大小小的蛋糕盒。卡布奇诺、提拉米苏、柏林布丁，所有种类应有尽有。

"热的冷的应有尽有，大家自己过来挑。"Pierre 用蹩脚的汉语说道。

大家纷纷挑了自己喜欢的。

"Pierre, a friend in need is a friend indeed. My true friend is nobody but you！"铭卓半开玩笑地说道。

"也要谢谢毓静，她帮了不少忙呢。"Pierre 说道。

"谢谢你，毓静。谢谢你能来。"铭卓说道。

"这是我的荣幸。祝你生日快乐。"毓静微笑着说道。

吃完了餐前甜点，便开始了大家都期盼已久的晚餐，菜式丰富，口味众多，从西式牛排、意大利通心粉到台湾帝王蟹，从巴西烤肉、荷兰乳猪到中式家常菜，川菜、粤菜、湘菜，不同种类应有尽有。

吃完晚餐，大家纷纷提议铭卓和雨薇说两句，来个节目。铭卓说："我们来讨论一下上个月诗社的诗集如何？我这里准备好了完本呢！这几个月的，都在我这里。"

"我给大家念出来，大家可以点评点评，发表不同看法意见，如何？"铭卓接着说道。

"这也太多了吧，一两百首诗，要念到明天晚上也念不完啊！你挑几首写得好的吧。"紫萱说道。

"一看你们这些文人墨客，我这个大老粗就相形见绌了。"昱潇笑说。

"从这边的阳台可以看到大海，还可以听到海风的声音呢！"铭甜说道。

"不如我们来个咏海的赛诗会好了！效仿一下红楼梦里的海棠诗社如何？"社长陶旭笙提议道。

"咏海的赛诗会，古今中外绝无仅有啊！古人都是写些咏梅、桃花、海棠之类的。"锦如说道。

"好，这个提议好！我们就要开这个先河！"铭卓说道。

"每人面对大海作一首诗，内容必须与海有关。"陶旭笙说道。

"古体诗现代诗都可以。最重要的是，英文诗也可以哦！"雨薇笑说。

"那再加上法文诗也不错，或者来一个中、法、英文大杂烩！哈哈！"毓静笑说。

"可以不拘泥于形式，内容最重要！只要有意境，流露真情实感就好。"紫萱说道。

接着铭卓嘱咐人去准备纸笔，并将大厅的餐桌抬至阳台边上。

一切准备就绪，限时作诗。

"我放弃，我弃权，我给你们当裁判好了！"昱潇放下笔。

"关键时刻开溜，真不愧是你呀！好了你帮我们计时好啦。"紫萱说道。

两刻钟的时间，昱潇按时收起各人笔墨，只留作品。

"女士优先，紫萱你先念吧！"铭卓说道。

"不行不行，今天你过生日，应该你先！"紫萱回道。

"对呀对呀，铭卓先念才对，我们要先沾沾喜气！"锦如说道。

"对呀对呀。"大家七嘴八舌地说着。

"那好，我就先抛砖引玉了啊。"铭卓说道。

只听他念道：我有一个梦想。

　　我有一个梦想
　　愿朽木开出殷红的花蕾
　　引来蝶舞翩跹
　　引来春语温婉
　　我有一个梦想

把空旷的夜空挂满

永恒璀璨的明钻

让熠熠的光芒溢满

漫无边际的黑暗

我有一个梦想

一个人聆听

恒河水汩汩的乐音

让这千年来洗漱无数灵魂的圣洁

流淌在脚尖，血管

我有一个梦想

一个人站在

珠穆朗玛的顶峰俯瞰

人心的怯懦

世界的狭隘

我有一个梦想

一个人站在渤海湾畔

以深邃的目光眺望

梦的彼岸

我有一个梦想

梦想中我的家

沉浸着一种淡淡的温柔

柔和的日光灯点亮柔和的眼神

柔和的话语表达温柔的爱怜

我有一个梦想

梦想中

我的小屋旁有山有水

蝶舞莺飞时缤纷了视野
烟雨迷蒙中湿润了心田。

接着是锦如的：你的微笑。

  静静的
  你走在绯红的晚霞中
  投映在深邃海面上的
  你柔和的脸
  在橘红色的夕阳下
  深沉如海
  轻轻地
  唤一声珍重
  那轻柔
  直飘落到渺远的云端
  冷风吹皱一池水面
  搅乱了你憔悴的脸上
  忧郁的微笑。

毓静的：最宽广的孤独。

  都说海是最宽广的
  所以她有碧波万顷
  都说海是最博大的
  所以才有万里无余
  海纳百川诉说着她的博爱

海溶万浊诠释着她的胸怀
日月轮回，潮起潮落
成就了海
最宽广的孤独

雨薇的：留不住。

想要留下些什么
留下所想
留下所爱
留下心底残存的希望
留下最初坚守的梦想
留下一抹残阳孤照
留下一片芳草凄青
留不住的美丽风景
留不住的美丽心情
留下的
只有眼中
汹涌的海浪
无尽的哀愁
恰似那
遮不住的青山隐隐
留不住的绿水悠悠

旭笙的：往事难如烟。

雾里看花

水中望月

绿意红情旧曾谙

沧海桑田

世事难料

秋月春花皆自惹

潮水如歌

浮生若梦

谁为谁喜

谁为谁忧

谁为谁歌

谁为谁沉默

……

四十四、如果你是海

  那晚的诗,各有各的韵味,各有各的心情。铭卓还笑说他们所有人的诗加起来可以集结成一部诗集了,就起名叫《If You were the Ocean》,什么下一届诺贝尔文学奖就诞生于此啦,什么成就可以和《飞鸟集》媲美啦云云……当然,这只不过是调侃罢了。

  许愿、吹蜡烛、切蛋糕是必不可少的程序,可是"吃蛋糕"的程序却被无可预料地改成了"蛋糕大战"。好几个蛋糕,几公斤的奶油,完全变成了"天然护肤品"。诸如"发蜡"、"面霜"、"护手霜"甚至"衣物柔顺剂"之类,完全可以用蛋糕代替。

玩得开心，当然少不了香槟和红酒的加盟。其结果是众人皆醉无人醒！Pierre 不胜酒力，没喝两杯就被灌醉了。铭甜年纪还小，被遣送下楼去休息了。猜酒拳耍酒疯的也都喝得半醉不醒。

不觉已是深夜，月光柔柔地透过阳台照耀在摇曳的烛光里，仿若爱人张开的温柔怀抱，一切都仿佛笼罩在绵绸的幸福里。

毓静拿起大家的诗稿再次一一翻看，却见铭卓在《我有一个梦想》之前还题有一诗。

如果你是海

海面上泛起的涟漪
是梦划过的痕迹
海浪嬉笑的旋律
有风儿追寻的足迹
而你深沉的心事
沉默中有谁听得清
唯有月光
穿得透深不可测的海底
如果你是海
我会静静靠近你
看一看金色沙滩上
被你封存的贝壳
如果你是海
我会静静探寻你
深埋海底遗忘已久的珍珠
如果你是海

我将载一叶扁舟

在你的波涛汹涌里赋诗

如果你是海

请收藏我

沉没了的小小船只

……

毓静正看得入神,却不知铭卓何时已站在她身边。

"今天的诗,写的都很好。尤其你那首,很大气,不像是你一贯的风格。"铭卓说道。

"你的也不错,这首《如果你是海》怎么没念出来?这首真的很有感觉。"静说道。

"喜欢就送给你好了。"铭卓笑说。

"真的送我啦?可不要后悔呦!"

"开心还来不及呢,有人喜欢自己写的东西!不像某人,自己写出来都发表了还遮遮掩掩!写出来就是给懂得欣赏的人看的嘛。"铭卓笑说。

"什么遮遮掩掩,你说我吗?"毓静回道。

"如果我没记错的话,那首《偶遇》出自'手心的月亮'之手哦。"铭卓笑说。

"呵呵,被你发现啦,我只是不喜欢被很多人议论而已。"毓静笑说,"不好意思啦。低调,低调。"

铭卓将右眼罩在拇指和食指并成的圆圈里,做了一个"OK"的鬼脸。

"其实我读过你的很多诗哦,比如那首《雪夜寄思》。"铭卓说着便背了出来。

雪夜寄思

萧萧瑞雪落,
蒙蒙夜色浓。
不觉罗衾薄,
望穿秋水寒。

"哇!你好厉害,居然可以记得这么清楚!"静惊讶地说道。

"兴趣是最好的老师,其实你的诗有很多独到之处,诗句总能说进人的心里!"铭卓说道。

"只是随便发发感慨而已啦,文字就是思想混沌时一声随意的叹息,'哎'的一声就没了,就像黎明前草地上的露珠,太阳一出来它就消失殆尽了。"

"我不同意毓静同学的观点,至少,某时某地的某个原本孤单单叹息的人,会听到和自己一样的声音。这样他便不再觉得孤单。"铭卓看着毓静的侧脸说道。

"或许你说的对吧,呵呵。"毓静看着窗外沉睡的海说道。

"窗外的月亮好美。"

"是你的心情美,所以月亮也随着你美起来。"铭卓说着递给静一杯温柠檬水,"喝点水吧,还好你今天没喝太多酒,不然就看不到这么美的月色了。"

"是呀,还好我没喝太多酒,不然就错过这么美的诗句了。"毓静微笑着说。

"你是说我的?"铭卓问。

"不然还有谁?"毓静笑说。

"我真是受宠若惊啊。"铭卓笑说。

"饿不饿？吃点什么吗？"铭卓说道。

"呵呵，你好像饿了哦。"毓静笑着指着铭卓的肚子说道。

"呵呵，肚子都'咕咕'叫啦，让你见笑了。"铭卓摸摸肚皮说道。

"你这么一说，我也饿啦，走，我们去找点吃的。"毓静说道。

"我让杰明去准备点吃的，想吃什么，现做都可以的。"铭卓说道。

"不用麻烦他们了，他们也忙活一天了。我和Pierre带来的糕点都没怎么吃，还放在储藏柜里呢！我们去吃点吧。"毓静说道。

"好，我们去找找，说不定能发现新大陆呢！"铭卓说道。

说着便带毓静进了储藏室，这么大的厨房和冷藏柜，静还是第一次见到。

"好多蔬菜水果呀，不如我们来个水果沙拉如何？"毓静说道。

"好主意！"

铭卓望着毓静将各种果蔬洗净剥皮切块，自己却帮不上忙，"我该帮你做些什么呢？"铭卓说道。

"你帮我找沙拉酱吧。"

"好的。"说着便在柜子里翻找起来，不一会便找到了。

"找到啦。"

铭卓将沙拉酱淋在刚刚切好的果蔬丁上并搅拌均匀，说道："哈哈，这是我生平第一次做菜呢！毓静，我们俩一起做的。哈哈。"

说着毓静已将清洗干净的乳鸽，切好的姜片、葱节和茴香、芝麻放入电压力锅里,按下煲汤键,说道:"先吃点餐前沙拉,黑芝麻炖乳鸽半小时后便好。"

铭卓惊奇地望着毓静,说道:"今天真是有口福,可以吃到你亲手做的菜,待会儿我要尝尝到底好不好吃!"

"今天要让你见识一下我的手艺!"毓静笑说。

铭卓说着将手里的水果沙拉递到毓静嘴边,毓静不好意思地张开嘴,脸颊竟微微泛起热来。

"静,其实你是个开朗健谈随和的女孩,只是只有和你熟识的人一起时你才放得开,这在陌生人看来是一件不可思议的事。你的好只有了解你的人才懂。"

"呵呵,是不是今天有点冒昧了?"毓静说道。

"不不不,我喜欢今天的你,不把我当外人的你。"

说着黑芝麻炖乳鸽已烧好,毓静打开放气阀,"滋滋"的水汽声和浓浓的葱姜茴香香味弥散在整个厨房里。

铭卓望着毓静的背影,优雅的卷发海藻一样披散在肩头,领口袖口衣襟上有镂空雕花刺绣图案的卡其色兔毛绒衫轻柔温暖,棕色百褶裙开成一朵盛放的矢车菊。眼前的人儿已经不是初入大学时一头整齐直发、偶尔斜扎马尾的小女孩了。

四十五、Good Evening, Heartache

这样一个女子,有着温和可爱不张扬的性格,即使只在一起,只静静地坐在一起,没有言语,心也可以如此安静舒心,让人感到自然而然的温暖。

铭卓想起刚入学的时候,其实那时他已经开始注意到这个温和淡雅的女孩，在人群当中一眼就被她清雅的气质所吸引，他们的初次相遇，可能连毓静自己都没有发觉。

那是一个阴郁的初秋黄昏，车水马龙的洛云街上，行色匆匆的人群熙熙攘攘。奈何天公不作美，竟淅淅沥沥地飘起雨来，蒙蒙细雨不一会便大了起来。铭卓坐在名为感官世界的音像店戴着大大的耳机听 Devotion 的《My Prayer》，看窗外熙熙攘攘的人群被突如其来的雨水冲得四散开去。此时一个女孩的侧脸映入眼帘。脸颊稍瘦却有柔和的轮廓，鼻梁微挺，鼻翼上仿佛沁有亮亮的汗珠或是雨珠，曲线柔和，双眼皮很深，睫毛微卷，穿一件浅绿色细条文九分衫，淡蓝色九分牛仔裤，淡紫色包包斜跨腰间，乌黑的马尾随着急促的步履上下起伏。

或许是为了躲雨，又或许为了购置唱片，铭卓看到女孩细细的手指划过盛满碟片的木架，专注的目光一丝不苟，像是怕遗漏了任何一首自己喜欢的歌。只见她沿着整个店转了一圈，却好像并没有发现自己想要的东西，眉宇间透出些许怅然若失的神色。

"老板，请问有没有 Pacific Moon 的专辑？我找了好久都没有找到？"

这声音轻柔得像钢琴的 C 小调，柔和而不甜腻。

"Pacific Moon？"店员好像没听清楚。

"就是日本的一个作曲家，和平之月。"

"对不起，我们这里只有日本的流行音乐，没有你所说的和平之月，这个歌手，好像都没听说过呀！"

"他不是歌手，是音乐家。"

"哦，这样啊，不好意思，你还是去其他地方看看吧。"

"好的，打扰了。"

女孩走后，铭卓便出高价订购了 Pacific Moon 的所有专辑，细细品味，竟别有一番韵味。曲风唯美流畅而富含东方文化内涵，将中国古代的乐器琵琶、古筝、萧、笛等与西洋的钢琴、小提琴等结合起来，谱出不一样的中国古典文化韵律。直到后来在诗社的初次聚会上相遇，才知道那女孩原来就是毓静。

"黑芝麻炖乳鸽，很香的哦！"

只听得毓静的一句，铭卓才回过神来，接过她盛给自己的一大碗，说道："我们去阳台一边赏月一边喝汤吧。"

毓静回道："好主意！"说着两人便端着汤食往阳台去了。

此时月亮已稍微倾向东边天际，时不时被飘忽不定的浮云所遮挡。

"兴致这么好，来点红酒助助兴吧。"说着铭卓开了一瓶1887年的干红。借着酒兴，铭卓渐渐地话多起来。

"毓静，我曾经认识一个永远也忘不了的女孩。"铭卓说道，"永远也忘不了。"

莫非是锦如？毓静在心里想着，"你喜欢她，但由于某种原因没有和她在一起？"毓静说道。

"是的，记得第一次见她，是在一家音像店里，她喜欢有底蕴的东方音乐，当时她纯净的样子清晰可见。第二次见她，是在诗社的联欢会上，她是那样腼腆却又不显矜持，用歌声诉说自己内心的狂热和孤单。第三次见她，是在刘老师的课堂上，她的论述观点清晰、语言质朴而深入骨髓，只一次便让人永远也不能忘记这个外表安静清纯，内心倔强深沉的女孩。"铭卓仿佛沉醉其中，自顾自地说着，"第四次见她，是在画室，那么多人的画室，她轻柔专注的背影瞬间便俘获了我的双眼，我的眼里，再无其他。第五次见她，是在中秋节，很有幸能和她一起过团圆夜,她的歌声仿若天籁,余音袅袅不绝于耳,让人永远也无法忘怀。第六次见她,我们一起滑雪,原来她滑雪的样子如此惹人怜爱,就在那天,我牵了她的手,教她如何和我一起在雪中飞翔。第七次见她,是在她如丝般细致柔和的文字里,即使不知出自谁之手,便可以让人沉醉和喜爱,这便是她独到思想和品位的魅力所在……"铭卓滔滔不绝地说着,"这些画面仿若梦境一样连绵不绝。我的心,仿佛已经被她填满了。"铭卓说着用怅然的眼神望向窗外。

"看来你是中了相思之毒啦!而且中毒不浅呀!"毓静轻拍铭卓的肩膀说着,"那个人,不是雨薇吗?你们之间的关系早已退出全校十大新闻,而晋级人尽皆知的轶事了。哈哈,莫非你和雨薇闹别扭啦?"她故作轻松地调笑着,心里却如奔腾的潮水不停地翻涌,想着莫非铭卓真是当年的许得九,认出了锦如抑或是其他?不可能不可能,铭卓怎么能喜欢自己呢?自己还是有点自知之明的。

"她是我生命中最重要的人,她的出现,让我懂得什么是心跳,什么是心痛,让我感受到天堂和地狱之间的距离。记得你曾经在一篇文章上说过,每个人都是一只风筝,总会等到一个对的人让自己的心翱翔天际。或许她就是那个命中注定让我放飞生命的人吧。"

"对了,给你听首歌吧。"铭卓说着走向钢琴。

拿出琴谱,不一会,柔和轻盈的旋律便荡漾开来。毓静闭上眼睛静静地听着,仿佛置身于青绿色的田野,纵身沐浴着轻柔的月光一样愉悦。

一曲完了,她不由得感叹道:"这首曲子真的太美了,时而轻盈,时而柔和,时而舒缓,时而紧凑。让人觉得好像在做有氧呼吸一样舒服!"

"喜欢吗?这首曲子,我只弹给一个人听过哦,呵呵。"铭卓笑说。

"是吗?那我有幸做了第二个听众啦。呵呵,真的很荣幸哦。"毓静说道。

"是的,第一个听众就是我自己啦。呵呵。"铭卓接着说道:"毓静,这首曲子,是写给你的那首《偶遇》的,不知你是不是喜欢。"

"喜欢喜欢,真的很好听哦,如果再加上小提琴伴奏,那就更完美啦。"毓静笑说。

"毓静,你会拉小提琴吗?"铭卓问道。

"不会哎。呵呵,像我这样五音不全的人没有音乐细胞的。"毓静回道。

"你真会开玩笑,其实会欣赏音乐的人乐感都很强。想不想学?我教你。"铭卓说道。

"请受徒儿一拜!"毓静双手合十,弯腰鞠礼道:"前提是师傅可不要嫌弃徒儿笨手笨脚哦。"

"若徒弟笨手笨脚,只能怪师傅教导无方啦。呵呵。"铭卓笑说。

说着说着,东方天际已微微泛起鱼肚白,而两人这时才惊觉自己一宿没睡竟也可以睡意全无,不过此时脑袋却有一些犯起困来。铭卓领着自己新收的徒弟进了一间不大的客房,说道:"睡一会吧,这里很安静的,没有人会来打扰你。"说着倒了一杯温牛奶递给毓静说:"喝了它会睡得更香。"

毓静接过牛奶,一饮而尽,说道:"谢谢师傅。你也好好睡一会吧。"

"好的，好梦。"铭卓说道。

"好梦。"毓静回道。

只见铭卓点了一支安神的香薰放在桌角后便走了出去。让毓静疑惑的是，她竟然辨别不出这是怎样一种花香。只觉一阵柔和的馨香浸入自己的身体，之后便进入了深沉的梦乡。

梦中，她站在阿尔卑斯山顶，背着大大的登山包，牵着忆远的小拇指，指着冉冉升起的太阳对他说："你看，太阳从云里爬出来啦。"

两人一起唱着法国小曲《蝴蝶》。

为什么我们的心会滴答？
因为雨会发出淅沥声。
为什么时间会跑得这么快？
是风把它都吹跑了。
为什么你要我握着你的手？
因为和你在一起，我感觉很温暖。
为什么会有魔鬼又会有上帝？
是为了让好奇的人有话可说。
……

唱完时太阳已经红彤彤地挂在东方天际。毓静将脖颈软软地搭在忆远的肩头，低声耳语道："再不看太阳它就回家了哦。"

忆远侧过身，理了理毓静被风吹乱的头发，揽她斜靠在自己的肩头："是呀，每一天的阳光都是新的，你也在不断成长，而我，却在不知不觉中老去，却依然一事无成。"忆远远望向初升的太阳意味深长地说道。

"不是的，学长，你已经很优秀了啊。怎么说这样的丧气话呢！"毓静握住忆远的手爱怜地说道。

"傻妞，等你长大了就懂了，我只是一个一无所有的人。不能给你你需要的幸福。"忆远说道。

"学长你不要这样说，不要这样说。我不会让你离开我的。"毓静拉着忆远的手紧了紧。

"毓静，可是我给不了你幸福，这么大年纪了连个安身立命的地方都没有，怎么忍心让你跟着我一起风餐露宿。"

"可是，我只有跟你在一起才会感到开心幸福。不论你以后怎样我都只想永远和你在一起。"毓静的眼神顾盼流离："不是说好的吗？我们要在一起的，一起看旭日东升、看夕阳西下，看小桥流水，看云卷云舒。去日月潭赏月，到红海泛舟，领略耶路撒冷的忧伤和叹息桥的彷徨，游走普罗旺斯的紫色海浪，追随阿姆斯特丹风筝的方向，漫步桃花源，领略闲云野鹤的悠然，去亚马孙雨林探险，体味荒野求生的惊险，到巴西高原追寻狮王的足迹，领略桑巴舞的热烈和狂欢节的热情……在经历了波澜壮阔后一起过平淡的生活。"

"可是这些，只是太美的梦而已。"

远的身影便如缥缈的光晕一样融化在银白色的雪光里。

"学长，学长，不要离开我……不要……"

毓静在梦呓中惊醒，睁开眼，身旁坐着的竟是铭卓。只见他眼神忧虑地望着自己，说道："你做噩梦了……不要怕，只是一个梦而已。"

四十六、你是我的一滴泪

毓静醒来后才发觉已是次日的下午,便急急告别铭卓,去了蛋糕店。尽管铭卓再三挽留让她吃了晚饭再走,却拗不过毓静的执意推脱。

"一整天没去上班,Pierre 一个人在店里忙不过来,我已经答应过他小年夜帮他看店,现在已经一天多没去了。所以,谢谢你的好意,不过我真的要走了,还有,祝你新年快乐。"说着毓静便下了楼。

铭卓追上去说道:"我送你过去吧。"

毓静回道:"不用了,我打车很方便的。"说着已走了出去。

视野瞬间豁然开朗,自然与古典糅合交融的美景尽收眼底。有斑驳铁锈的法式雕花围栏上缠绕着藤蔓纠结的光秃秃的紫藤,草地上有星星点点的雪融化后的水晶珠。包裹在午后金丝般轻薄绵长的阳光里,四周紫色的幽兰盛放着,散发出摄人心魄的幽香。供暖的鱼池里烟雾缭绕,青绿色的假山遁藏其中,清澈的池水汩汩作响,红色的热带鱼欢快地在池中嬉戏。

出了大门,正对着不远处,便是黛青色的大海。风平浪静的海面上荡漾着些许细碎的涟漪。

毓静按照来时记忆中的方向向右走去。还未来得及转弯,铭卓的车已停在她的左侧。

"呵呵,上车吧,我送你回去,这里到路口还有一段距离呢!"

毓静只得上了车,说道:"麻烦你了,请你送我去流苏街181号。"

铭卓答道:"Yes, Madom,马上就到 Pierre 的蛋糕店,呵呵。"说着铭卓转动方向盘左转出了小区,一路快车向流苏街奔去。

一路上无话,铭卓打开音乐播放器,居然是 Pacific Moon 的曲子,这让毓静甚是惊讶。

"喜欢吗?这首曲子。"铭卓问道。

"喜欢,你也喜欢听轻音乐?"她说。

"我从高中时期开始听轻音乐,算起来已经有四五年了吧。那个时候总是头痛,只有听着舒缓的轻音乐才能入眠,正是疼痛让我和音乐结下了不解之缘。"铭卓若有所思地说道。

"你看起来身体很好啊,怎么会头痛呢?"毓静问道。

"曾经运动的时候不小心摔伤的,现在已经完全好了。"铭卓回道。

"对了,我已经和你的老板请过假了,他说今天你可以不用去了。"铭卓笑说。

"可是……"

还没等毓静说完,铭卓便说道:"没有可是啦!走,我带你去吃好吃的!"说着从流苏东街向右拐向了流苏南街,最后停在了流苏花园饭庄门前。

"我们先去吃点东西,这里的清蒸鱼翅,在全国都很有名呢。"

"可是……可是这里的菜太贵了,不是像我这样的老百姓可以消费的地方。"

"又不让你付钱,你怕什么啊。"铭卓说道。

"你的心意我领了,可是,我真的不能去。"毓静说着便往回走。

铭卓追上去，拉住她的手，说道："就听我一次好吗？"语气柔软，却硬生生地将她拉进了饭庄。

挑了三楼一个可以看到流苏湖景的小包间，两人对坐，铭卓不住地介绍着哪个菜好吃，有什么保健作用。毓静却一直低着头沉默不语。

冬日的流苏湖，如戏子苍白的水袖在刺骨的北风中飘摇，偶尔掀起一波波浪花。

"他家的清蒸鱼翅在全国都很有名哦，今天非尝尝不可！鱼翅可是美容的哦，你一定要多吃点啊！这个砂锅野鸭煲很滋补的！翡翠烧卖，女孩子都很喜欢的一款中式甜品。呵呵，还有一个御果园，你喜欢吃的水果都有了！静，这些都是为你点的，从早上到现在都没吃饭，一定饿了吧，一定要多吃哦。还有，你太瘦啦，该增增肥啦，无论学习工作多忙，都不要委屈了身体才是。要吃好睡好身体好才能学习好哦！"

铭卓喋喋不休地说着，毓静只觉得他对自己无微不至的关心仿佛太甜腻了，让人喘不过气来。可是，除了从爸爸那里得到过类似这样的关怀，就只有从铭卓和忆远这里了。在这个看似柔和实则冰冷的世界上，被人关心是一件很奢侈的事，所以别人对自己的一点点恩惠，她都会铭记于心，并加倍偿还。毓静想着，这样的关心自己承受得起么？

铭卓将各种各样的菜一次次地夹入自己的碗中，毓静却一口也吃不下，只是沉默地低着头，不一会，竟湿了眼眶。

"怎么了？是这里的菜不合你的口吗？对不起对不起，都是我不好，我不该非要带你来这里的，是我错了，都是我错了，你不要哭了好吗？"铭卓焦急地说着。

"没什么，只是想起很多事，有点伤感。还有，我只是一个普通的女孩，让你这样破费，我无以为报，这样我的心里会有太多压力。所以，不要对我太好，我会承受不起的。"毓静控制着自己的情绪说道。

"不会了，以后再也不会勉强你了，你喜欢吃什么我们就去吃什么，你想去哪里我就送你去哪里。只要你开心，不会掉眼泪就好。"铭卓说着递给毓静一打餐巾纸，"不喜欢吃的话我们换一家吧。"

"不，这里很好。"毓静擦了擦红红的眼睛，夹起碗里的鱼翅送到嘴边，大口地吃起来，挤出一个大大的笑脸说道："嗯，味道真的很好耶！不过，你能答应我一件事情吗？"

铭卓见状，不觉得舒了一口气，笑着说："只要你笑，让我做什么我都愿意！"

"为什么要对我这么好？"

"你不知道吧，只要是我的朋友都说我人很好呢。"

毓静说道："那么以后，不要随便对一个女孩好，好吗？因为这样会让她误会的。"

铭卓看着毓静说话时慎重严谨的样子，心不觉得微微疼痛，"傻孩子，我对你的心，你还是不了解吗？"

"好的，为了你这句话，我以后不会再随便对别人好了。可是，你能不能也答应我一件事啊？"铭卓说道。

"好的，你说。"

"吃完饭，陪我去一个地方好吗？"

"好。"

铭卓暖暖地笑着，这笑容仿佛一道光，有着王子一样灿烂得让人无法拒绝的光环，可是在静的心里，铭卓带给自己的，始终只是"大哥哥"一般的温暖。

铭卓说道:"以后,没有我的允许,不要随便掉眼泪了哦。我希望你每天都开心幸福。"

"嗯,知道啦。"

吃完饭,他们一起去了世纪公园,玩得不亦乐乎,看着毓静灿烂的笑脸,铭卓的心里有说不出的幸福。

"毓静,如果你是我眼里的一滴泪,那么,我永远都不会哭。就这样,将灿烂的笑永远留给你。"铭卓在心里想着。

四十七、Sometimes Love Just Has It's Name

一个人的雪夜,总是弥漫着无处不在的忧伤。又一次想起那个大雪纷飞的午后,和远一起打雪仗的情景,那时的笑多么纯粹,多么肆无忌惮,发自灵魂深处。手中握着那幅《雪之女王》的画,眼前再次浮现远微笑的脸。

"近来可好?外边的雪真的太美了,如果可以,就这样安静地听时光静逝,看静雪纷落,也是一种幸福。"

静拿起手机,这短信竟是铭卓发来的。

"是呀,外边的雪好美。"毓静回道。

"现在能站在阳台上吗?看看窗外,你会发现惊喜的。"铭卓道。

"好吧,真的会有惊喜吗?不要骗我哦。"毓静回道,拿着手机走向阳台。

只听到一阵焰火升空的响声,一颗颗不同颜色的心形花朵在纷飞的雪夜绽放。中间竟写着自己的名字。

手机铃声在绽放的焰火中响起，铭卓的声音饱满而温柔："喜欢吗？我想要知道你看到焰火时的表情，可惜我离你太远了，你能到楼下来吗？我想，这样的雪夜，一个人欣赏倒不如两个人欣赏。"

毓静本想拒绝却又不忍心开口，只好应声下了楼。

不错，漫天飞舞的雪花是需要两个人一起欣赏的，一个人伫立在无人的雪夜，往往太忧伤、太决绝。内心深处总会被漫无边际的寂寞填满，无从逃离。毓静此时虽然不那么寂寞，心中期待的却是另一个人的身影。

两人就这样默默地行走在雪中。暖黄的路灯将两人的身影印在纯白的雪地上。

"毓静，有心事吗？还是……"

"没有，呵呵，只是好像……有点冷。"

铭卓脱下自己的外套，毓静忙阻拦道："不行不行，这样你会着凉的。快穿上吧，我其实一点都不冷。"

铭卓拗不过毓静，只好作罢，但却将自己毛茸茸的白色围脖系在了她的脖颈。

毓静回道："不行不行，这样你很容易感冒的。"

铭卓拉住毓静的手臂，说道："系着吧，我看着你就不冷了。"

毓静只好作罢。

而这一幕，恰巧被刚从图书馆回来的锦如看到。

漫天飞雪的夜晚，微亮的雪光下，如此温馨柔软的画面，却让锦如的心冰冷冻结，疼痛难忍到坚硬寒冷。

"北方的雪，真的很美。"铭卓说道。

"是呀，我也是来这里后才看到这么美的雪。"毓静说道。

"你也是南方人？"铭卓问道。

"不,我是君安人。"毓静回道。

"君安,很美的地方,旅游胜地。其实我从小就很向往去那里了,只是一直没有机会。"铭卓说道。

"你是南方哪儿的人?"毓静问道。

"我从小在云雾岛长大,长这么大几乎没怎么离开过那里,呵呵。所以来这里后,才第一次看到真实的雪,真的太美了。"铭卓说道。

"君安其实也会下雪,只是那雪比起流苏城的雪,小得多,只称得上是'残雪'吧。"毓静说道。

"呵呵,但君安残雪,却一定是很多中国人甚至外国人都很向往的景致。"铭卓说道,"而流苏城的雪,很容易让人想起川端康成《雪国》里苍茫纯白的景致。"

"是呀,你说的一点都没错。呵呵,云雾岛一定也很美吧,这么大了,我还没有见过大海呢。有机会一定去那里看看海。"毓静说道。

"好呀,你要是去,我一定给你当导游。对了,这些天一直忘了谢谢你送给我的生日礼物,我真的很喜欢,味道很特别,是你亲手做的吗?"铭卓问道。

"你是说生日蛋糕吗?"毓静说。

"不是,是那两块提拉米苏。"铭卓回道。

"我想你可能误会了,那是锦如特意送给你的。"毓静回道。

"哦,那你帮我谢谢她吧,味道真的很好,呵呵。"铭卓故意掩饰着心中的落寞。

"其实,锦如她真的很爱……很有爱心。"毓静懊恼自己差点说漏了嘴。

"嗯,锦如是个好女孩,你们都是。"铭卓说道。

这时，毓静的手机突然响了，是锦如打来的。"毓静，你去哪儿了？我刚从图书馆回来，钥匙忘带了，这么晚了，你去哪里了呀？什么时候回来救急啊？"

毓静回道："好的好的，你等会儿，我马上回来。"

"对不起，我要回去了，锦如的钥匙忘带了，我得回去帮她开门。"

"好的，我送你回去吧。"

"不用了，我得跑回去，说不定她已经等了很久了。"毓静转身向铭卓挥挥手道："你快回去吧，这里太冷了。"说着便向寝室的方向小跑回去。脚踩在雪地上发出清脆而有节奏的"吱吱"声。

铭卓的目光锁定在毓静跳跃的背影上，就那样伫立在纷飞的落雪里久久不肯离去。

……

雪纷纷而落，融化在铭卓的发梢、脸庞。"毓静，我的心，你依然不懂么？"铭卓在心里默念着。

"铭大公子为何一个人站在雪地里发呆？"背后突然传来清脆的声音。

铭卓转过身，暖黄的路灯下，锦如的笑脸开成一朵金灿灿的花。

"锦如啊，你怎么在这里？"铭卓问道。

"哦，刚刚路过这里，就看到某人傻呆呆地站在雪地里发呆。呵呵。"锦如笑说。

"呵呵，没有啦，只是出来看看雪。"铭卓说道。

"怎么没见你们家雨薇啊？"锦如问道。说着拉着铭卓到不远处的亭子里避雪。

"别这样说，雨薇回家去了。"铭卓答道。

"我刚刚看到你和某人关系暧昧哦，你可要小心哦，我要告诉雨薇去！"锦如笑说。

"刚才找毓静有点事情啦，不用大惊小怪嘛。"铭卓说道。

"毓静人也不错哦，不过可惜人家已经有男朋友啦。"锦如笑说。

"我知道，是和你们一个系的研究生学长。苏忆远学长，是吗？"铭卓说道。

"对呀，人家两个不知道多恩爱呢！"锦如说道。

"可是，毓静过年怎么一个人在学校里？忆远学长怎么忍心让她一个人留在这儿呢？"铭卓问道。

锦如眼里有掩饰不住的落寞："这么关心人家，还说和毓静没什么？"

"其实真的没什么，我只是好奇嘛。"铭卓解释道。

"你不说是不是？你对我都不说真话，我也不告诉你。关于毓静和忆远学长，我一个字也不告诉你！"锦如说道。

"好吧好吧，我也不怕你知道。其实，我是对毓静有意思，我和雨薇之间的问题以后再告诉你。"铭卓说道。

微弱的灯光，纷扬的雪花，掩盖了锦如眼里闪动的泪，那一刻，锦如的眼里只余苍白。但她却只能极力控制住自己的情绪，微笑着挤出一个惊讶的表情："你不会开玩笑吧？"

"没有，我没有开玩笑。自从第一次见到毓静，我的心里便种下了一颗种子，她对我是一种气质的吸引，只一眼，我便知道我们是一个世界的同类。随着越来越多的碰面，越来越深入的了解，我发现，她吸引我的地方越来越多，她是那么灼灼其华而腼腆柔和，在这样一个浮华、物欲横流的世界，却能有这样单纯平和的心灵和精神世界的人，真的太少了。"铭卓说道。

"原来你那么喜欢毓静，为什么刚开始要和雨薇在一起呢？"锦如问道。

"说来话长，我不想因为一些事破坏了雨薇在其他人心目中的地位。所以你就不要问了。"铭卓道。

"好吧，既然这样，我也不为难你了。同样的，我也不想因为一些事，破坏了毓静在别人心目中的地位。关于毓静的事，我也无可奉告！"锦如说道，"坦白告诉你，你那么喜欢毓静，可人家未必领情哦，就像刚才，就算普通朋友，也不可能把你一个人扔在这里吧？"

"刚才不是你打电话让她回去的吗？"铭卓惊讶地问道。

"你真是笨啊，要是我打的电话我会现在在这里和你碰面吗？我会在你们身后看到你们一起吗？"锦如说道，"你那么喜欢毓静，我也不好意思说了，算了算了不说啦。"

"你快说呀，不要吊人胃口嘛！告诉我吧，她的所有。"铭卓急切地想要从锦如口中得知毓静的一切。

"好吧，要我告诉你也可以，不过有条件的哦，那就是我告诉你一件事，你要回答我一个问题。"锦如说道。

"好吧好吧，我答应你了。你快说吧。"铭卓说道。

"好吧，既然你那么感兴趣，我就告诉你吧。只是，这件事我希望只有我们两个人知道。"铭卓说道。

"我答应你，绝不会让第三个人知道。你就放心说吧。"锦如说道。

"说来话长，其实刚开始，我对雨薇的印象很不错，在参加诗社以前，我们就已相识，那是刚入学不久的一个夕阳西下的黄昏。丁香花瓣掉了一地，我驾着苦苦央求妈妈才得来的入学礼物劳斯莱斯幻影疾驰在落满花瓣的永宁路上,忽然间,丁香树丛中跳出一位长发飘飘的紫衣女孩,她悠闲地骑着脚踏车,头发上沾满了一片片细碎的紫色丁香花瓣,缓缓地随风飘着。看着她温柔地笑着,浑身散发着自然清新的气息。我赶忙急刹车,但此刻却已为时已晚,很不幸的,我眼睁睁地看着她如花瓣一样坠落在我眼前。我赶忙抱她上车,将她送往医院。还好,她只是受了轻微的脚伤。但我心里依然觉得愧疚不已,便想要给她一些经济补偿,不想她却断然拒绝了。多好的女孩,我当时在心中暗想。我和雨薇就是这样认识的。只是让人想不到的是,这场意外唯美的相遇,原来是蓄谋已久的一个陷阱……

"后来经过一段时间的交流,我才意外地发现,她居然是和我同校并且同是音乐学院的学生。由于心中总觉亏欠于她,不免对她照顾有加,一直到她伤好痊愈。其间我遇到了静,在一个有雨的黄昏,那时候,便有一种朦胧的忧伤情怀将我笼罩,心里觉得一定要结识这个清纯善感的女孩。只是当时,毓静还不认识我。后来我和雨薇一起参加了晴雪诗社,让我意外的是,毓静也参加了。雨薇的心意我早有体会,只是,当她发觉我的心并不在她身上时,她并没有放弃,而是以一种极端的方式留在我的身边。那天晚上,就是诗社活动的那天晚上,她为我新谱的曲伴舞,不料再次扭伤了脚踝,我便送她去医院包扎,那晚我本想让她住在医院,不料她却坚持要回家。我拗不过,只好送她回去,一路上,雨薇因我而黯然神伤,情到深处竟潸然落泪,我的心不免柔软起来。到家后,其实那只是她在校外的临时住所,她依然哭得雨打芭蕉,我本想早点走,却不想,被她的眼泪所打动。那晚,我们一起聊了很久,我心想,一个是陷入情伤的女人,一个是心灵空虚的男人,相互谈天安慰也是可以理解的。不料后来雨薇竟从冰箱里拿出几瓶酒，我说'借酒消愁愁更愁'，可她根本不理会，不仅自己喝得酩酊大醉，也将我灌得半醉不醒。不料第二天醒来，雨薇竟衣不蔽体地躺在我怀里。我看看自己衣衫不整的样子，心里瞬时懊悔不已。只是此时懊悔也为时已晚，便赶忙穿好衣服，飞也似的逃回了学校。后来，雨薇找到我，说那晚我们因酒而'情不自禁'，不想酿成大祸，哭闹着让我对她负责。这样，她便成了我名正言顺的'女朋友'。整日在外散播谣言，说我和她多么多么恩爱，多么多么般配。我只得装作充耳不闻，但其中的辛酸，又有谁懂？"铭卓说着不禁伤感起来。

"想不到，别人眼里的'金童玉女'也不过是金玉其外败絮其中！铭卓你也不必难过，如果你不喜欢她，就没必要为了这么点破事，把自己搞得伤痕累累。有句话说得好，喜欢的就是喜欢，讨厌的就是讨厌。她越是这样拴住你，就让人越厌恶。你这样委曲求全优柔寡断，不如快刀斩乱麻来得痛快！"锦如说道。

"有时候我也想，可总是话到嘴边又咽下，即使和她把话挑明了，她也依然不肯放开我。"铭卓哀怨地说道。

"问世间情为何物，直教人生死相许！"锦如感叹道。

"好了好了，不说雨薇了。你知道毓静刚才为什么那么着急回去吗？"锦如接着说道，"并不是她告诉你的要帮我开门，那不过是个小借口而已，我想她是接到了学长的电话吧，他们约好的，每天晚上都会定时煲一两个小时的电话粥。"

锦如说着，她看到铭卓失落的眼神时，心情竟瞬时豁然开朗，"怎么啦？伤心啦？人家心里本没有你，你又何必伤害自己呢？"

"没有啊，我只是不知道，原来毓静和学长的感情这么深了。"铭卓想要掩饰，却将自己内心的悲伤展露无遗。"和学长比起来，自己在毓静心中的地位其实只是普通朋友而已吧。"想到这里，铭卓的心里一阵酸楚。

"好啦，别难过了，该擦擦眼泪，回答我的问题了吧？我想知道你有没有去过滨海？"锦如说道。

"没有，怎么想起问这个？"铭卓问道。

"哦哦，没什么，只是小时候在滨海见过一个人，很像你，以为是你呢，呵呵，可能是我认错了。"锦如说道。

"我从小一直生活在云雾岛，高中时期去过一次巴黎，其他时间都是在云雾岛生活的。虽然滨海离那里并不远，可是很遗憾一直没有机会去过。"铭卓说道。

"好吧，你还想知道毓静的什么事？"锦如说道。

"我想知道她为什么一个人在学校，而且过年也不回家？"铭卓说道。

"这个问题，我可以不回答吗？"锦如说道。

"为什么？"铭卓问道。

"我曾经答应过毓静替她保守秘密的，我不能出尔反尔。"锦如说道。

"她有什么秘密不可以让人知道吗？你告诉我，我绝对不会让第三个人知道。我发誓。"铭卓问道。

"好吧，如果毓静知道了，你千万不要说是我说的啊！"锦如说道。

"放心好了，不会让她知道的。"铭卓再三保证道。

"其实，毓静，毓静她……有了学长的孩子。"锦如很不自然地说道。

铭卓的心顿生寒意，难道自己心中的白雪公主，只有在梦中才会如想象中一样冰清玉洁，完美无瑕吗？

四十八、A Dirty Liar

记得社长陶旭笙曾经说过，现在的女生，三分相貌七分打扮，三分才情七分装蒜。虽然当时只是笑语，不能当真，不过仔细想来也有几分真意的。

难道自己心目中的毓静，只存在于自己的幻想里？只有自己的幻想才是完美的，而这完美的幻象，却是自己最大的欺骗者？

毓静和学长之间，到底发生了什么？她真的为学长有过孩子？这，是真的么？无论怎样，铭卓也不能相信，这就是真相。可是，有什么理由去怀疑锦如呢？以她和毓静的关系，是万万不会冤枉她的。是的，她想为她保守秘密的，只是，耐不住自己的追问吧。

大学，曾经圣洁美丽的象牙塔，如今已变成藏污纳垢之地了吗？

铭卓躺在床上，满脑子都是毓静为自己切水果沙拉时的样子。几天前还是那样美好温馨，可此时铭卓的心却并不觉得那样美好了。

这个雪夜，如此漫长而寒冷，让人久久不能入眠。

锦如告别铭卓后回到寝室时已经很晚了。窗外的雪似乎下得更大了。毓静看见锦如回来，忙问道："你怎么样了？没挨冻吧？我接到你的电话后就赶回来了，到处找你都找不见，打电话还关机，怎么这么晚才回来？"

"我等你不见,手机也没电了,刚好碰到个老乡,就在她那儿待了会儿。"锦如波澜不惊地答道。

"哦,你没事就好,水壶里有热水,洗洗快点睡吧。"毓静说道。

"好的,知道啦。"锦如答道。

锦如洗完上了床,看着对铺睡得正甜的毓静,心中默念道:"毓静,你不要怪我,谁让你有了学长还要和我抢铭卓!你明知我那么爱他,没有他,我的大学生活也就没了意义。他是属于我的!谁也无法从我身边将他抢走!"

那晚锦如睡得很香,她做了一个很长很美的梦,直到第二天早上醒来,她都不愿意相信,昨晚梦中的一切只是一个梦而已,而她更愿意相信,梦中的情景正是现实中幸福的自己,铭卓牵着自己的手,将自己平生所见的镶嵌着最大颗钻石的铂金戒指缓缓地套在了自己的无名指上。铭卓坚实的手臂轻抚着自己轻盈的纤腰,俯身奉上一个深情的吻,自己已完全陶醉在铭卓温柔的一吻和深情的眼神里。周围充斥着的音乐声、礼花声、欢呼声、祝福声,以及各种各样艳羡的眼神,仿佛已经完全听不到看不到了。

雪一片一片落着,默默地覆盖了一切。明天就是大年夜了,时间就像落在手心里的雪,瞬间便融化了。

毓静一个人安静地走在去蛋糕店的路上,从车站上车,然后下车。踏着清晨莹白的雪,向东走一百来米远,就到了蛋糕店。一路上毓静的脑海里一直想着,没有自己的大年夜,姑妈和奶奶会不会孤单呢?

从心里说,她是喜欢这份工作的,每天沐浴在香甜的奶香里,心情也舒畅起来。而且,这里的同事基本都是年轻人,大家也都相处得开心融洽。更重要的是,她可以用自己的双手挣钱,为姑妈和奶奶减轻负担。

自从父亲生病以来，家里的钱几乎都花在医院里了，生活每况愈下。更不幸的是，父亲走后，唯一有工作的爷爷，也因既要照顾年幼的毓静，又要照顾患糖尿病的奶奶，而操劳过度，突发心脏病离开了人世。若没有姑妈的悉心照料，便没有今天的毓静。姑妈是一个普通的国企工人，收入微薄，而这微薄的收入却几乎全都花在毓静和奶奶身上了。

自母亲离开后，儿时幸福的家已然不能被称作"家"了，毓静对母爱的理解便定格在姑妈亲手做的香喷喷的菠菜面、逢年过节时买给自己的新衣服和口红糖以及姑妈为自己洗澡时，房间里弥漫着的温暖潮湿的雾气。

毓静一路走一路想，心中盛满了沉甸甸的对家人的思念，竟无暇欣赏一路上玉树琼枝的北国雪景。

终于到了蛋糕店，毓静推开门，向晚上值班的同事问了声好，进了更衣室换了身洁净的工作服，便开始忙活起来，拖地、擦洗桌椅和玻璃橱窗。

巨大的玻璃窗上结满一粒粒细碎的水滴，毓静一边擦一边看着窗外时落时停的雪，以及从来往的行人口中吞吐出的白茫茫的雾气，窗外的世界是多么寒冷啊！店里却是暖的，刚刚擦过的清晰透亮的玻璃窗，不一会儿便被暖暖的水汽覆盖了。她用食指在那玻璃窗上随意画着，不一会儿，玻璃窗上便出现一张英俊帅气的脸。又开始想念学长了，自从学长回家后，她一直都没有联系到他，他生日那天，她寄给他的画和生日蛋糕也不知道收到没有。这些天，她只能将自己对他的思念寄托在文字、画作和工作上了。

清晨生意清淡，顾客零散，她便用手指在窗上随意地画着不同的图案。或许是太过专注的缘故，顾客推门进来，在她身后静静看她作画，她都没有察觉，直到厨房糕点师喊她，她转身时才发觉铭卓坐在离自己不远一个靠窗的座位对着自己微笑。

"画得不错。"铭卓微笑道。

"随手涂涂鸦而已。"毓静答道。

"不介意我跟你一起涂鸦吧。"铭卓说着走了过去。

"当然不介意，你要吃点什么吗？我请客。"毓静说道。

"你亲自做的，我就吃。"铭卓笑说。

"只要你不嫌弃我做得难吃就好，不过我只会烤手指泡芙和提拉米苏哦。"

"Anything is OK,it's up to you."铭卓笑说。

"Wait a minute."毓静说着走进了厨房。

铭卓的目光穿过自己与毓静之间相隔的一道透明玻璃窗，看着一条条不同形状的手指泡芙在烤箱中不停地翻滚，散发出迷人的金黄色光芒，铭卓的心里，是甜腻而温馨的。

铭卓心想着，无论毓静曾经和学长之间发生过什么，他的心始终放在她那里，就像现在这样，只是静静地看着她，他的心里也是幸福的。

不一会儿，毓静端着香喷喷的泡芙和提拉米苏走了出来。

只见铭卓在用手指在玻璃窗上写写画画。

"过来看看我画的，像谁？"铭卓说道。

毓静放下甜点走了过去："看不出像谁，像是一个长头发的女孩，她笑得好可爱，咔哇伊，好像动漫《初音岛》里的女主角。她叫……哎呀，名字我想不起来了。"

"我没看过《初音岛》，也不知道《初音岛》里的女主角有多美，可是我画的这个人一定要比任何一个女主角都要美。"

铭卓说道。

"可是……嗯……这样看来,你的画工还有待提高哦。"毓静笑说。

"依毓静小姐的意思,我画的是很丑喽?"铭卓笑说。

"Maybe a little abstractive。"毓静笑说。

"不错,在下正是印象派的鼻祖凡·高大师的入室大弟子的第十八代传人景铭卓先生!"铭卓笑说。

"你就臭美吧你!"毓静笑说。

"不错,在下的此幅画作,正是在下的第一位入室弟子林毓静小姐是也。"

"不会吧,原来这是我啊!"毓静说道。

"怎么了,不喜欢吗?"铭卓说道。

"不是啦,只是,我有这么丑吗?"毓静笑说。

"一般的说法是,不算丑,就说她是……咔哇伊……哈哈——"铭卓笑说。

"不给你吃了,看你要贫嘴!"毓静说着端起刚刚烤好的甜点,做转身状。

"我错了……对不起啦,看在我大老远跑来的份上,你就原谅我吧。"铭卓说道。

毓静便转身将甜点放在了桌上。

铭卓笑着接过并大口地吃起来。

"嗯……味道真是很棒哦,毓静,你以后就当我的专职厨师好了!"铭卓边吃边说。

"快吃吧,铭大公子,您就别在这儿恭维我了,您什么样的美味没吃过呀?你就给我留一点面子吧,我还是有点自知之明的。"静说道。

"你呀，就是太谦虚了！"铭卓说道，"对了，明天过年，来我家吧，人多了有气氛，总好过一个人。"

"不了，学校组织没回家的同学一起过年。"毓静答道。

"还是来我家吧，我也是一个人，第一次一个人在遥远的北国过年，以前都是在云雾岛。"铭卓说道。

"那你为什么不回去呢？"毓静问道。

"你还说我，你自己不是也一样？"铭卓说道，"你不也没回家吗？"

"我不回家是有原因的，像你这样的大少爷怎么能理解。"毓静说道。

"你不告诉我，我怎么能理解啊？"铭卓说道。

"说了你也理解不了。"毓静说道。

"是因为学长吗？"铭卓问道。

"不是，因为我自己的原因。你为什么也不回家呢？"毓静问道。

"我爸妈太忙了，顾不上我，他们现在还在国外呢。"铭卓说道。

"哦，这样啊。"毓静说道。

"怎么样，明天去我家，其实也不能算是家，是临时的住所吧，去我那儿好吧？如果方便的话，也叫上锦如一起，我们大家一起过年才热闹，要不然，我一个人过年多孤单、多凄惨呀！"铭卓说道。

毓静见铭卓心意诚挚，便不再推脱。

"好吧，我明天和锦如一起去。"毓静答道。

四十九、除夕夜的雪

时间如白驹过隙,仿佛眨眼间就到了第二年,除夕夜的雪依旧飘飘洒洒,增添了不少年味儿。空气中弥漫着焰火绽放的巨响,毓静的心却平和而淡然,是的,她已经长大了,不再是从前那个依偎在父亲身边捂着双耳看烟火升空的小女孩了。

"毓静,准备好了吗?"锦如一边对着穿衣镜摆弄着头发,一边叮嘱静筹备带给铭卓的春节礼物。

"嗯,准备好了。水果,各种各样的年货和一瓶陈酿的葡萄酒。"毓静说道。

说着两人便带着礼物盛装去赴约。

除夕夜的雪将流苏城装点得银装素裹,在一朵朵盛放的烟花的映衬下,仿如童话中的国王正在为自己心爱的王子和公主举行一场盛大的婚礼。

除夕夜的出租车出奇的少,毓静和锦如等了好久才等到,车子载着两人一路朝滨海别墅雅香阁驶去。路上毓静收到铭卓的电话说让司机去接她们,她回说她们已经搭上车出发了,一会儿便到。

说到便到,司机将车停在滨海别墅小区外,毓静付了钱,和锦如一道下了车。只见小区大门缓缓打开,铭卓的司机已等在门口。她们上了车,一路向雅香阁9栋驶去。路上彩灯闪烁焰火忽明忽暗,可谓流光溢彩、年味十足。

不一会儿便到了,铭卓已等在门口。

"少爷,客人到了。"司机李师傅说着将车开进了地下车库。

"你们终于来啦,欢迎欢迎。"

彼时铭卓和铭甜正在贴对联。

只见横批为"瑞雪迎春"。

上联是:"梨花院落溶溶月。"下联还未贴出。

"好联!"两人看罢说道。

铭卓便请毓静和锦如对出下联。

"这个……毓静是高手哎!还是让她来吧。"锦如说道。

"上联是'梨花院落溶溶月',那我就对'兰院庭廊阵阵香'。"毓静稍想片刻后说道。

"好联!把我们雅香阁的特点给写出来了!"铭卓说道。

"对了,你不知道吧,我们毓静现在可是诗社副社长呢!上次诗社年度总结大会你没参加吧?"锦如说道。

"不愧是诗社社长!文采就是棒。呵呵。"铭卓说道。

"哥哥的下联是:'柳絮池塘淡淡风。'"铭甜说道。

"这才是真正的好联!梨花、柳絮将纷飞的瑞雪刻画得淋漓尽致。"毓静说道。

"你们呀,都写得好!不说了不说了,我们来把它贴上吧。"锦如说道。

说着几人一起贴起来,正贴着,只见管家杰明从屋里出来说道:"少爷,小姐,铭先生和夫人让我出来看看你们怎么贴了这么长时间。客人都来了就好。张小姐、林小姐好。"

"你好!"毓静和锦如还礼道。

"好了,已经贴好了。我们这就进去。"铭卓说道。

毓静听到铭卓的父母也在,瞬时觉得后悔起来,不过事已至此,也只能硬着头皮跟着他们进去了。

锦如却不这样想，至少这样她也算认识了铭基集团的董事长了，不枉来此一遭。

让毓静意外的是，铭卓的父母竟一点架子也没有，而且对她和锦如也十分热情，嘘寒问暖，关怀备至。

毓静和锦如坐在靠近电视的沙发上，对面是铭卓和铭甜，铭卓的父母坐在正中间较远的位置。他们几人一边聊天一边看春晚，气氛融洽，场面温馨。

铭卓的母亲不时让人端上不同果品和热饮并叮嘱年夜饭的菜式。铭卓的父亲则劝她不要太操心，并说她的这些习惯管家会叮嘱厨师的，不必她挂念。一连串的举动显示了他们夫妻之间的恩爱有加。

毓静坐在离铭卓父母五六米远处看去，铭太太穿一件白底金花的连衣裙，肩上披着白色狐皮皮草。连衣裙是复古的旗袍样式却又加上了西式的花边褶皱风格，将完美的身材与高雅的气质展露无遗。毓静就这样远远看着，不知怎的，总觉得自己好像在哪里见过这位雍容华贵的阔太太，总之是有一种似曾相识的感觉。在暖黄灯光的映照下，铭太太看上去仿佛像铭卓姐姐一般的年纪，年轻貌美、气质不俗，完全不像是已经生过两个孩子并且儿子已经上大学的样子。毓静想了想便也不觉奇怪了，生在这样的富贵人家，生活饮食养尊处优，处处讲究，人也一定比普通老百姓年轻精神许多。

而锦如的眼神却一直放在铭卓的父亲身上，这个看来四五十岁的中年男子，怎么看怎么像困扰了自己十几年的梦魇中的那个人——那个嗜酒如命、经常打老婆的，据说溺海而亡的男人——自己曾经恨之入骨的父亲。

可是，这怎么可能呢？锦如心想着，自己的父亲不是早已经死了么，怎么可能摇身一变成为炙手可热的铭基集团的创始人？各种各样的理由在锦如的脑海中不停地翻滚，任意一条都可以推翻自己幼稚可笑的结论。可是坐在对面的他，明明就是十几年前那个抛妻弃女的恶人！就算他化成飞灰她都认得！

就在毓静和锦如心生狐疑之时，管家杰明上来禀告说年夜饭已准备齐全，可以开饭了。铭卓、铭甜拿出准备好的礼花在屋外点燃，据说这是他们家的规矩，每次吃年夜饭前都要先放礼花，并在屋外摆上宴席，以敬诸神。

大家围坐在方形饭桌前，彼此不到两米远的距离，毓静终于看清了铭太太绝美无比的脸。是的，她这次确认，她们确实见过，并且她们之间，不是仅仅用"故人"两个字就可以说清楚的。当然，铭太太可是"贵人"，可能早已将自己忘得一干二净了。

铭太太发觉毓静的神情有些怪异，便问道："林小姐怎么了？是饭菜不合口味吗？"一如往昔温柔的声调。

"没有，只是，突然有点不舒服。"毓静看着铭太太关切的表情，一股厌恶的情绪涌上心头。她借口身体不适想要回去休息。

"真是不好意思，我想我还是先回去休息了。"毓静说道。

"还是在这里休息吧，也不缺地方，一个小女孩家，怪让人不放心的。"铭先生说道。

"就是就是，就在这里好了。我让杰明给韩医生打个电话。"铭卓应声道。

"不必麻烦了，可能有点着凉，睡一会儿就好了。"毓静接着铭卓的话说道。

"也好，铭卓你领她去客房躺一会儿吧。"铭太太说道。

"好的，毓静，跟我来吧。"铭卓说道。

就这样，她便跟着铭卓上了二楼，依然走到上次自己睡过的那间房。熟悉的香味扑面而来。铭卓依旧递给自己一杯温热的牛奶，说道："那么多的菜都没吃几口呢，哪里不舒服？这半年的独处，我已经是半个医生了哦。我这里有各种各样的药，是不是感冒了？有没有发烧？我去拿药给你。"

"没事，小毛病啦，睡一觉就好了。不过，谢谢你。"毓静对着铭卓微笑着说道："我有个问题想问你。"

"什么事？知无不言，尽管问吧。"铭卓说道。

"你妈妈……好年轻……"

"是啊，呵呵，我妈妈是公认的美女呢。"

"她是哪儿的人啊？"

"哦，你不问我我倒没想起来，她也是君安人，和你可是老乡哦，看不出来她有像我这么大的儿子吧。呵呵。"

毓静话到口边又咽了下去，总不能问他"你是不是她的亲生儿子"吧？此时，除了沉默，别无其他。其实不用问，毓静的心里也已有了定论。世界上本不会有如此相似的两个人，即使有，也不能出生在同一个地方这么巧吧。所以她认定了，铭太太就是曾经的那个"故人"。

铭卓见静沉默不语，便说道："看来你真的是不舒服，你先躺一会儿，我去帮你熬点参汤。"说着转身关了门向厨房走去。

毓静随着铭卓上楼后，锦如本也想借口走掉，却无奈找不到什么合适的理由，只有硬着头皮面对着这位铭基集团董事长的嘘寒问暖。

锦如心想着，不走也好，我要留下来看看这位铭基集团创始人到底是不是当年那个负心的男人。

五十、玉手镯的秘语

窗外的雪似乎更大了,锦如眼神柔和,笑容亲切,在与铭卓父母的交谈中不时发出爽朗的笑声。

"你是学美术的?一定对艺术感兴趣吧。"铭太太问道。

"对,我的专业是平面设计,平时就是在计算机上搞一些创意设计之类,呵呵,也谈不上什么艺术。"

"那你们也应该懂一些广告设计吧?"铭先生问道。

"现在的平面设计其实就是为广告设计而设的专业,以前十七、十八世纪的时候可能有人搞纯艺术,可是现在的时代背景,搞纯艺术的只能等着饿死了。"锦如说道。

"呵呵,这孩子,一看就是块学习的料!我们铭卓要是像她一样聪明好学就好了!"铭太太说道。

"就是就是!"铭先生应声道。

"甜甜,你可要向锦如姐姐学习哦,以后长大了才能做大事!"铭太太接着说道,"听铭卓说,你和刚才那位女生是一个班的,不但学习成绩好,文章也写得好。呵呵,不愧是重点大学的学生,素质就是好!"

"呵呵,您过奖了。"锦如回道。

"来,吃菜!别只顾着说话了。"说着铭太太夹了一大块红烧鳗鱼放在了锦如的碗里。

锦如的眼神追随着铭太太的手腕,直到她稍宽的袖口再次将它遮挡。那鲜翠欲滴的玉镯,在铭太太的金丝花边袖口的遮挡下,闪着忽明忽暗温润柔和的光泽。

过了许久,锦如才反应过来,忙说道:"呵呵,谢谢,您太客气了。"

"在家里别拘束,把这儿当成自己的家就好。"铭太太笑说。

"您这么热情,我不会拘束的。"锦如回说。

……

锦如在心里暗想,自己母亲的传家之宝为何佩戴在这个所谓的"铭太太"身上?这是一个笨得愚蠢的问题。不用想,答案已经明了,谜题已经揭晓。那位坐在对面的衣冠楚楚的铭基集团董事长,正是曾经那个嗜酒如命的、百毒俱沾的张福田。

遥想当年,自己还很小,经常看到父亲醉酒回来打母亲的情景。母亲性格柔弱、家境贫寒,是典型的胆小怕事的农村主妇。父母的婚姻是双方家长包办的,根本没有感情可言。父亲在结婚前是有意中人的,那女人名叫姚雪莹,从小和他一起长大,可谓青梅竹马、两小无猜。但父亲十八岁那年,部队下乡征兵,入了伍,直到五年后才退伍。他回家后才知道,那女孩早已嫁做人妇。自此父亲性格大变,变得沉默、暴躁而冷酷。得知那女孩嫁给当地最有钱的一位商人后,他变得自卑而恼怒,常常借酒消愁。父亲的父母见状,帮他物色了一个对象,就是锦如的母亲。母亲的爷爷原是当地有名的乡绅,在土地革命时被批斗致死,由于家庭成分不纯,母亲一家经常遭到同村人的欺负。母亲虽然长得好、性格好,却没有几个人上门提亲。所以,听说父亲曾经当过兵后,母亲一家还怕高攀不上,赶忙点头答应了这门亲事。只是没想到,结果竟是如此的悲惨。

锦如每次想起这段不堪回首的往事,便觉得胸口一阵硬生生地疼。

父亲表面上和母亲是夫妻，但他从没有将她看在眼里。只因他的心已经被那个女人填满，再也容不下第二个人了。他曾经去找过那女人，她却借口有事推掉了他的邀约。父亲才赌气含恨和母亲结合。婚后，父亲依然忘不了曾经朝夕相处、两小无猜的女人，占有欲极强的父亲，终于还是找上了那女人，他从那女人口里得知，其实她也是被迫才嫁给现在的丈夫，她的父亲当时得了严重的肺结核，不得已借了那做粮油批发生意的矮胖老板的高利贷，由于无钱抵债，那胖老板却垂涎她的姿色，一时鬼迷心窍，想要和她结婚。无奈她只好委身下嫁来抵债。不料后来才知是羊入虎口，由于那女人长得过于妖媚，以致那胖老板对她看管甚严，女人的生活如身陷囹圄，毫无自由可言。就连和其他男人多说一句话，都要遭到丈夫的质问，严重时更是遭到漫骂和毒打。

　　自从得知了心爱的女人身陷囹圄后，父亲就开始策划着如何营救女人。本想带着女人远走高飞，可是胖老板耳目众多，且和当地黑社会有染，所以逃跑计划只能一次次被否决。后来，他乔装成伙计混入了胖老板的粮油店，找机会摸清胖老板的底细、生活及工作习惯，而且便于和女人见面。这一待就是七年。七年里，他表面勤勤恳恳，任劳任怨，终于被提拔成为店里的主管。这七年里，他极少回家，只有在受到胖老板凌辱欺压时才会回家，回到家，却将怨气撒在母亲头上。当时母亲只当他又是喝醉酒，却不知这其中另有缘故，后来，事情败露了才知道。

　　终于，父亲和那女人在一次密会时，被胖老板发现，并同时发现店里的巨额资金不知去向，那胖子如何能接受如此事实？如何肯轻易善罢甘休？结果是这对"奸夫淫妇"被当场打得哭爹喊娘、满地找牙，当场昏死过去！

这件事,一时间被传得沸沸扬扬,满城风雨,无人不知,无人不晓。

在这期间父亲曾有几次遍体鳞伤地回家找母亲索要钱财,将家里的财物洗劫一空,就连母亲的传家宝,一对康熙年间的极品翡翠碧玉手镯也被他抢去一只。后来母亲感叹,命里有此一劫,任你再躲也躲不过。他拿去,也可能是为了还债吧。

后来锦如就和母亲搬走了,远离了那是非之地,再后来,听说那女的服毒死了,父亲也溺海而死。

曾经,锦如以为她已经忘了,忘了这一段不堪回首的往事。如果不是眼前这位铭基集团董事长,锦如也不会想起这一幕幕撕心裂肺的画面。当时的自己不过是个小不点儿,而如今,已经出落成亭亭玉立的美人了。她相信这位"贵人"早已认不出自己了。

五十一、不堪回首的"邂逅"

自从大年夜滨海别墅的那次邂逅,锦如和毓静两人仿佛都变了,变得比以前安静而深沉。

铭卓依旧时常打电话来找毓静出去玩,并有几次邀请她去家里聚餐,她都一一回绝。无奈,他只好在她去蛋糕店的路上将她拦住。那天,阳光微暖,和风徐徐。前几天的雪也已快要融尽了。

"这么多天,为什么不理我?"铭卓拦住毓静问道。

"我这些天很忙,没有时间。"毓静回答。

"你不要骗我了,一定发生了什么事,什么事让你变得这样冷酷地对我？"

"铭少爷，拜托请你不要这么专断行不行！我本身就是一个很冷酷的人，对任何人都是这样。请你让开，我赶时间。"毓静冷静地说道。

"可是，你以前不是这样的！你有什么苦衷告诉我呀！是不是有人强迫你？"铭卓说道。

"好吧，我今天就和你说清楚！铭大少爷，我只是个普通人，交不起像你这样的朋友，所以，请你以后都不要再找我，不要再和我见面。"毓静言辞激烈地说道。

"你说的，是真话？"铭卓问道。

"嗯。"毓静微微点头道。

"好吧，我以后不会再烦扰你了。"铭卓说着一路开车背向毓静飞奔而去。

铭卓开着车，心中感慨毓静的变化之大，和以前自己认识的可爱单纯的女生简直判若两人。到底自己哪里做错了，自己也搞不清楚。心中积蓄已久的对毓静的思而不得的忧伤，如洪水般将自己淹没。铭卓沉迷在深沉的忧伤中不能自拔，不觉脑中一阵剧痛，浑身无力。而此时铭卓的车速却是200千米每小时！

不料前方转弯处忽然出现一辆白色东风面包车疾驰而来，铭卓急忙踩刹车却为时已晚。只见铭卓所驾的劳斯莱斯瞬间被载重的面包车撞出六七米远。车头已面目全非，左侧后视镜也被撞落。铭卓只觉全身发麻，瞬间失去了知觉。

肇事面包车司机见铭卓被撞得已无知觉，不知是生是死，又见四面无人，吓得赶忙驱车逃逸。后面的车辆见状拨打了110报警和120急救。

警察赶到后通知了铭卓的父母，铭基夫妇赶忙赶到仁华医院急救科。见到昏迷不醒、满身是伤的铭卓，李香兰不禁失声痛哭！

"医生，无论花多少钱都要治好我儿子，我已经失去毓澄了，不能再失去铭卓！医生，求求你，求求你救救我儿子！"

铭卓在李香兰哀怨的哭喊声中被迅速地推进手术室。

"夫人，您放心，我们会尽力的。"

一天后，雨薇、紫萱、毓静和锦如听到消息后，也马上赶到了仁华医院，雨薇年后去了铭卓的家乡云雾岛度假，其实她的最终目的并不是度假，而是去了解铭卓的过往，不料刚回家就听到铭卓出事的消息。而锦如和毓静也在新闻里看到车祸的报道，联系了铭卓父母，才知道真的是出事了。

雨薇是第一个到的，见到躺在病床上的铭卓，和站在两旁的铭卓的父母，雨薇的眼泪瞬间流了下来。

铭基夫妇见状，感动得无以言表。

"伯父伯母你们好，我叫暮雨薇，是铭卓的女朋友。想不到我和他分开不到一个星期的时间，就发生了这样悲惨的事情，真是让人感到心痛！"雨薇悲伤的语调足以让人顿生怜惜。

听到雨薇的一番话，李香兰握住铭卓苍白的手又开始啜泣起来。

"儿子，你一定要好起来！"

"伯母，您放心，铭卓他吉人自有天相，一定会好起来的！"雨薇安慰道。

"好姑娘，铭卓听到你这句话，也一定会很快好起来的。"景铭基说道。

正说着，只见紫萱和昱潇也到了。

"伯父伯母，铭卓没事吧？"紫萱问道。

"度过了危险期,只是,人还没有醒。"李香兰说道。

"不用担心,已经度过危险期了。铭卓一定没事的!"昱潇说道。

"但愿如此。"景铭基说道。

"可是,医生说他曾经摔伤留下后遗症,有可能会永远醒不来!"李香兰说着再次哽咽起来。

正说着,毓静和锦如也到了。两人进门间只听得雨薇说道:"伯母,您放心好了,我爸认识美国一位脑科专家,治愈过很多脑部受损的患者,他一定能妙手回春,治好铭卓的!"

"真的吗?我们也尝试联系了几位美国这方面的专家,可是,他们没有一个有把握治好铭卓。对了,请问令尊是哪位?"李香兰问。

"家父幕镇海,现在做一些小本生意。"雨薇说道。

"那就有劳令尊了。"李香兰感激地说道。

看到昏迷不醒的铭卓,毓静的心里充满了内疚和负罪感。在回去的路上,她一直在心里骂自己,如果不是大年夜那天得知铭卓的母亲竟是自己的生母李香兰,要不是自己情绪低落对铭卓说的话太重,铭卓也不会出事的,想着想着不禁掉下泪来。锦如问她是不是喜欢铭卓,毓静也沉默不语,只自顾自地掉眼泪。

第二天,雨薇的父亲幕镇海便带着雨薇拎着大量名贵补品亲自去看望铭卓,将美国医院的情况和医生的情况转述给铭基夫妇,并已安排好全程的行程和住宿。这让铭基夫妇大为感激和欣喜。办好了转院手续后便即刻带着铭卓飞往美国。

五十二、爱是燃烧中逐渐变短的烛火

除夕夜在滨海别墅与李香兰的邂逅,以及铭卓因自己的冷眼以对而发生车祸,让毓静的心久久无法平息。原来,铭卓的母亲,竟是狠心抛弃毓静和她父亲的毓静的生身母亲!在得知了这一事实后,毓静再也不想和铭卓有任何交集!而铭卓却又偏偏因为自己而出了车祸!这段时间所发生的一切,仿佛只有小说电影中才会出现。是的,现实告诉自己,有时候,生活远远比想象中的更深沉,更厚重,更宽广,也更陌生,更现实,更残忍。

这所有的故事,让她再次重拾这二十年来残缺不堪的记忆碎片。

小时候的毓静,也是集万千宠爱于一身的幸福小公主,有幸福的家,美丽的妈妈,温和爱自己的爸爸,慈祥的爷爷奶奶。那时的毓静,和所有幸福的小女孩一样,有着五彩斑斓闪闪亮亮的梦。相信水晶球宫殿里的王子与公主,会永远幸福快乐地生活在一起,相信白雪公主和灰姑娘一定可以得到幸福。相信睡美人一定会在王子的亲吻中苏醒……

然而,梦想只是梦想,像透明却易碎的水晶,很美,却昂贵而脆弱。当病榻上的父亲沉沉地昏睡过去的时候,当绝情的母亲抛夫弃子嫁作他人妇的时候,当爷爷奶奶双双愁白了头的时候,毓静,乃至整个家庭的梦,如坠落崖底的水晶球,瞬间四分五裂。

毓静还记得，奶奶曾经讲过一个故事，那故事很美，很动人，却又很痛，痛到可以让人泪流满面。

她说，曾经有一个女孩，喜欢一个男孩，他们是高中同学，那女孩长得很美，很美，大眼睛，长睫毛，有一头乌黑闪亮的长发，梳着一只长长的辫子甩在身后。那女孩真的长得很美，以至于他们班上几乎所有男孩子都喜欢她，这个名叫李香兰的女孩，却独独喜欢那个爱笑的，说起话来滔滔不绝的，看起来坏坏的，却绝顶聪明的男班长，也就是毓静的父亲林熙海。

那个时候，人们都是比较保守的，年轻人也一样保守，他们把这种喜欢深深地埋在心里，小心翼翼，惴惴不安地守护着自己刚刚发芽的爱情，或许，这还不能被称为爱情。那时的爱，最吸引人的地方或许就在于心有千千结却不懂得怎样去表达，只能费心费力地去猜对方的心。

那个时候，人们真的很保守，自由恋爱还是比较新潮的字眼。这个女孩和男孩，终于还是成了当地比较新潮的人物，他们恋爱了，而且是为所有人所不齿的早恋。现在的高中生也不被允许谈恋爱，况且是当年"文革"刚结束，刚刚恢复高考不久。

那女生在当时真称得上是新时代的女性，有比较开放的恋爱观、世界观。在某一次元旦晚会过后，穿着红上衣，辫着长辫子的大眼睛女孩，将自己亲手织的白色围巾塞在了班长手里，他还没反应过来的时候，她已踮起脚凑近他的耳朵轻声说："我喜欢你。"

男孩兴奋得一夜未睡，他第一次体验到，原来这就是恋爱，原来恋爱可以让人这样幸福。

从此，他们频频约会，在没有人的河岸边，远离县城的郊外田野，长满芦苇的浅滩小径……

女孩唱歌很好听，所以经常在没有人的时候靠着男孩的肩膀唱歌给他听。

那时候，学校经常停电，每当遇到阴雨天或晚自习的时候，教室里便黑得伸手不见五指，每到这个时候，很多人便拿出自带的蜡烛，燃起来照明，而女孩却没有。原来女孩家在乡下，家庭境况更是不如意。但所有人都不知晓，因为女孩的言行举止、穿衣打扮，完全不像是乡下人。女孩怕班长发现，所以经常用吃饭的钱去买一只只火红的蜡烛，可班长最终还是发现了，从那以后，每个星期，他都会带给女孩一只红蜡烛，在点点的烛光下，他们一起读诗，一起做算术，一起看《红楼梦》，一起写情诗。

后来，两人写的情诗被一个喜欢女孩的男同学发现了，那男同学醋性大发，和班长打了起来，结果两败俱伤。这事也因此暴露，校方处分了女孩、班长以及那位男同学，并通知了他们家长，这事也在学校引起了轰动。从那以后，女孩和班长就经常遭到同学的奚落和嘲笑，家长以及老师的劝诫和怒斥。时间日复一日，而两人的心却再也无法安静下来。最终，他们被迫双双退了学。

在得知了女孩永远失去了上大学的机会后，即使面对母亲哭红了的双眼，男孩也毅然选择放弃自己的学业，和女孩在一起。母亲不许他再和女孩来往，不许他们再见面，并已联系好了另外一所学校让他继续读书，考大学。可男孩心里却放不下女孩，有时候在梦里，他会梦到她闪闪的大眼睛望穿秋水似地和他说话。终于，他趁父母不注意，偷偷找到女孩家去看她。这一去才发现，原来女孩已被父亲锁在家里很长时间，终日以泪洗面。

他终于看到她了，独守窗棂的她看了他一眼，便哭得雨打芭蕉。他拭去她脸庞冰冷的泪，双手捧着她瘦弱的脸，却看到她憔悴得如秋日的黄花，满地堆积。

他禁不住落下泪来，便紧紧地揽她入怀，像是抱着一朵将逝的柳絮。

仔细看去，女孩的家，简陋、萧索、荒凉、一如男孩此刻的心情。

终于，女孩向男孩说出了一切，女孩说，她自己的妈妈走了，在她很小的时候，那一年，村子里闹灾荒，田里的庄稼颗粒无收，村里的树皮都被人剥光了当饭吃，山坡上、田野里几乎所有能吃的草，连草根都没有剩下。原本绿油油的村子，一下子变得荒芜而可怕。村子里饿死了好多人，因为家里穷，父亲只是老实巴交的农民，一点办法都没有，全家人已经饿得没办法了，母亲只好去境况稍好的外婆家讨生计，外婆外公看到母亲惨不忍睹的境况，决定不再让她回来。那时的她，才二十岁，生得浓眉大眼，惹人怜爱，不久就有家境好却死了老婆的人来提亲，娶母亲做二房。母亲心里觉得不忍，送回一些钱粮就再也没回来过。女孩是父亲一手拉扯大的，从小她要什么，父亲都给她最好的。父亲累死累活也要让自己的女儿过得比其他人好，从小争气的她，也从来不让父亲失望，不论什么都永争第一，尤其是学习成绩。她是父亲唯一的骄傲和希望。父亲曾经说过，可以为了她拼了命地工作、干活，只要她能顺利考上大学，这是他对女儿唯一的要求。由此也可想而知，女孩的早恋事件和退学事件对她父亲的打击是多么惨重。

男孩听着，抱着女孩的手，紧了紧。他忽然觉得自己很渺小，很无能，渺小无能到连自己喜欢的女人都无法保护。

于是他握着她的手说，你愿意跟我走吗？

她点了点头,那一双大眼,闪着灵动的光,有着说不出的柔情蜜意。

在一个有着白色月光的秋日夜晚,他去了她家,他们计划好的,那天下午,她在父亲的茶水里放了一点男孩带给她的安眠药,天还没暗下去的时候药性发作,父亲已经睡得不省人事,他带着她走了,去了邻近他们家的另一个靠海的城市。男孩用从家里带出来的一些钱租了间铺子做些箱包首饰的小买卖。男孩为人忠厚诚恳,做生意也厚道本分,刚开始辛苦些,不久便有了一定的口碑,生意也越做越好。两人的日子过得平静快乐,每天男孩忙着铺子里的生意,女孩只是做饭和照顾男孩的起居。即使自己再忙碌再辛苦,男孩也没有让女孩吃过半点苦,受过半点委屈。只要是女孩喜欢的东西,男孩倾尽所有也要买来送给她,只要是女孩喜欢做的事,男孩再苦再累也要满足她。他觉得,爱一个人就要倾尽所有,爱她就愿意为她付出一切。一年后,男孩为了生意,开始走南闯北出去跑外贸,不久,他们便在这个不算小的城市有了属于自己的房子,过起了幸福小康的生活。男人也经常寄信寄钱回老家问候父母,并告知他们自己现在的生活,让他们不用为自己担心。

几年后,他们有了自己的女儿和儿子,女孩已然变作女人,男人也已成为父亲,而且,借着改革开放的一系列优惠政策,他们的店铺规模也越开越大,男人已经算是请了几个伙计的外贸批发零售店小老板了。自从女人怀孕后,男人对女人更是疼爱有加,呵护备至,为了更好地照顾女人和孩子,男人为他们请了专门的保姆,照顾母子的生活起居。四岁的女儿有着一双和女人一样水汪汪的大眼睛,深深的双眼皮和长长的睫毛,可爱的像长着黑色头发的芭比娃娃。三岁的儿子更是浓眉大眼,聪明伶俐。可是，阳光下的幸福，也是有阴影的。虽然当时男人和女人都懂得"生于忧患，死于安乐"的道理，也懂得什么叫"红颜祸水"。

安逸富足的生活让原本清丽的女人变得雍容华贵，气质不凡，即使已是两个孩子的母亲，与同龄的妇女相比，却依然年轻得如刚刚绽放枝头的春花，即便是和刚刚二十出头的小女孩子相比也毫不逊色。

婚后，女人的生活丰富多彩却又单调而缺乏浪漫，有时候老公为了生意，一两个月也见不到面，女人除了偶尔去店里"审查"，发挥老板娘的"威力"外，每天的时间几乎都花在购物、做美容、烫头发以及和一群老板娘打麻将上了。

女人的美是资本，而一个已婚并且精神空虚的女人的美，却极有可能是祸水。

女人的美，最终还是惹出了祸端。只因一次在麻将桌上的偶遇，女人的声音、容貌、气质如兰竟让一位做五金生意的景姓老板过目不忘，心生爱意。

后来，景老板便经常托女人的好友张太太借口三缺一约女人出去打牌，一来二去，大家就成了老熟人，街上碰到也便经常拉拉家常道道里短。男人不在的时候，景老板便时不时在打牌间歇约女人出去吃夜宵，两人说笑时更是借机流露对女人的无比爱慕之情。女人却也玩笑般的一笑而过，只因那时她的心中还是有男人的。她只当景老板是朋友，一个在她空虚寂寥时能够送来温暖安慰的男人。

女人最高兴的时候，就是收到丈夫从外地回来时带给她的各种各样的珠宝首饰、绫罗绸缎，丈夫每次回来都会带给她不同的礼物，女人的衣物首饰堆满了整整一间房，竟可以开一个衣物饰品展销行了！在女人的眼里，丈夫林熙海是一个好爸爸，一个顾家的好男人，自她跟随他以来，从未受过半点累，吃过半点苦。曾经家境贫寒，衣食堪忧的她，竟也成为老板娘并受邻里友人的羡慕与尊敬。只是丈夫离家的日子，却是寂寥难耐的，再加上后来的一连串变故，让女人的心慢慢地变得冷淡了。

男人在一次做外贸批发生意的时候，竟遇到黑心老板的商业欺诈。他出高价从香港进的一批高档品牌时尚真皮包和纯金饰品竟然有三分之二以上都是水货，不幸的是，他和买家已经签署了供货合同，三天内交不出货的话，要赔偿大笔的违约金。让人想不通的是，前几次从这位老板那里订的货都让买家非常满意，他一向非常信任的香港老板，这次居然这样坑骗他，并携款逃逸，不知去向。不幸的是，男人虽然报了案，警察却也找不到人，这个人仿佛一夜之间就从人间蒸发了一样。更加不幸的是，男人无法在短时间内找到合适的订货渠道，就算找到了，也未必付得起昂贵的订金，只因手头所有的资金几乎都被黑心老板骗去了，再加上不得不承担巨额的违约金，男人的生意如履薄冰。

男人央求订货的老板宽限几天并四处去筹集货款，却是遍尝世态炎凉，墙倒众人推的滋味。曾经所谓的好友，所谓的知己，均推脱资金短缺，心有余而力不足。无奈，男人只好回到阔别已久的老家，想从父母那里得到一点资助。屋漏偏逢连阴雨，回家后看在眼里的，却是让自己心痛不已的画面，母亲患上了糖尿病，为了支付昂贵的医疗费，父亲几乎变卖了家里所有值钱的东西。男人看在眼里疼在心里。父亲骂他没良心，责怪他这么多年都不回家看看母亲。男人则抱着母亲几度哽咽，将自己身上筹来的几千元钱塞在了父亲手中并说道："儿子不孝，这些年来未尽得孝道,反而害得二老为我艰辛操劳。等过几天回来接您二老和我一起住。一定好好侍奉你们。"

男人只得回到家,和女人说明真相,女人从银行取出所有积蓄给了男人,但还不够赔偿货款的五分之一。女人不得已变卖了男人曾经送给自己的各种各样的衣物首饰,可惜这些,相对于那些货款来说,不过是九牛之一毛。

难道自己辛苦这么多年积攒下来的家业就这样毁于一旦了吗?难道老天不长眼,这样惩罚一个心地善良的有良知的生意人吗?想当初刚刚起家的时候,无论多苦多累他都挺下来了,后来生意渐渐好转,自己手头有了积蓄也不忘捐款给慈善机构或者中小学校资助家庭困难学生。和同行生意人相比,他给员工的工资是最多的,对员工最好也是远近闻名的。

他不甘心,不甘心自己辛苦经营这么多年的生意就这样毁了。所以他揣着仅有的几万元钱,四处寻找货源,由于奢侈品消费市场受海外金融风暴的影响,同类的海外厂家关于这批货的生产,早在一年前就已经停产了。

男人绝望了,只得想办法将自己的店铺抵押出去,才勉强凑够了违约金。

失去本钱和声誉的男人,生活竟拮据到连水电费都付不起的地步。无奈男人只得找了份搬运工作,女人给别人做保姆。起初,男人不让女人出去打工,他说:"我是男人,怎么可以让老婆出去受苦?无论怎样我都会照顾你的。"

不得不说,现实是残酷的,当爱情与理想遭遇现实的时候,爱情就变得轻如鸿毛,理想就变得一文不值。

当别人山珍海味,而自己只能啃咸菜喝稀饭的时候,每次经过洁净的橱窗,看着里边精致舒适的衣服只能轻叹一声的时候，当自己的老婆只是因为一角钱和菜贩子争得面红耳赤的时候，当生活只剩下柴米油盐酱醋茶的时候，当现实压得他喘不过气的时候，他忽然有种想哭的冲动。想起年少时自己关于爱情，关于理想的论断，多么的幼稚可笑，一切的一切都抵不过残酷的现实。

终于有一天，身心俱疲的男人倒下了，高负荷的工作让男人患上了肌肉无力症，几乎丧失了一半的劳动力，整个家瞬间崩溃。

最让人痛心的是，女人走了，走得那样自然而然，那样无情决绝，没有半点留恋。

女人去做保姆，那雇主竟是曾经对女人垂涎三尺的景姓老板。其实早在男人生病之前，那景姓老板早已对女人动之以情、晓之以理，劝女人和他一起走。起初女人是不愿意的，但耐不住虚荣心及物欲的诱惑，女人的心渐渐地越走越远，在名利面前竟忘记了曾经对她恩重情深的结发丈夫。男人的病，更坚定了女人离开的决心。

男人哭了，沉默的泪如决堤的洪水，悄无声息却痛彻心扉。

曾经那样坚定地以为对彼此的爱永远都不会变的两个人，心却在润物细无声的琐碎光影中，渐渐地老去。

再回首年少时的梦，只化作一声轻轻地叹息：人生若只如初见。

女人带着不到两岁的儿子毓澄走了，男人带着四岁的女儿毓静回到了以前的城市，再见到自己父母的那一刻，双膝跪地哭着喊着：父亲母亲，儿子不孝！激动的情绪让男人的病情恶化，四肢无力，顷刻间瘫软在地上……

最初的美好，最终的荒唐。

毓静再次想起自己听完奶奶的故事后所写的一首诗：

讲故事的老人

讲故事的老人很老
像秋阳下
扎根黄土的玉兰
讲故事的老人很瘦
如秋风中
摇曳不停的蔷薇
讲故事的老人很深沉
似秋雨中
默默泣泪的梧桐
也许,谁也想不起
某一个春光明媚的美好时刻
玉兰花儿的冰清玉洁
蔷薇花儿的浓浓馨香
梧桐树叶鲜翠欲滴
就像那故事中
圆满的开始
却有着
残缺的结局

五十三、忘了苏醒

　　几个月后,经过美国医生的全力抢救和治疗,铭卓终于醒了过来,美国宾夕法尼亚州的五月,依然充满暖春的气息。铭卓看窗外枝繁叶茂的粉色蔷薇花,脑袋里的记忆卡终于有所恢复了,但身体依然很虚弱。医生建议他静养一两年,脑中的瘀血才能完全散去,在这期间,不宜有过多体力活动。但让人想不到的是,铭卓这记忆卡里,居然多出很多让自己惊奇而觉得不可思议的事。

　　他微微睁开双眼,感受着窗外灿烂的春天的气息,蓦然想起那一句:花气袭人知骤暖,鹊声穿树喜新晴。

　　但此刻,浮现在他脑海里的不仅仅是鸟语花香的景色,更有让自己都觉得有点离奇的过往。铭卓又微微地合上双眼,沉浸在几年前那段被时光剥离的记忆里。

　　那时铭卓好像受了严重的伤,深沉的昏睡中,却有一朵朵金灿灿的太阳花绽放在眼眸,这画面模糊而悠远。睁开双眼时,发觉自己躺在一张软绵绵的床上,柔软的真丝面料的棉被将自己包裹得严严实实。暖暖的阳光从半透明的乳白色纱窗斜射进来,照在亦昏亦醒的脸上,这时候,门外走进一个六七岁的女孩,斜斜的马尾上扎着淡紫色的蕾丝蝴蝶结。

　　"这是哪儿?我为什么会在这里?"铭卓有气无力地说。

　　"哥哥你别急,这儿是云雾岛,你受伤了,妈妈救了你。"小女孩说道。

"云雾岛？云雾岛是哪里？我怎么会在这里？我是谁？"铭卓仿佛什么都记不起来了，就连自己的姓名也忘记了。

"你好像喝了很多酒，而且身上有好多伤。伤口已经让医师帮你处理了。"

铭卓摸摸自己的头，裹满了结结实实的纱带，一阵阵钻心的疼几乎让他再次昏厥过去。

"我记不起来了。我为什么会喝酒？怎么会来到这里？"

铭卓双手抓着绷带，使劲地摇着脑袋，想要记起些什么，脑海里却一片空白，剧烈的痛让他几乎失去意识。朦胧中脑海里瞬间闪过一片金灿灿的花海，哦，那是太阳花吧，铭卓想着。

不一会儿，一位约四十来岁的中年男子推门进来，恭敬地说道："小姐，刚听到这位少爷醒了，就去请了医师，老爷和夫人临走前吩咐过的，务必要治好他，医师已经等在门外了。"

"杰明，快让医师进来。"小女孩说道。

"好的。"

只见医师带着大包小包的医疗用具和药品走了进来，对铭卓全身检查一番，说道："这位少爷身上的伤已经没什么大碍，只是头部的内伤比较严重，而且接近中枢神经，要完全治愈还需一段时间的调养。"接着开了几服药和针剂，说道："药和针剂一日三次，每天按时服用和注射。对了，他的手臂有轻微的骨折，多吃清淡点的食物，喝骨头汤和蛋白质粉有助于伤口和骨骼的愈合。"

"好的，我们会照医生所说的去做的。"小女孩说着，吩咐管家去熬汤。

"医生，为什么我想不起之前发生的事，所有的事我都想不起来了？"

"可能和你头部的伤有关，有可能是瘀血压迫了神经网，致使你失去了部分记忆。"

"可是，我连自己的家、自己的家人都不记得了！"

忽然间门开了，进来一位妇人，身着淡紫色的蕾丝纱裙，窗外柔柔的阳光斜斜地洒在她披散开来的头发上，好似镀了一层薄薄的金。

只听她柔和地说道："你现在身上有伤，什么也不要想，安心静养吧，我们会好好照顾你的。"

难道，他连自己的母亲都不记得了吗？可是，这位紫衣女子如此年轻，完全不像是自己的母亲！

后来当他问起时，母亲总说他居然连自己的妈妈都不相信！那次头部的伤，不过是他学游泳时不小心溺水导致。可是，为何受伤那天他会喝那么多酒？脑海中浮现的太阳花究竟代表着什么？铭卓越想越不明白。

这些天，铭卓眼前总会不经意地浮现一些画面，这些画面仿佛是发生在自己身上，又仿佛不是现在的自己。铭卓的心，渐渐地开始动摇，我到底是谁？曾经那个真实的自己，是怎么样的一个人？我真正的父母是谁？铭基集团的董事长为何要收养一个不相干的人？

这些谜题，如这春日骄阳下盛放的花香，无时无刻不萦绕在铭卓的心际。他想立刻飞回中国，探寻被那片蔚蓝色海水所掩埋的过往，却无奈浑身无力并被母亲和杰明所看护监管着。

第七卷 弱者永远没有和强者对话的权利

忆远看着妈妈长达十一页的亲笔信，心中仿佛有千斤巨石般的沉重。他恨，恨这个尔虞我诈、弱肉强食的，充满血腥与杀戮的世界！窗外的白蔷薇依着藤蔓向着暖春的太阳微笑，多美。他其实不想有仇恨，但此刻，仇恨却已将他的心完全占据！

五十四、No More Crying

时光荏苒,岁月如飞。"昨夜"的那场大雪,仿佛还未落尽,便已将所有过往掩埋得不落痕迹。

这是一个漫长而寒冷的冬天,那一眼纯净的白,仿佛还没有看够,却已草草地戛然而止。留在毓静心中的那些深深浅浅的脚印,却有着挥之不去的伤痛。

多年不见的"故人"突然间成了铭基集团的老板娘——铭卓的母亲!铭卓因自己而受伤了、离开了,锦如和雨薇因铭卓而和自己反目了,忆远回去了又回来了、回来了心又走了。这一切的一切都清晰而鲜活地生长在静的血液里,连绵而疼痛。

还记得忆远回来那天,依依杨柳已抽出了鲜翠的嫩芽。空气却依然寒冷逼人。她站在他来时的站台上远远地望着,那蜿蜒盘曲消失在蔚蓝色天际的铁轨,春寒料峭却是望眼欲穿。

他带给她最好的礼物,依然是俊朗儒雅的笑容和亲切幽默的问候,可是,丢了的,却是眼神里那份深切的关怀和爱怜。她再也找不到他曾经眼神里那份坚定的爱了。

"回来了。"毓静远远地招手迎上去。

"恩,回来了。在学校,一切都好吗?"忆远问道。

"都还好,你呢?在家好吗?我发了那么多短信你收到了吗?电话也打不通。还有小年夜那天的生日礼物,你收到了吗?这么长时间都没有你的消息,我还担心是不是出什么事了!看到你平安回来,真的很开心。"

毓静喋喋不休地说着，忆远迎上去，给了她一个深远的拥抱，说道："我知道，这些，我都知道。你的心，我一直放在这里。"

"可是……"毓静正欲问他为什么不和她联系时，嘴角却被忆远的手指挡住。

"什么都不用说，我知道，让你受苦了。这些日子，是我的错，只是，我家里发生了一些事，以后再慢慢告诉你。"忆远握着毓静的手指，仿佛更紧了。

她轻轻地靠在忆远的肩头，说道："你好像瘦了，累不累？我们早点回去休息吧。"说着拉着他的行李箱，搀着他的右臂向出站口走去。

走出火车站，呈现在眼前的是汹涌的人群和拥挤不堪的街道。忆远看了她一眼，说道："流苏城的春天来得好晚。"

"她也和你一样，姗姗来迟。或许，她是在酝酿一场盛大的惊喜，只给懂得欣赏的人。"毓静说道。

"是呀，不知道是哪位说的，从来都不缺少美丽。"

"缺少的是，发现美的眼睛。"

两人拦了辆出租车，一路向校园驶去。两人并排坐在后座，忆远握着毓静的手，毓静靠在忆远的肩，就这样静静地感受着彼此的呼吸和脉搏。

忆远轻声问道："对了，我本不想让你跑这么远来接我的，可当我走出车门的一刹那，却第一个看到你，这画面仿佛梦境一样。我只想，我是不是还没睡醒。当我真正握着你的手的时候才知道，那就是你，一个温暖真实的你。只是，让我不解的是，你怎么知道我今天回来？"

"我每天下了课无所事事，心里就想着要去看看流苏湖畔的杨柳，什么时候抽枝、什么时候发芽、什么时候开花、什么时候才能看到飘飘洒洒的柳絮。还有醉月亭畔的那棵桃树,已经抽芽了。我就想着,当它开花的时候,你一定该回来了吧!心里也变得明朗起来。于是乎,我天天坐着轻轨环城一周,顺便来火车站瞧瞧。不想真的让我接到你了!"毓静随意地说说笑笑,却没有发觉忆远的眼眶湿湿的,仿佛浸上了一层亮白色的光晕,握着毓静的手更紧了。

"毓静,我……我对不起你。"忆远的声音深邃而颤抖。

毓静转过脸,用细碎的声音对着远的耳朵说道:"小傻,我是因为想你,所以想要去车站等你,这样心里会有温暖的期待。所以,不用说对不起。"

……

忆远沉默着,目光专注而深远。毓静的话仿佛让他想起些许美好或哀伤的过往。

毓静也沉默着,静静地靠在忆远的肩头,感受着窗外春风掠过树梢的声响,聆听着发自忆远的胸膛强劲清晰的心跳,就这样静静地享受着如此美好平静的重逢时光。

不久便到了学校,毓静帮着忆远打理好行李,送他到男生公寓楼下。

"如果累了,就好好休息,睡一会儿吧,我等你一起吃晚饭。"毓静说道。

"好的,你也回去睡一会儿吧,我带了礼物,晚饭的时候给你惊喜。"忆远笑着说道。

"进去吧,我等着你的礼物。"毓静莞尔笑道。

不久便到了晚饭时间,毓静打电话给忆远唤他起来吃饭,不料电话却一直关机,怎么打都打不通,她便收拾好东西向男生公寓走去,远远地,她竟看到忆远和陶旭笙飘然远去的背影。

毓静追上去，他的背影，竟在出校门的一刹那，消失在人来人往的十字路口。她拿起电话，拨通了陶旭笙的号码，却也一直没有人接听。

此刻的流苏城，竟昏天暗地地刮起了狂风。风中狂舞的微卷的头发，凌乱而优雅。毓静径直走过了马路，坐了轻轨，向流苏湖方向而去。看着路边苍翠的松柏凝重而执着地伫立着，狂风中更显苍劲，即使面对再强的风雨也毫不畏惧。毓静的心却空空的，如飘忽不定的风一样凌乱颓丧。没有忆远的日子是寂寞的，寂寞中却有温暖的期待和希望。而现在，他回来了，她的心却更加寂寞了，确切地说，不只是寂寞，而是孤独，一种从未有过的怅然若失的孤独。

当轻轨到达流苏湖南站的时候，毓静下了车，耳旁的风呼啸而过，瞬间凉到心底。进了流苏公园，踩着那条五颜六色雨花石铺成的蜿蜒小路，远眺流苏湖畔翠绿鲜嫩的杨柳随风摇曳的轻柔，慢慢地走近，湖面上的阵阵涟漪，更加清晰鲜活地跳起舞来。毓静绕着流苏湖静静地走着，路的尽头，穿过弯曲的木桥，就是酹月亭了。那片浓密的柳树从后，会不会有意外的惊喜呢？酹月亭畔的桃花，开了吧。毓静走着，走过蜿蜒的石板路，踏过"吱吱呀呀"的实木桥，放眼望去，竟是一片浓郁的桃红，将那一江湖水也泼染成绯红的颜色。她想着，流苏城的春天来了，虽然晚，却来得这样得急促。静静走着，终于，那满眼的桃花清晰地绽放在眼前了，毓静的心却颤抖着，这一树摇曳的繁华，还未来得及开尽，却已早早地随着狂风凋零了一地。

毓静的心凉凉的，想起了黛玉，想起大观园中那一袭瘦弱的身影，那一场独把花锄偷洒泪的悲情。

曾经的期待，就是等着忆远，一起坐看酹月亭畔桃花盛开的美景。只是，此刻自己的心，却已早早地凋零，那份美好的憧憬，也随着凋零的花瓣飘落一地。

不一会儿，天色渐渐地暗下来，星星点点的雨滴落下来，凉凉的，北方的春天，原来还是很冷的。毓静走在蜿蜒的石板路上，雨水顺着微卷的发丝盘旋着滴下来。终于找到一座旁边有路灯的屋檐，可以避避雨。

不一会儿，手机响了，轻柔的旋律伴随着"滴滴答答"的雨声让人心情烦闷。

来电显示是陶旭笙。

毓静接了电话。

"社长，你好。"

"毓静吗？"

"嗯。社长你和忆远学长在一起吗？"

"忆远学长的手机丢了。他刚才和我在一起。他的导师，也就是我的姨夫，找他谈论下半年工作或考博的事，他们正在我姨夫家里呢，他让我打个电话给你。让你不用等他，自己先去吃点东西吧。"

"嗯，好的，谢谢你了社长。"

"外边下雨啦，出去记得带把伞。"

"嗯，好的，谢谢社长，我知道了，你也是。"

"好的，那我挂了啊。"

"嗯嗯，好，拜拜。"

毓静挂了电话，心却有空荡荡的失落。看着屋檐上的雨滴"滴答滴答"地坠落，然后开出一朵朵晶莹的水花，四散开去，最后汇成一股流向长满青草的绿地，她不禁哼起了那首歌：

滴滴答答一阵小雨，坠落在茫茫人海里，哦小雨，这一路你要流向哪里？不言不语我看着你，心碎却无法躲雨，哦小雨，这一路你要流向哪里？雨走来是流浪，去也没有方向，爱你的终点可是孤单？雨呀雨，想哭就哭吧，就算我最傻，任世界都背叛了我的傻……雨呀雨，想哭就哭吧，我没有听话，任失去的你早已消失天涯……

唱着唱着，竟不知不觉掉下泪来。模糊的泪光中，毓静发现昏暗的路灯下，竟有一只黑色的小东西瑟瑟地在雨中发抖。她擦擦眼睛凝神一看，原来是条纯黑色的小狗，轻轻走过去，小狗好像受到惊吓似的，摇摇晃晃地走了两步却又倒在雨水中。毓静走过去，抱起小狗，发现它的右后腿受了伤，伤口上浸出瘀青的血渍。她将小狗放到屋檐下，从包里拿出一打餐巾纸，将伤口擦拭干净，并用纸巾包扎起来。狗狗一双蓝色的大眼睛在微弱的灯光下发出湛蓝色的荧光，静静地柔和地看着毓静，时不时发出微弱地轻吟。她用纸巾拭掉狗狗身上的雨水，将它放在没有被雨水淋湿的木质的台阶上。

当雨下得小一点的时候，她便抱起狗狗一路向轻轨站台跑去……

不久便到了学校，毓静将小家伙安置在自己曾经放书的大箱子里，并铺了厚厚一层破旧的棉衣，然后去超市买了速食面、面包和牛奶，又去医院买了云南白药和消炎药水。

看着小家伙"吧嗒吧嗒"吃得很香的样子，她开心地笑了，泡起速食面也跟着狗狗一起香香地吃起来。

狗狗，你一定要好起来，我也一定要好起来，这样才对得起自己。在这个冰冷的世界上，只有自己的心强大起来，才不会再哭泣；只有自己爱自己，才会得到别人的爱；只有心不再流浪，不再哭泣，才会快乐幸福。

五十五、爱情，我还没有读懂

第二天，天刚蒙蒙亮，毓静便醒了，起床后，看着狗狗安然入睡的模样，就这样呆呆地看着，想着它后腿的伤好了，就可以带着它和忆远一起去动植物园散步，竟幸福地笑起来。

收拾一番后，出去买了忆远爱吃的燕麦粥和南瓜饼，还有狗狗爱吃的鲜牛奶。走在沉浸在金色晨曦中的童话一样的校园，此刻的心情，是最美丽的吧。

昨天接通的那个号码，是忆远的吧，想着便随手拨通了，这彩铃竟是自己最爱的和平之月的钢琴曲《雪》。毓静的心情便随着这平缓而又充满感情的旋律飞舞起来，聆听中静候电话那端忆远的声音。

"小鬼，起得这么早啊？"忆远懒懒地说道。

"谁像你，太阳都晒到屁股啦，还赖在床上！"毓静笑说。

"是是是，你是勤劳的小蜜蜂，我是懒惰的大蝴蝶。"

"切切切！就你……还大蝴蝶呢！顶多也就是只毛毛虫吧。快点起来吧！蝴蝶也要吃饭吧？我买了你爱吃的燕麦粥和南瓜饼哦，不快点我就吃完了哦。"

两人说笑间便吃完了早餐。此刻南苑的人已经越来越多，窗外放晴的天空清澈湛蓝，阳光暖暖地照在刚刚抽枝的翠绿色嫩芽上，发出亮亮的金黄色。

"我们出去走走吧。"毓静说道。

"好的，刚好今天星期天。我想和你一起去看你说的桃花，好吗？"忆远说道。

"你想去吗？只是不知昨天的那场雨，会不会让它们都凋谢了。"

"不要这么悲观嘛，你看今天阳光多好，一定会看到繁花盛开的！"

两人说着出了南苑，向校外走去。不久便到了对面动植物园旁边的轻轨站台，并肩站在和风暖阳中等着下一趟列车的到来。忆远转过头，看着暖暖阳光下毓静的侧脸，闪着莹白的光泽，微卷的长发在风中轻轻飘动。忆远轻轻侧过身，说道："别动，我发现了一个惊喜哦。"说着轻抚她的发梢，发丝中竟夹着一片蔷薇花瓣。

"你看，连花儿也喜欢你的头发哦。"忆远捧着淡紫色的花瓣给她看。

"可惜的是，它还没开尽，就已经凋谢了。"毓静说道。

看着前方的轻轨一路驶来，忆远拉起毓静的手走了上去。不久便到了流苏湖南站，下了车一路向流苏公园走去，忆远牵着毓静的手，缓慢地踱着步，穿过熙熙攘攘的行人，进入了清幽宜人的公园。大雨初霁，天朗气清的流苏湖畔，空气中弥漫着春天特有的淡雅馨香。

曲径通幽处偶尔碰到一两对相依而伴的情侣，或牵手，或相依，或轻轻地说着你侬我侬的悄悄话。忆远牵着毓静的手，静静地走在这远离世俗，宁静却又鲜活的世界，仿佛昨夜心中所有的烦恼与压力都悄然远离一般。

"学长,在想什么?"毓静问道。

"在想如果时间能永远留在这一刻该多好。"忆远回道。

"是呀,我也这么想。"毓静说道。

"可是,人活着,总要面对现实的。"忆远说道。

"你是不是有心事?是不是找工作或考博的事让你为难?又或者家里的事让你不放心?我可以知道吗?"毓静问道。

"毓静,什么事情都瞒不过你的眼睛!只是,有些事情我想一个人承担,你知道了只会徒增烦恼。"忆远说道。

"可是,你不告诉我,只会让我的心更难过。"毓静说道。

"傻瓜。"忆远笑说。

"你不要这样言而无信好不好!昨天说好的,你会把所有我想知道的都告诉我的。"毓静说道。

"小傻!我只是在想自己以后该干什么,继续读博还是出去工作。To work or not to work, it is a question."忆远笑说。

"你专业那么优秀,为什么不选择继续读博呢?"毓静问道。

"其实我也想继续读博,我的导师也想让我继续读博,并且他已经帮我申请了美国斯坦福大学的奖学金。只是,家里更需要我出去工作。"忆远说道。

"能进斯坦福大学!这么好的机会你一定不要放弃呀!家里发生了什么事,让你想要放弃这么好的机会?"毓静问道。

"已经是陈年旧事了,都是一些伤心事,不说了吧。"忆远说道。

"我真的想知道,如果你相信我,就让我和你一起分担吧。"毓静说道。

忆远沉默地望向远方,目光里流淌出深沉的忧伤。这么长时间以来,毓静第一次觉得忆远原来有这么多心事,曾经那个阳光、快乐、温暖的他，好像突然之间变得忧郁而彷徨。又或者，是他隐藏得太深，自己竟从没怀疑过他单纯温暖的笑容，如阳光一样将自己冰冷的心融化的笑容背后，竟藏着如此深沉的忧伤。

"毓静，我在你心目中是怎么样的人？"忆远说道。

"你很完美，给人暖暖的亲切感。"毓静说道。

"如果有一天，你突然发现其实我一点都不完美，甚至可以说很'残缺'，你会怎么看我？"忆远问道。

"在我心中，你永远都是完美的。无论你的过去怎样、未来怎样，我都会一直这样仰望你、敬佩你，做你的超级粉丝，默默地在心底祝福你。"毓静说道。

"傻孩子，你太单纯了。我曾经也像你一样，等你长大了就会知道，世界上并没有完美。完美只是一种幻象，是你把所有期望和感情都累加在一起的一种幻象。不要沉迷在自己心中的幻象里，这样，你的那个幻象，会将你心中的所有情感和期待慢慢地击成碎片。所以，不要把感情和期待放在一个人身上，这样你一定会受伤的。"忆远说道。

"可是，爱一个人，不就应该是这样的吗？"毓静问道。

"所以说，你还是个孩子。你现在的年龄，正是爱做梦的时候，梦中的一切都是那么美，心中的感情容不得一丝瑕疵，生活在梦中虚构的完美世界，认为生活总有童话一样的结局。我不想打碎这么美的梦，可是，总有一天，这梦会醒的。梦醒时分的痛苦，每个人都会经历。我已经经历过了，当然，你也会。"忆远说道。

"我懂了，这样的我让你很有压力是吗？"毓静说道。

"不是你的原因，是我自己在面对很多现实的抉择时，没有了方向感，心中很迷茫，不知该何去何从。生命的意义对不同的人也是不同的，对于你，就是能和自己喜欢的人永远在一起。其实我很羡慕你，在这样纷繁的世界，能拥有这样单纯心境、平和生活的人，其实是一种幸福。可惜的是，命中注定，我不能过这样的生活，在我的生命里，可以剩下的只有两个字——'使命'。爱情对于我来说只是遥不可及的奢侈品吧。毓静，我的生活，其实你并不了解。我这次回家，妈妈告诉我很多我不知道的事。我不想去相信，可是，现实已摆在眼前，我无从逃离。但是，毓静，无论发生什么，你都要记得，你很好，你是我见过最棒的女孩。"忆远说道。

"学长，为什么？我想知道，到底发生了什么事，让你有这么大的改变，这么多的感慨。曾经的你，是一个爱说爱笑、阳光柔和的人，怎么突然之间变得这样心事重重？"毓静问道。

"有些事情，真的很难说出口，你能不问么？"忆远说道。

"我只是希望你能把我当成亲人一样，当你需要的时候，我也可以给你力量。"毓静说道。

忆远最终还是没能开口，两人默默地走着，依然穿过迂回盘旋的实木桥，醉月亭畔，零星几朵花骨朵姹紫嫣红地绽放在和煦的暖阳下。而大多数，却已在昨夜那场雨水中零落于嫩绿色的草丛里，或随湖水飘零而去。

"想什么呢？"忆远问道。

"没有，突然间有点伤感。"毓静说道。

"因为我还是因为花儿？"忆远问道。

"都有吧。"毓静说道。

"我突然想起一首诗。"忆远说道。

"哪首？"毓静问道。

"落红不是无情物,化作春泥更护花。"忆远说道。

"我知道,你这是在安慰我,是吗?"毓静说道。

"不,我这是在讲科学,呵呵。"忆远笑说。

"为什么听见你说笑,我的心里反而更难受呢?"毓静说道。

"因为你的心,被自己心中的幻象伤害了。"

五十六、弱者永远没有和强者对话的权利

忆远和毓静一起吃过午饭后,两人各怀心事地回到了寝室。

"相处这么久,他还是不懂我的心么,他还是这样不相信我么?"

毓静躺在床上,一边责怪着忆远的不信任自己,一边又为他心事重重的样子而心疼。到底发生了什么事?忆远为什么会突然对自己说这么多仿佛遥不可及的事?"使命"二字到底意味着什么?这些问题如昨夜连绵不绝的雨水,敲打着毓静湿润而模糊不清的思绪。她脑海中不断浮现手捧花朵站在暖暖阳光中的忆远的侧脸。

思绪像窗外水银一样轻薄绵长的阳光,一发不可收拾。毓静批了件厚外套从床上爬起来,支起画板,挥动画笔,不一会,脑海中甜蜜又痛苦的梦魇便跃然纸上。

……

忆远亦躺在床上,想着今天对毓静说过的话,有一点点苦涩,有一点点后悔。昨天的失约让她淋了一下午的雨,心里一定很失落,今天一大早却还想着为自己买爱吃的燕麦粥和南瓜饼,还贴心地怕两个都是甜食,一起吃太腻。

这样美好善良的女孩,却被自己"善意"的伤害了。可是他不得不这么做,他所说的,都是经过深思熟虑、内心苦苦挣扎后才做出的选择。他说服自己要理智,但此刻感情却再一次占了上风。

"不行,我一定不能心软!要快刀斩乱麻!长痛不如短痛,她已经陷得很深了,如果再这样下去,她一定会更痛苦。"忆远想到这里,心中不禁一阵阵的痛。

再次拿起母亲写给自己的信,回忆如水草一样蔓延,直至将现实中的自己淹没。

母亲第一次这样将十几年前的痛苦往事彻彻底底、毫无保留地告诉自己,并说明一直以来,她这样含辛茹苦却时时不忘对自己学业和前途的教育、培养和策划,目的就是让自己能够顺利进入铭基集团,并搞垮这个建立在无数亲人血泪之上的所谓的世界五百强企业。

母亲如是说:

你知道我们家为什么沦落到如今这样的境地吗?曾经,你的父亲是中国赫赫有名的粮油大亨,二十出头时继承了祖父的遗产,以平遥为据点,在整个华北乃至全国的粮油批发业都是有着很大声望的。

曾经,和你父亲做过生意的知名企业家不计其数,包括现在有名的房地产商程安翔等人都是你父亲的旧交。这儿,还有你父亲的一封亲笔信,当你遇到危险或者陷入困境时才能打开,不到万不得已的时候你千万不得拆开。

你曾经无数次地问起过你父亲,我之所以没有告诉你这些,并且对这件事讳莫如深,是因为你那时还小,还没有长大,还不能面对这样残酷的现实。

你小的时候,我一直骗你,说你父亲是去了美国做生意,他在美国有很重要的公事要办,其实你也应该早就料到,这不过是母亲怕你接受不了现实而编造的一个借口。

现在,我会将一切都告诉你,你父亲其实早在十六年前已经离开了我们,我要让你知道,你父亲的死和我们整个苏家的没落,都和这个名为张福田的人有莫大的关系。

当时你只有十来岁,性情温顺腼腆,在学校成绩不太好。你父亲为了你的学业,专门在新京投资建了一所名为知行的学校。为了培养你的性情和适应力,你父亲在你十一岁时就将你独自一人送往新京。你离家去新京上学的第二年,母亲因思儿心切,告别祖父祖母和你父亲去新京看你,不想这一别竟成为永别!写到这里,母亲忍不住要掉泪了。自我离开家后,你父亲也离家去了南方一带谈一笔投资项目。不想这一去,竟再也没有回来。

那次去南方,是和一位刘姓地方官员谈投资项目。那年深秋时节,南方柑橘等果蔬由于收成好市场有限而大量滞销,而北方的果蔬却因连年少雨产量受损而严重供给不足,你父亲就在南方承包了大片柑橘种植园,以备来年运往北方市场。

无奈去后却发现,自己去年已交付租金签署合同的那片上万亩柑橘产区,却已俨然成为别人的水果生产加工基地。

他便找到地方政府,要求他们给一个说法,却得知那位去年在任的刘姓官员,早已因贪污受贿而于当年四月份逃到国外。而现在承包这片橘园的企业家,是刘姓官员脱逃后,和当地政府签订了土地承包协议。听说这位企业家也是经营粮油贸易发的家。因为此事,他在南方逗留了整整三个月,而当地警察局根本就无心了结此事。

自你父亲做生意以来,还是第一次碰到这种情况。他气不过,一时没沉住气,想要和当地政府理论,追讨曾经交付的三百多万元定金。当地政府也保证立案侦查,给他一个说法,无奈查来查去,线索竟在一个名为张福田的人身上断了。

将希望寄托在这群庸碌无为的公安局人员身上,还不如自己去查。不久,你父亲经多方探访,终于查出,那刘姓官员出逃后,将自己曾经的住所,一栋三层独立别墅变卖给一位名为张福田的人,而这位张老板正是后来取代你父亲和当地政府签订土地合同的人。不过,据说这位张老板,不过是个管家,至于幕后掌权的人,竟和当地黑社会势力有染!此人真实姓名似乎没人知道,只是绰号却无人不知无人不晓,名曰黑霸王,因生得皮肤黝黑、肩阔体肥而得名。

后来,你父亲查出那黑霸王原是当地粮油贸易批发商,因参与黑社会势力而垄断了整个粮油批发贸易市场。后来生意做大了,还投资其他相关领域,比如这次的水果以及水果产品加工等,且此人以勾结、贿赂政府欺压其他竞争者而闻名。张福田则是他养的一只鹰犬,很多事他本人不便出面,而会交给张福田去办理,这次和当地政府的土地租用合同,也正是鹰犬张福田签的。

同时,他还从一些曾经受过黑霸王及张福田欺诈最后改行的粮油企业老板那里得知,那现已逃逸的刘姓官员,曾经多次收受张福田的贿赂,搜刮民脂民膏,根本不顾及法律制度及政府形象,那栋意式三层别墅,正是当年刘局长五十大寿时黑霸王及张福田对其的贺礼。他们不仅贿赂政府官员,就连整个公安局也早已为他们一路亮起绿灯。现在的世道,用一句俗语说起来就是"一切向钱看"。

初步判断,你父亲的橘园开发项目,正是被黑霸王、张福田以及刘姓官员用非法手段掠夺代替,并瓜分了在当时数目不菲的三百万订金。得知你父亲的遭遇后,一些和他"同病相怜"的朋友主动向他提供帮助,详细介绍了黑霸王及其鹰犬张福田的企业境况,并绘了一张详细的贸易据点图,以求能够帮你父亲尽早找到指控他们犯罪的证据。

一位因张福田的陷害而破产的年逾古昔的程老板,说到张等犯下的罪行时几近悲恸。几十年的家业就此毁于一旦!他的大儿子曾因暗杀黑霸王及张福田未遂而被捕入狱,判了无期徒刑。其实,原本刺杀那黑霸王时已几近得手,不料却惊扰了他的好几个贴身保镖,程老儿子侥幸挣脱保镖追捕后,便又去刺杀那张福田。却不知那张福田原是军人出身,身手了得!反被他暴打一顿,险些送命,后来他被那张福田送去了警察局,至今仍在那暗无天日的牢狱中受苦!说到这里,程老几度落泪。

只因一个"利"字,张福田害得老人家破人亡、孤苦无依。

你父亲问起老人小儿子的下落时,老人只说怕张福田等人会对小儿子不利,已将他送往北方亲戚家避难。你父亲又问道,老人家为何自己不离开。老人只说自己已年逾古稀,死不足惜,只求有生之年能看到坏人得到应有的惩罚。

不仅程老,还有很多的受害者,遭到张福田和黑霸王的巧取豪夺。你父亲听闻这些后,更加坚定了寻找证据并上访中央的决心!

你父亲的到来,将所有的受害者凝成一股巨大的力量,所有人心中那把余热未尽的仇恨火种,终于在一瞬间点燃了!他们开始四处打探黑霸王和张福田的一举一动,筹划着拿到黑霸王的犯罪证据。后来经多方打探,不同银行的线人发现,黑霸王名下的霸王食业有限公司的账户资金,从一年前开始源源不断地流入国外，且霸王公司的资金也已几近枯竭，霸王公司已名存实亡！

　　大家心中窃喜，却有人提出质疑，黑霸王会不会是做贼心虚想要携赃款外逃？这样一来这半年所有的辛勤筹划岂不是要泡汤？不能让那恶人再逍遥法外！于是便有人向外界放出口风，说黑霸王公司财务亏空，已经面临停产，使得与黑霸王食业签订贸易或租用协议的政府机关、商贸部门、个体户以及当地橘园群众围堵在霸王食业集团门前讨说法。

　　黑霸王见状立即向外界发布公告，澄清霸王食业实力雄厚，倒闭破产均是无稽之谈，并立即命人清算公司财务。但让黑霸王震惊的是，竟有人利用职务之便，制造了将近千万元的假账！黑霸王闻讯顿时面如土色，暴跳如雷！嫌疑最大的便是自己平时最为信任的张福田，便立即命人去找张福田。不想此时张福田却像是从人间蒸发了一样消失无踪。更让黑霸王吐血的是，自己的娇妻姚雪莹，平时如珍宝一样爱惜有加且看管甚严的柔媚娇妻，竟也随张福田一道消失了！

　　此时，有手下报告说，在夫人住处找到一封张福田的亲笔信，信中竟写满了你侬我侬的相思之情。黑霸王即刻命人通知自己的黑帮兄弟在当地机场和火车站严密排查，围追堵截张福田和姚雪莹这对奸夫淫妇，唯愿处之而后快！

　　终于，还没来得及坐上半小时后飞往新加坡航班的张福田和姚雪莹，在候机室被当场抓获！

　　为了顾及公司形象和利益，黑霸王将两人押解至自己的私人"监狱"，亲自拷打这对犯上作乱的"奸夫淫妇"，只把两人打得哭爹喊娘满地找牙！一旁的秘书长早已习惯老板怒气冲天的震慑力，但这次的情景，可以说从未碰到过，黑霸王像一头震怒的雄狮,每次起鞭,便听得张和姚撕心裂肺的吼声。这情景真叫一个惨不忍睹!

不久,张福田和姚雪莹便被打得皮开肉绽、奄奄一息,只听得张不停地喊着:"霸王饶命!霸王饶命!我知道错了……"这声音也愈见微弱,而姚雪莹此时已一动不动,昏死过去。

霸王此时也略显困乏,神情疲惫哀伤,放下皮鞭点了根烟静静地抽了起来,白色的烟雾,盘旋着,由浓变淡,不一会儿,空气中便充满了刺鼻的烟味。

此时,时间仿佛凝滞了一样,寂静得可怕,谁也不敢打破这刺骨的寂静。

霸王思索着,良久,说出一句:"你是什么时候和姚雪莹在一起的?"

只听得张福田说道:"霸王,不是我,是夫人她逼着我让我转走公司的钱,她说她要自己去国外发展,不想再待在这里过平庸的生活。我也是被逼无奈,夫人她说我不照办的话,就去你那里告我非礼她。"

张福田还没来得及说完,便听得一声惨叫,霸王手起鞭落,只打得张福田叫苦连天。

霸王抬起手腕,看了一眼自己的最新款劳力士奢华腕表,已经快子夜一点了,便说道:"给你一晚上的时间,想清楚了,明天太阳出来前,把你所有的汇款账户和密码写到这张纸上,要不然,我让你看不到后天的太阳!"说罢放下皮鞭,走了出去。

黑霸王早已命人搜查了张福田的家、姚雪莹的住处、账户和飞机上携带的行李箱,无奈却一无所获。

第二天,张福田为求保命,说他愿意交出所有账户和密码,只是,那存折已经被寄往国外,但他愿意交出身份证和护照以作担保，只求霸王能让自己再回家看一眼自己的妻女。霸王心想，反正他也逃不出自己的手掌心，他的身份证又在自己手里，就勉强答应了。张福田便立即在纸上写下了账户名和密码，并将自己的身份证也一并交给了黑霸王。一旁的姚雪莹，看着曾经对自己甜言蜜语而此时却冷酷无情的那张丑恶的嘴脸，只后悔自己看错了人，一股凉意直抵心扉。所谓"夫妻本是同林鸟，大难临头各自飞"用在这里，真是最恰当不过了。

张福田被放后，你父亲便一直派人盯着他，当然，黑霸王的人也一直跟着他。你父亲发现，张福田回到自己家后，找借口支开黑霸王的打手，便一直翻箱倒柜，仿佛在寻找一份很重要的东西，但最终没有找到，便借口说自己欠了别人的赌债，向妻女索要钱财，但最终却一无所获，只见他的妻子拿出一只玉手镯给他，说道："这是家里最贵重的东西了，我也没什么别的东西可以给你了。"张福田拿到后，便借机跑了。那些打手一路追着他出了门。跑到一个服装批发市场，在一个拐角处躲了起来，终于被他躲过一劫。

第二天，黑霸王的打手及公安局的人，立即对张福田进行撒网式搜捕，你父亲料到张福田一定会再回到自己老家去拿那份他没有找到的重要物件，并且这份物件一定和霸王食业的资金有关，必须赶在他之前拿到那份东西。那天晚上，你父亲便带了几个人，乔装成讨债的债主，去了张福田家，不料竟和张福田本人打了个照面。还好张还没有得手，便被你父亲一行人吓跑了。

你父亲带了两人一路去追张福田，留下几人继续寻找张福田没有找到的"重要物件"。夜深人静、道路崎岖，张福田不愧军人出身，忍耐力超强，竟一直拖着浑身是伤的身体跑了五六公里，将你父亲带的两个人远远甩在身后！而你父亲自小喜欢跑步，长跑对他来说还是比较轻松的，他紧跟着张福田出了公路，上了山坡，来到一处海蚀崖边。

张福田自知走投无路了，便向你父亲求饶！他便问他，参与了多少坑骗欺压百姓的勾当，想要从他那里获得黑霸王以往的犯罪证据。对于你父亲所说的各种案例，张福田均表示认罪。承诺只要你父亲不把他交给黑霸王，自己回去后一定自首，并将提供所有黑霸王的犯罪证据！你父亲见他态度诚恳，便表示只要他能够坦诚认错，指正坏人，他将会说服其他人，免于对他的刑事起诉。可是，鹰犬张福田哪会这么老实！见四周无人，他早已对你父亲起了杀念！藏在腰间的尖刀，隐隐闪着寒冷的银光！而你父亲一向为人宽厚，哪里晓得这样一个浑身是伤、看似可怜的人，竟会对自己痛下杀手！最终，你父亲没有逃得过他笑里藏刀的阴险，倒在了血泊中！首先，他趁你父亲不备，用石块将他打晕，然后将自己的衣服和你父亲调换。认为这样便可偷梁换柱，以假乱真。更加阴险的是，他竟将你父亲推向了身后万丈的悬崖！

后来，有人在海边发现了你父亲的尸体，那时尸体已被海水泡得肿胀不堪，所有人都被尸体上的衣物蒙骗了，错把他当成是张福田！

曾经和你父亲一起的朋友，以为你父亲还活着，找了很久，却杳无音讯。直到有一天，他们又去张福田家寻找上次没有找到的"重要物品"时，竟发现了你父亲的衣物！

而此时，却已没有人相信，当时葬身大海的，不是张福田，而正是你父亲了！

只是，事实上，从"张福田"死后，霸王食业从此一蹶不振，不久便破产了。

自你父亲走后，我曾经只身辗转整个南方地区，寻找你父亲和张福田的下落，无奈天意弄人，十几年来，一直音讯全无。

不过，功夫不负有心人。你父亲走后的第十四年，当地的一位朋友偶然在一次电视报道中发觉，现今名震整个亚洲地区的铭基集团董事长景铭基，竟和曾经的张福田长得十分相似！后来经过多方打探，铭基集团是在新加坡成立的，而蹊跷的是，它成立的时间，和你父亲的死亡时间以及霸王食业的倒闭时间惊人的一致！只是当时还没有人发觉，这个名不见经传的小企业，竟拥有这么大笔的资金！

得知这个消息后，我也多方打探，原来那铭基集团，形式上总部是在新加坡，而事实上，景铭基的大部分业务，还是在中国南方进行的。开始，主要也是以粮油批发生意为主，将整个东南亚各国的稻米、黄麻、香料、橄榄油以及各种热带作物，用货轮或集装箱运输到新加坡，再经新加坡转口，出口到中国内地。其实，大部分的交易，还是在中国进行的。包括他现在的妻子，也是后来在中国南方遇到的。

我从你父亲的旧交程安翔那里得知，景铭基就是当初的张福田！在黑霸王手下当鹰犬时，他就已经策划好了，一步步吞蚀霸王食业的资金！他利用自己的情妇，黑霸王的结发妻子姚雪莹，获得霸王食业的财政掌控权，进而秘密实施了整个偷梁换柱的无耻勾当！

早在十年前，程老板就已经在做生意时发现了，景铭基就是当时害得他家破人亡、父亲死于非命、哥哥程安飞无辜受了十年牢狱之苦的张福田！

后来，霸王食业倒闭后，程安翔动用了一系列关系，将自己在牢狱中受苦的哥哥程安飞救了出来。程安飞得知了景铭基的事后，愤怒不已！他决定立刻实施自己在狱中策划好的出狱后的报复行动——绑架景铭基或他最亲的人！程安翔并不同意哥哥的做法，他认为最好的报复，是从经济上瓦解铭基的产业。可是，得知你父亲因张福田死亡的消息后，程安飞怎么也控制不了去实施自己早已策划好的绑架计划！经过长期观察，做贼心虚的景铭基怎么可能给别人以可乘之机！他的安保工作做得可谓滴水不漏——全天候有贴身保镖跟随！

　　但是，让程安飞欣喜的是，他的小儿子，景毓澄，却是单由景太太李香兰看管，虽然也有贴身保镖护送，但依然是有机可乘的！程安飞打听到，景太太带着毓澄逛街购物的时候，通常不让保镖跟随。趁着这个机会，程安飞很顺利地在车库绑架了程太太和毓澄，并要求景铭基独自带一千万现金去赎人。

　　程安飞本不想伤及无辜，只想借此除掉景铭基一人，不想老奸巨猾的景铭基怎么可能只身前往！他身后是无数精准的狙击手，只要程安飞一个不小心便会中弹身亡！景铭基一边稳住程安飞，一边实施他的营救计划，程安飞说到他曾经犯下的错，景铭基不住地点头承认，并佯装悔恨自己曾经犯下的错误，承诺自己一定会改过自新，弥补程氏企业的损失！程安飞哪会被他所迷惑，一直拿着手枪指着景铭基的脑袋，那狙击手见情况不妙，立马开枪将程安飞打倒，但不幸的是，景铭基的儿子景毓澄却成了牺牲品！后来，程安翔打听到，那景毓澄本不是景铭基的亲生儿子，而是李香兰和她的前夫所生。

　　听到哥哥程安飞因此事而死亡的事后，程安翔便决心一定要为哥哥和父亲报仇！曾经隐姓埋名做些小生意的程安翔，在此后便成立了飞翔房地产开发公司。那时候，正是各地房地产业的春天，没过几年，飞翔企业就成立了上市公司。现在，说起飞翔公司，只要涉足过房地产的人都会知道。只是，景铭基还没有察觉，飞翔公司，竟是曾经杀死他儿子的凶手程安飞的弟弟所经营！而且，铭基集团在刚刚涉足房地产业时还曾和程安翔合作过。为了取得景铭基的信任，程安翔成功投中了铭基集团第一次在北方的至尊豪华别墅投建项目，并且那次工程取得了巨大的社会反响，不仅受到业内人士的一致好评，而且还受到当地环保部门的褒奖！那次合作后，景铭基对飞翔集团已经是信任有加！

忆远，现在，是你最好的机会了！我已经联系了程安翔，他说他很欢迎你加入他们的队伍，并且，他可以帮你顺利地进入铭基集团。儿子，不要让妈妈失望，因为妈妈已经把所有的希望都寄托在你身上了！忆远，你要记住，这是一个残酷的世界，你父亲一直行善积德，崇尚厚德才能载物。可是，最终却成为别人的替死鬼！你父亲是用自己生命的代价来告诉我们，弱者，永远没有和强者对话的权利！

忆远看着妈妈长达十一页的亲笔信，心中仿佛有千斤巨石般的沉重。他恨，恨这个尔虞我诈、弱肉强食、充满血腥与杀戮的世界！窗外的白蔷薇依着藤蔓向着暖春的太阳微笑，多美。他其实不想有仇恨，但此刻，仇恨却已将他的心完全占据！

五十七、岁月如剑

岁月如剑，穿透多少易逝的完美。

终于，当繁花落尽的时候，忆远还是走了。毓静知道，忆远是去实现自己的梦想和使命了。只是，她想着，忆远的心依旧是在自己这里的，不然，他走之前，为何会对自己这样温柔。

曾经有一次，聊天的时候，远讲了一个好玩又有哲理的故事。

一只小猪、一只绵羊和一头奶牛，被关在同一个畜栏里。有一次，牧人捉住小猪，猪大声嚎叫，猛烈地抗拒。绵羊和奶牛讨厌猪的号叫，便说："他常常捉我们，我们从不大呼小叫。"小猪听了回答道："捉你们和捉我完全是两回事，他捉你们，只是要你们的毛和乳汁，但是捉住我，却是要我的命呢！"

"所以，有时候别人的痛苦你并不了解。"毓静听完后说道。

"是的，立场不同、所处环境不同的人，很难了解对方的感受。因此对别人的失意、挫折、伤痛，不要幸灾乐祸，而应要有关怀、了解的心情，要有宽容的心！"忆远回说。

"恩，人和人之间真的需要理解和宽容。"毓静说道。

"呵呵，你看我像不像个大哲学家呀？"忆远抬了抬眼镜框，故作深沉地说道。

毓静迎合着说道："嗯，真的是太像啦！学长，我好喜欢你讲的故事，还有你讲故事时的样子，真的是太让人崇拜了。"说着两人都被自己傻傻的表情逗乐了，不住地笑起来。

不想，毓静的一句半玩笑的话，忆远却默默放在心上了。离开前的这些天，远每天晚上都会给她讲一个故事，有的好玩，有的有哲理，有的有点恐怖，毓静每晚都会伴着忆远的故事进入梦乡。毓静所有梦的点滴，都是忆远的样子，说话的样子，沉思的样子，做鬼脸的样子，等自己吃早餐的样子，阳光下暖暖微笑着的样子……

操场边的刺槐嫩黄的花朵繁盛了整个苍穹，两人肩并肩奔跑在淡淡的清香中，迎接每一个温暖的晨曦。上午上完课一起泡图书馆，研究凡·高，写一些不知所云的字句，画画。下午一起在机房摆弄各种好玩的软件，处理周末和狗狗小卡一起去踏青的照片。晚上出去看电影，去流苏街吃各种各样不同风味的小吃。

想起这些记忆，竟如繁盛的夏花，绚烂却又那样短暂。

转眼间，毓静已经大三，还有一年就毕业了。忆远已经离开一年多了。这一年多来，她的心从来都没有离开过他，而他，还会想起自己么？还会记得曾经那个被他称作傻瓜的小跟屁虫吗？毓静抱着胖嘟嘟的小卡，又傻傻地发起呆来。

或许，是她又在自欺欺人，自作多情了吧。他已经忘了自己吧。刚开始时，他还经常打电话过来，可是后来便越来越少。三个月了，她每天都盼望着忆远的电话，可是，这么久了，他一直都没有再联系自己。

忆远在程安翔的飞翔房地产开发公司总部培训了半年后，已经顺利进入了铭基集团，一开始就已供职于项目开发部，由于他有在飞翔公司的工作经验，景铭基对忆远还是比较器重的。只是鉴于他和其他人相比，年龄尚轻，资历尚浅，所以，只能从最微小的部员做起。从另外一方面看，这也是景铭基对忆远的一个考验。

忆远在铭基集团接到的第一份任务，竟是整理项目开发部各种繁杂的项目资料，这是一份缺乏技术含量又枯燥乏味的任务，一般人肯定是不喜欢这样的工作的。而忆远却不这样想，他觉得这正是一个了解开发部工作进程的好方式，并且，景铭基一定是想看看自己是否有耐性做好最基础最烦琐的工作。他将自己接到的工作任务，以最快的速度做好，并且不出一丝差错。这样的工作，足足做了有一个多月。和其他接收到此项任务的人的抱怨牢骚声相比，忆远平和沉稳、波澜不惊的态度，让景铭基颇为欣赏。

说来也奇怪，忆远在铭基集团的这些日子，经常看到一个熟悉的面孔——曾经和毓静形影不离的姐妹，张锦如。一个尚未毕业的小女子，竟以广告兼项目策划部副部长的身份供职于铭基集团！他也曾怀疑自己是否认错了人，然而，张锦如竟主动和自己打招呼，并且询问了毓静的近况。忆远顿时心生狐疑，这样一个还未毕业的本科生，是如何进入铭基集团，并且当上了副部长的？

后来发生的一连串事情，让忆远始料未及。

景铭基发现忆远沉稳踏实的品性后，竟还是不放心，交给忆远的第一份项目预算数据，竟然是经人篡改过的错误数据！而且这数据错得离谱。他是想借此试探一下忆远的预算评估能力！殊不知，忆远早在来铭基集团之前，已在飞翔集团熟悉了整个项目预算流程。对付这种小儿科的问题，还是游刃有余的。忆远的一丝不苟，再次让景铭基记住了这个看似羸弱的年轻人。当景铭基得知忆远曾经在国际知名创意设计类杂志《Abstract Arts》上发表过论文后，便将他的作品拿来翻看，并让他的"新晋助手"张锦如帮忙品评，虽然锦如说得天花乱坠，说这作品如何如何有创意、有思想，景铭基却依然不怎么懂，但在他心目中，还是对这个资历尚浅的年轻人产生了很大的兴趣。

发现忆远是个各项能力和品质都还不错的人选后，景铭基便将这次独立开发的濒海高档别墅项目的创意设计和评估预算草案交给忆远和另外一名曾经成功设计过好几例房地产项目的资深设计师隋跃晟去做。

自打看完忆远的作品后，锦如除了钦佩外，还有一丝对毓静的嫉妒。"为什么，为什么自己认识的男孩，尤其是这样优秀的男孩，都会对毓静死心塌地！毓静有什么好？自己有哪点比不上她！"

在得知了"父亲"将本次创意和评估方案交给忆远去做后，锦如便时不时以工作的事为借口去找忆远，向他请教一些广告设计方面的问题。曾经对这位穷酸学长敬而远之的锦如，竟渐渐地对他有一种说不出的好感。她突然间发现，曾经和学长在一起的毓静，是多么的幸福！学长的温文尔雅，博闻强识，深邃而柔和的眼神，以及工作时近乎偏执痴傻的一丝不苟，都让锦如深陷其中，为其着迷。

在得知忆远依然深爱着毓静，即使忙得昏天暗地，也依然不忘打电话和毓静聊天后，锦如的心莫名地酸楚。她心中默想："我想要的，除了我，谁也别想得到！毓静，我已不再是从前那个让人可怜的弱者！即使你再优秀，可你考试依然考不过我；即使你得了奖学金，也依然找不到像我一样好的工作；即使你找到了好的工作，也不会有一个亿万身价的老爸；即使忆远学长现在心里有你，但明天，他将会是我的！毓静，我要把你从我这里夺走的，都一分不少地拿回来！我要把曾经的一切屈辱和遗憾，一分不少地还给你！即使老师同学都喜欢你，我也不会把你放在眼里！"

自那次发现了玉手镯背后的秘密后，锦如便趁机对自己的"父亲"，铭基集团的董事长表明了自己的身份。铭基甚为震惊，并无甚欣喜，只说自己这些年来找锦如母女找得很苦，并后悔当初的所作所为，坦言自己对不起锦如母女，只希望在以后的日子里进行补偿。

景铭基说多年前，在寻找无果的情况下，他已又有了一房妻室,现在将锦如母女接来同住恐怕有所不便,只开了一张千万元的支票,望予以补偿;并希望锦如能为他不堪的过往保密,也希望她不要将与自己相遇的事告诉锦如的生母,以免让她烦忧。

对于景铭基提出的要求,锦如也都予以允诺,只是她还向自己的"父亲"提出一个小小的要求,希望自己可以进入铭基集团工作,为自己的父亲尽一份绵薄之力。自此锦如便顺利地进入铭基集团,不久便坐上了广告兼策划部副部长的职位,可谓史无前例,平步青云!

在人前,锦如称铭基为叔叔,人后两人便以父女相称。为了辟谣,锦如竟让人谎称自己是铭卓的女朋友,但当得知了现在美国修养的铭卓有可能一生都留下后遗症后,锦如便又改了口,只说自己是铭卓的好朋友,并搬出暮雨薇和毓静来当挡箭牌!

后来,她每天穿金戴银,出手阔绰,身边围着无数爱慕者。暮雨薇的名气早已被校园新星张锦如所取代。而她,却对这些爱慕者毫无兴趣。

现在,金钱对她仿佛失去了吸引力,而对金钱趋之若鹜的男男女女,她更是不放在眼里。

不久,忆远便出现在她身边。他的温和、不功利、深邃而优秀的品性,让她如沐春风。

她发誓,不顾一切,一定要得到忆远的心!

所以,在拿到忆远和隋跃晟两人的项目创意设计和开发预算草案后,她便将忆远的那份地中海式创意草案掉了包,并且,嫁祸给隋跃晟!景铭基看了两人提交的方案后,对忆远大为不满,并说要将他遣回飞翔集团。在紧要关头,锦如出面帮忆远开脱，并当场揭穿隋跃晟的"阴谋"，这才保得忆远不被开除。

自此，忆远便对锦如感激不尽，锦如的第一步计划可谓大功告成！此后，锦如便经常请忆远一起吃饭。忆远本想拒绝，但迫于锦如是自己的顶头上司，要想长久地待在铭基集团，是不能得罪锦如的。所以，对于锦如的要求，不论是公事还是私事，他都必须服从。

开始，忆远以为锦如对自己这么好，只是因为自己是毓静的男朋友，而毓静又是锦如最好的朋友。然而，不久，忆远便觉得自己想得仿佛过于简单了。

锦如不仅请自己吃饭，竟还帮自己争取了公费去欧洲考察的机会——地中海风格别墅实地考察。让人费解的是，这次外出考察，竟然是忆远和锦如两人一同前往！忆远本想推脱自己身体不适，但锦如竟连两人的机票都已提前订好！忆远初来乍到，在公司也没有要好的朋友，而且，更可怕的是，这次行程竟是董事长景铭基亲自批下的，说是为了配合自己的地中海风情别墅的创意开发方案而安排的。如果自己不去的话，好像有点说不过去。

无奈，忆远只好和锦如一同前往。一路上锦如显得分外兴奋，说自己从小就非常向往欧洲，那里是近代艺术的天堂，并感谢远给了自己实现梦想的机会。

而忆远，却神情疲惫，轻声应和着锦如，一点喜悦的心情都没有。看着机窗外一片白色的云层，心里想起曾经和毓静说好的一起去欧洲旅行的情景。听着旁边锦如不住地说着地中海的日光浴，忆远再一次陷入深沉的思念中。即使锦如将所有的微笑和温暖都投递给自己，他的心却依然孤单荒凉得像一座孤岛，再也回不到曾经单纯美好的幸福状态了。

尽管如此，忆远依旧尽量迎合着锦如的心情，他们一起游览了许多曾经向往的景点，名为考察，实为欧洲十国游。

当两人搭乘的航班在荷兰首都阿姆斯特丹降落后，锦如显得异常兴奋。他们将用一周的时间，依次游览荷兰、比利时、德国、奥地利、意大利、梵蒂冈、列支敦士登、瑞士、卢森堡和法国。

用完餐后，两人一起参观了近郊的风车村，并参观了具有当地特色的木鞋厂。色彩绚丽大小不一的木鞋挂满屋，品种繁多的乳酪制品让人爱不释手，锦如饶有兴致地向师傅讨教传统木屐的加工和奶酪的制作工艺；而忆远，却显得兴致平平。

后来两人又依次参观了驰名于世的荷兰钻石加工厂COSTER，游览了市中心三十万块石头铺成的水坝广场，有种难以言说的古朴和典雅。到达荷兰最美丽的之华伦丹小渔港时已近傍晚，在这个渔港以保留了荷兰传统民族服装而闻名。充满了荷兰旧日情怀的小镇风情，渔港小屋，小桥流水，令锦如流连忘返。

那天，两人就近住在了那里一家靠海的五星级酒店。刚下飞机就玩了一整天，早已疲惫不堪的忆远，洗完澡便倒头大睡。而隔壁的锦如却毫无倦意，一遍遍地翻看数码相机中忆远为自己拍了一整天的荷兰风情照。

第二天一早，锦如便备好早餐等着远，两人吃完早餐便一起乘车前往比利时首都布鲁塞尔。专为1958年世博会而设计的布鲁塞尔的标志建筑——原子球塔，将古典与现代完美结合起来。布鲁塞尔大广场上，"第一公民"——小英雄之称的撒尿小孩雕像调皮可爱，置身于充满诱惑的旅游胜地，曾经的烦恼仿佛都被抛到了脑后。锦如为忆远挑了一份礼物，世界著名的巧克力手信，他吃得忘乎所以，但心中依然牵挂着毓静，便为她也定做了一份邮回流苏城。锦如心中不满，但并不外露，两人还同在撒尿小孩雕像前合影留念。后来,毓静终究还是没有收到忆远寄去的礼物,只因锦如早已拦截下了。不管怎样,锦如暗喜,忆远的情绪终于被自己调动起来了!她和他之间的距离终于缩短了!

玩了一上午,吃完午餐后,两人便乘车前往德国科隆,游览德国最大的天主教教堂——科隆大教堂。作为全德国最宏伟、最完美的哥特式大教堂,它以轻盈、雅致著称于世,高 157.38 米,是全欧洲最高的尖塔,两人搭乘莱茵观光船,畅游在全欧洲最美的莱茵河畔,欣赏两岸中世纪古堡及小镇风情。一路走来,忆远应着锦如的要求,为她拍了无数风格多样的照片。锦如的笑,如莱茵河畔波光潋滟的河水一样灿烂。

欧洲游的第二天,就这样在繁忙又充实的"审美疲劳"中度过了。

五十八、爱丽丝遭遇黑天鹅

用完晚餐后,锦如拿出自己在科隆的"战利品",让忆远来猜。

"学长,如果猜对了,我就把它送给你啦。"锦如说道。

"到底是什么呢?能不能给一点提示呢?"忆远说道。

"是世界有名的科隆特产哦。"

"我猜是,科隆啤酒。"

"不对,是男士专用的哦。"

"哦,我猜是 Eaude Cologne 吧。"

"学长你好聪明哦。本来还想逗逗你,现在都没什么悬念了!"锦如说着将手中的香水递给忆远。

"这是世界上最早的古龙香水,德国传统香水品牌。在科隆,名气仅次于教堂的或许就是这款4711香水了,它也是一切香水的鼻祖。事实上科隆的英文名字Cologne,也就是古龙水这个字。"忆远接过香水看了看说道。

"原来学长你对古龙香水这么了解呀!"锦如说道。

忆远的脑海里突然浮现母亲捧着自己送给父亲的那瓶古龙香水默默泣泪的情景,自己询问时,母亲便说这是送给父亲的,可惜他一次都没有用过。

"曾经,我的母亲很喜欢收集各种香水,所以了解得多一点吧。"忆远说道。

"哦,原来是这样啊。那么,伯母一定很优雅吧。"锦如笑说。

第三天,两人到了德国金融中心法兰克福,参观集中了法兰克福悠久历史建筑物的罗马广场,广场西侧的三个山形墙的建筑物是法兰克福的象征,东侧是一排古色古香的半木造市民住宅,深粉红色的是市政厅大厦。公正女神像和保尔教堂大气宏伟,让人过目不忘。后又在Tobosst免税店参观选购了著名品牌服饰。

午餐后,两人又乘车前往奥地利的茵斯布鲁克,参观茵斯布鲁克的标志:使用了2657枚金箔的黄金屋顶,其奢华让人叹为观止。世界有名的施华洛世奇水晶店,是锦如的最爱,她在一款黑天鹅水晶工艺品前驻足良久,想试探一下忆远会不会买给自己。让锦如失望的是,他竟然买了一只毓静喜爱的爱丽丝梦幻水晶球!电话的另一端,毓静的声音从世界的另一边传来,缥缈而那么的不真实;而眼前幸福谈笑的忆远却又那样清晰刺眼,让锦如不得不承认,她不想发生的,终究还是真实地发生了。

傍晚的茵斯布鲁克,灰蒙蒙的天空飘起了蒙蒙细雨,却依然有鸽群飞过，锦如的心沉沉的，是被伤到了吧。

没有吃晚饭就回到了酒店，锦如突然间的冷淡，让忆远不知所措。

"锦如，要不要一起去吃晚饭呀？"忆远说道。

"不了，我突然有点不舒服，不想吃了，你自己去吃吧。"说着便关了门。

"锦如，我有……"忆远还未说完，便被关到了门外。

"为什么，为什么受到伤害的总是我？从小便被父亲抛弃，尝尽世间冷暖，从来没有得到过自己真正想要的！爱、温暖或尊重，这一切仿佛都和我无关！林毓静，我不会输给你的！"锦如想着，心中仿佛好过了许多。

忆远回到房间，他不知道自己说错了或者做错了什么，难道，锦如被自己打给毓静的电话刺激到了？锦如为何要坚持和自己一起来欧洲旅行？曾经听毓静和铭基集团的同事说，锦如不是疯狂地喜欢铭基集团的少公子景铭卓吗？她不正是因为景铭卓才可以做到部长的职位吗？而且，经过他长时期的观察，锦如和董事长景铭基的关系密切，非同一般！可是现在，为什么又频频对自己示好？这其中会不会有什么阴谋？

他想着便拨通电话，订了一杯椰奶粥，接着按响了锦如的门铃。

心情郁闷的锦如，心不在焉地看着纯英语的不知所云的娱乐节目，期待着忆远的来访，这门铃声，正是她此刻所期待的！

锦如换了件性感的真丝睡衣，理了理头发，开了门。

"学长还没休息吗？"

"你好点了吗？身体不舒服更不能不吃晚饭，我买了椰奶粥，你喝一点吧。"

看着锦如阴沉的脸终于露出了笑容,忆远的心也有所释然。

"谢谢学长,学长进来吧,我不舒服又睡不着,正想找人聊天呢。"锦如说道。

"不会打扰你就行。"忆远正想打探打探锦如葫芦里装的什么药,便走了进去。

窗外的雨仿佛越下越大,茵斯布鲁克绚丽的夜景在迷蒙的雨雾和夜色中更显得妩媚迷人。

"学长这几天玩得开心吗?"锦如问道。

"很开心,你呢?好像今天有点反常。是不是有什么不开心的事?"忆远问道。

"没有,只是,有些话我不好说。"锦如说道。

"和我还有什么不好说的?我们是校友,又是好朋友,又是同事,你又是我的恩人,上次要不是你,我恐怕已经被炒鱿鱼了!所以,你有什么事都可以和我说的,不用见外。"忆远说道。

"毓静还好吧?"锦如问道。

"嗯,她经常提起你呢,说你们曾经情同姐妹。"忆远说道。

"你知道我们为什么现在关系不好了吗?"锦如问道。

"是因为铭卓吗?"

"毓静告诉过你吧。其实,那些只是她自己的一面之词,只不过是借口而已。"锦如说道。

"是吗?我没有听她提起过呀。"忆远说道。

"你知道在你去年寒假放假回家期间,她都做了些什么吗?根本不是她所说的导师看重她让她假期实习!学长,你醒醒吧,我都替你感到难过!"锦如没有控制住情绪,激动地说道。

"怎么了,到底发生什么事了?毓静看起来好好的,没有什么变化呀！"忆远说道。

"其实，我也一直不想去相信，宁愿相信毓静所做的一切是被迫的，只是，她所做的简直太过分了，让人无法谅解。"锦如说道。

"如果她做了什么对不起你的事，我在这里替她向你道歉，如果真的太过分的话，我想我会站在你这边的。"忆远说道。

"或许，她也是被生活所迫吧。其实我想我已经原谅毓静了，毕竟曾经是那么要好的朋友。只是，她对我好像还是有一些心结没有打开吧。"锦如无奈地说道。

"我想不会的，毓静经常对我说你的好呢，我想她对你不会有什么成见的。"忆远说道。

"学长，不瞒你说，我曾经也不相信毓静会这样，我们之间曾经和亲姐妹一样，形影不离，你也是知道的。只是，她可能受不了铭卓没有接受她的打击而变了吧。"锦如说道。

"你是说毓静喜欢铭卓而铭卓没有接受她？"忆远问道。

"在你回家期间，毓静一直和铭卓在一起，你不知道吧？小年夜那天原本是学长你的生日吧，很巧的是那天也是铭卓的生日。原本没有接受邀请的毓静却出现在生日聚会的现场，吟诗作赋，并邀请铭卓为自己的诗谱曲。而且那天所有人都在大厅睡着了，唯独毓静睡在了铭卓专门安排的客房，第二天一大早所有人都离开了，只有毓静直到第二天下午才离开铭卓的家。关于这些，毓静并没有告诉你吧。事情的真实性，紫萱、昱潇、旭笙、雨薇等都可以作证，这些，我们所有人都是看在眼里的。"锦如说道。

"你是说毓静曾经和铭卓两人在一起过？"忆远问道。

"是的，那个时候，我和毓静两人的关系还是很好的，她经常问我一些关于雨薇和铭卓的事，后来，因铭卓并不喜欢她，她便对我和雨薇恶意诽谤，以致铭卓情绪受到刺激，直接导致了后来的车祸。直到现在，铭卓依然躺在美国的医院里接受治疗，而毓静却丝毫没有一点内疚。"锦如说道。

"你是说铭卓的车祸是毓静引起的？可是，她从来都没有和我提起过。"忆远说道。

"是的，这一切都是因毓静而起。当得知铭卓脑部受伤严重，有可能永远也不能痊愈后，毓静更是瞬间将铭卓完全忘记，而和学长你在一起了。我和毓静的关系本来是很好的，只因我和雨薇因为在铭卓受伤期间经常关心鼓励他，并为他联系了美国权威的脑科专家，而受到铭基董事长的关爱进入了铭基集团工作，工作比较认真而当上了副部长。但毓静却受不了我比她强，而和我反目成仇。我也曾经试图挽留，想要和毓静回到从前单纯亲密的关系，可是无论我再怎么努力，都无法消除她对我的成见，为此她还和我大吵了一架，从那以后她便搬离了我们寝室。现在，同在一个班的毓静和我，已经形同陌路。学长你醒醒吧，我本不想跟你提起这些，只是，眼看你这样被毓静欺骗，我真的不忍心。"

"如果你所说的一切都是真的，那么我想我应该和毓静当面说清楚。"忆远说道。

"我原本不想跟你说起这些的，只是一时激愤，学长你不要见怪。"锦如说道。

"你今天下午生气是因为这个？呵呵，现在发现你还蛮可爱的。"忆远故作轻松地说道，拿出那只他趁锦如休息时出去买下的黑天鹅水晶。

锦如眼前一亮，露出欣喜若狂的表情。

"学长,你怎么会有这只黑天鹅?"锦如惊讶地说道。

"呵呵,送给你的,原本想给你个惊喜的,见你心情不好就直接拿来了。"忆远说道。

"学长,我真的好喜欢!"锦如难以抑制欣喜的表情。

"呵呵,我还没谢谢你送我的古龙香水呢。"忆远淡淡地说道。

"学长,如果你是因为要还给我礼物,那我就不要了。"锦如脸色一沉说道。

"你看,你又想多了吧。我是觉得它这么美,你一定会喜欢才买来的。"忆远说道。

"你真的是想让我开心才买的?"锦如撒娇似的说道。

"嗯,我看你很喜欢才买的。"忆远说道。

"好的,学长,收到你的礼物真的好高兴。下午的不开心已经被这只漂亮的黑天鹅赶走啦,不如我们一起庆祝一下吧。"锦如的语气可爱而甜腻。

"好啊,我们一起出去庆祝好了。"远说道。

"我听说这里有一家自主付费酒吧,任意消费任意付费,不如我们去见识一下。"锦如提议说。

"还有这样奇怪的酒吧?顾客要是不付钱老板不是要亏死了吗?"忆远诧异地说道。

"学长呀,这你就不知道了吧,人家老板卖的不是酒水,是教养!据统计,这家酒吧的利润额,比普通酒吧还高出5%~10%呢,老板的销售策略是让每个顾客以慷慨的态度结账。据说,顾客们所付的钱比那些酒水本身的价格还要高出20%呢!"锦如说道。

"这样啊,老板真的太聪明了,在欧洲,或许人们都希望自己看上去显得有教养，如果掏的钱不够的话他们会感到难为情吧。"忆远说道。

"呵呵，可是老板这次估计要失望了，因为我们不是欧洲人，我们是中国人！哈哈。"锦如说着。两人便不由地笑起来。

不久两人便到了这家当地颇有名气的转角酒吧。

酒吧内暗褐色的灯光阴沉而暧昧，悬空而挂的水晶吊饰将璀璨晶莹的金色光点投射到酒吧的每一个角落。

"A cup of Devil's kiss please."锦如微笑着向年轻帅气的调酒师说道。

"Oh, no, please give her a cup of Tequila Sunrise."忆远说着向调酒师挥手致意。

"Why not？Devil's kiss is my favorite."锦如向忆远问道。

"It's too strong for a girl like you."忆远答道。

"OK, It's up to you."锦如向忆远微笑道。

"Please give me a cup of Rainbow."忆远向调酒师说道。

"Please repeat on cemore,Sir."调酒师说道。

"Please give me a cup of Rainbow."忆远再次说道。

"Oh,Sir,I'm sorry,there's no kind of a popular cocktail called Rainbow."调酒师遗憾地说道。

"Oh,what a pity! It's my favorite cocktail.Maybe This kind of cocktail style is particular to China."忆远说道。

"If you were willing to,you could help yourself to do the mixing."调酒师笑说。

"Sure?"忆远确认道。

"Sure."

得到许可后，忆远推门进入了吧台。

"学长，你怎么进去了？"锦如问道。

"呵呵，想不想喝我亲自调的酒？"忆远说道。

"当然。"锦如的眼里流露出难以遮掩的惊喜与崇拜。

只见忆远熟练地将几块方形小冰块放进调酒器内，依次缓慢注入少许红葡萄酒、山多利石榴汁、汉密士瓜类利口酒、汉密士紫罗兰酒、汉密士白色和蓝色薄荷酒、山多利白兰地，把酒与未溶之冰块一起注进杯内，饮管上串上红樱桃点缀。此刻，见证奇迹的时刻到来了，杯中竟出现了一道亮丽的彩虹。

连在场的调酒师也不由得竖起拇指惊叹道："What a colorful beauty！"

忆远将酒杯递给锦如，锦如叹道："It's the most beautiful cocktail I've ever seen."

忆远随后又自己调配了一杯 Tequila Sunrise。

忆远的出色表现，吸引了不少顾客围观。周围时不时传来阵阵赞叹声。

"Are you Specialized in mixing cocktail？"站在一旁的调酒师不禁问道。

"Just a relish for simple life."忆远谦虚地说道。他想起自己在飞翔公司的培训，不禁笑了，今天终于派上用场了！

两人在众人赞许的目光中举杯畅饮，锦如突然觉得，自己太不了解身边这个看似青涩的男人了。站在忆远身边，她内心突然萌生出一种前所未有的小女人的幸福感。

那天两人喝得很高兴，锦如几乎被忆远灌得烂醉如泥。回到酒店后，忆远将锦如送回她的房间，便着手开始实施他的探秘计划。这是早在来欧洲前，程安翔交给自己的任务！

忆远快速打开锦如的电脑，但让他恼怒的是，锦如的安保措施做得可谓滴水不漏！好在从翔叔那里学了几招！不久，锦如的层层关卡便被忆远一一破解。

让忆远想不到的是，自己费心费力打开来的文件，竟只是一些毫无商业价值的策划企案！难道锦如根本不是真正的项目部部长？又或许实权根本没有在她手上！她只是景铭基的一个掩护？忆远百思不得其解。

在推脱未果的情况下，本想利用这次"考察"，窃取景铭基的部分商业机密，不想锦如随身携带的办公电脑里，竟只装着一些毫无价值的企划案！这让忆远大为失望。但更让他大跌眼镜的是，他无意中发现了锦如蓄谋已久的天大的秘密！

五十九、凤凰生于火，珍珠生于伤痕

忆远看着锦如的"杰作"，那铭刻在她内心深处的一句"凤凰生于火，珍珠生于伤痕"是怎样深深地震撼了忆远干涸疼痛的灵魂！

她写道："我要复仇！景铭基，不，应该是张福田，不要以为一千万就可以收买我孤苦无依的童年，掩埋我孤独自卑的青春！蔑视母亲为生活所迫而沦丧的尊严！丢掉我二十几年来的伤痛和仇恨！

"二十年来，你是可以呼风唤雨的铭基集团董事长。而我，却不过是被人像垃圾一样丢来扔去的孤儿，被你们这些所谓的'君子'玩弄和践踏的宠物！有家不能回，只因母亲为筹微薄的学费，竟被工厂老板侮辱，而后沦为娼妓！当同龄女孩享受着青春美好的初恋时，我只能抛开所有所谓的自尊和矜持，去当最年轻的企业公关小姐，陪人吃饭，陪人喝酒，遭受那些非人的待遇，只为攒够读完高中的费用！

"我不会原谅你，生下我却又将我抛弃；我不会原谅你，因为别人的老婆而打得我流血不止险些丧命！我不会原谅你蔑视的眼神和鄙夷的神态，只因我是母亲生的'没用的东西'。我不会原谅你拂袖而去时的冷漠和淡然！是你教会了我无情和冷血，你说过的，感情是世界上最无用的东西，眼泪是最廉价的垃圾！这，就是你教给我的'信仰'。

"是的，凤凰生于火，珍珠生于伤痕。这，就是我，在被你无情抛弃后所得的财产，只因这一句，我才如太阳花一样，即使在最冰冷黑暗的夜里，依然向着太阳，寻找，那即使微不足道，却依然充满希冀的希望之光。

"所以，当我走向你，不要惊讶，不要躲避，那是你应得的礼物，就像我请你喝过的那杯血色玛丽，香醇而致命。"

忆远看着锦如尖刀一样犀利的文字，以及文字中凸显的拥有真实疼痛的、和自己一样被仇恨填满的锦如，突然有一种悲悯之情，由眼睛直抵心脏。

"原来，张锦如竟是景铭基的女儿！"忆远发了条短信给程安翔。

"见机行事，一定要利用张锦如找到突破景铭基的方法！"程安翔回道。

忆远看了看被酒精麻痹而熟睡的锦如，帮她把滑落了的丝绒被盖好，却听到锦如轻声地呢喃道："学长，不要喜欢毓静，我喜欢你。"

忆远对于锦如对自己的心早已看在眼里，只是，他的心早已给了毓静，他不想伤害本已伤痕累累的锦如，更不想做违背自己意愿的事。但是，面对自己父亲惨死的事实，他无法对所有都熟视无睹！

忆远转身删除了所有电脑操作的痕迹，关了锦如的电脑，随后回到了自己的房间。

第二天早上，忆远为锦如订了一份解酒的营养早餐，亲自送到锦如的房间。锦如看上去精神很好，不住地说着忆远调酒时的样子有多帅。

"学长，我想去看意大利的叹息桥，早在刚上大学的时候就一直想去。"锦如说道。

"那是个让人备感忧愁的地方，为什么想要去那里呢？"忆远问道。

"没什么，只是单纯地想去看看，或许心里有些许烦恼想要找到一个精神出口吧。"锦如说道。

"看你整天嘻嘻哈哈的样子，以为你一直过着无忧无虑的生活呢。"忆远说道。

"每个人都有忧愁，只是程度不同罢了。学长你也有，我看得出来。"锦如说道。

"厉害呀！我们张部长真是人小鬼大！呵呵，我能有什么忧愁？"忆远笑说。

"学长你的心太柔软了，不懂得拒绝别人，我看得出，学长不喜欢我，是吗？不想和我一起来欧洲，是吗？学长的心一直在毓静那里，是吗？那为什么要对我好呢？这样我会心痛，你知道吗？"锦如说道。

"怎么无缘无故地说这种话呢！"忆远说道。

"学长你还不明白吗？你是白痴吗？"锦如仿佛越来越激动，"我喜欢学长，难道学长感觉不到吗？"

忆远低头，不知该说些什么，片刻的沉默便让人觉得快要窒息。

"我们去叹息桥吧。"忆远低语道。

就这样，两人各怀心事地来到了水城威尼斯闻名遐迩的叹息桥。

绕过威尼斯圣马可广场，公爵府的侧面，便是这座不算雄伟的乳白色的巴洛克风格石桥，密封式拱桥建筑，由内向外望只能通过桥上的小窗子，过桥的人被封闭在桥梁里。

两人站在桥上，透过雕刻着八瓣矢车菊的窗棂向外望着，被两边高耸的古老建筑切割成一小片的湛蓝色天空中，有洁白的云朵飘过。低头看，一片悠长狭窄的水域中荡漾着一只只当地人称"冈都拉"的小船，不时可见一两对情侣缠绵地拥吻在缓慢漂过的小船上。

在这条不算宽的运河上，有好几座桥梁，但最为著名的，还是这座叹息桥。

"你知道为什么这条看起来不怎么起眼的桥会这么有名吗？"锦如问忆远道。

"它是历史上死囚奔赴刑场的必经之地，桥下船夫常听到桥上死囚临刑前的叹息声，便取名为叹息桥。来这里的人们总会将自己心中的忧伤化作一声叹息付诸东流。也许是这样，越来越多的人便知道了它，这也就是它闻名世界的原因吧。"忆远说道。

"想不想听我了解到的一个传说？"锦如问道。

"当然。"忆远说道。

"很久以前，有个男人被判了刑，走过这座桥。'看最后一眼吧！'狱卒对男人说，让那男人在窗前停下。窗棂雕得很精致，是由许多八瓣菊花组合的。男人攀着窗棂俯视，见到一条窄窄长长的冈都拉，正驶过桥下，船上坐着一男一女，在拥吻。这么美好的景象，却让男人情绪失控，瞬间崩溃！"锦如卖了个关子，"你说他为何会这样激动？"

"他看到这么美好的世界，或许想起往事心存遗憾吧。"忆远说道。

"他看到的那女子竟是他的爱人！在他临死时却发现自己深爱的人，竟早已投入他人怀抱！怎能控制内心的痛苦呢。后来，男人疯狂地撞向花窗，窗子是用厚厚的大理石造的，没有撞坏，只留下一摊血、一个愤怒的尸体。血没有滴下桥，吼声也不曾传出，就算传出去，那拥吻的女人也不可能听见。血迹早洗干净了，悲惨的故事也被大多数人遗忘。后来人们便说这是'叹息桥'，犯人们最后一瞥的地方，而且把那悲剧改成喜剧，说成神话。从此如果情侣能在桥下接吻，爱情将会永恒。"锦如说着，表情肃穆而淡然。

"看过亦舒的《叹息桥》，她说人生就像一座桥，我们自彼处来，往那头去，一边走，一边不住地叹息，只因恨事太多。"忆远说道。

"你看，运河两岸的风景多美！那对相互拥吻的情侣，不知他们是不是听到过这一声沉重的叹息。所有美好的背面，是不是都有过疼痛、流血和挣扎？"锦如眼望满目的锦绣景象，低叹一声。

"不要那么悲观，毕竟，存在在世界上的大部分事物还是美好的。"忆远安慰锦如道。

六十、泪的使命是坠落

乘坐冈都拉漂浮在威尼斯的水上世界,却并没有想象中那样的欢愉。即使是在声色犬马与灯红酒绿的环抱中,锦如的心依然像是漂浮在海天相接处的一叶孤舟,不知该向何处停留。

向学长表白以来,锦如的心,便被莫名的忧伤所笼罩,记忆的潮水幽灵一样翻来覆去,直至将自己淹没到无力抵抗。这个内心强大的女子,第一次对生活感到深沉的失望,人生的意义,在这个饱经风霜却依然狂热喜爱太阳花的女子身上顿时变得苍白而无力。

那些曾经无数次心痛过的画面,像电影一样,在锦如凌乱的脑海中一一划过。

五岁时,因为想要像邻家女孩一样的粉红色蝴蝶结头花而被母亲打;和堂哥争抢速食面里附带的塑料玩具车时,被爷爷奶奶训斥;家里人对笨拙的堂哥数学考到六十分而热烈庆祝,却对自己一直都考一百分熟视无睹。六岁时,因为发现父亲和一个不相干的女人在一起,而遭到威胁与殴打;和母亲背井离乡被别人欺负,被人骂做"野丫头"。十二岁时被一群社会混混劫持,不堪凌辱用砖头将其中一人打成重伤,为还清高额医药费,母亲竟被迫去镇上不三不四的歌厅当舞女,还完债后,又因凑不齐学费,被工厂老板羞辱;后因母亲生病,辍学一年,做公司公关,为公司拉客户,陪酒赔笑,一次不小心,被人灌醉后竟委屈失身!自己就是这样摸爬滚打在社会底层,当同龄人还在看言情小说时，自己已在为生存疲于奔命，早早地练就了刀枪不入的功夫！被现实压榨的童年和青春，惨不忍睹，闪着冷酷而灰暗的光。

运河中的水，安然地流淌在眼前，远远望去，圣马可广场上鸽群悠然嬉戏，东边教堂传出安详的钟声。锦如的泪，悄然滑过脸际，滴落在河水中，泛起轻柔的水晕。

忆远看在眼里，心却如迷途的羔羊，不知所措。他想，锦如的心比谁都苦吧，自从得知了这个看似潇洒的女子的身世后，忆远不免生出些许悲悯之情，不只是悲悯，还有敬佩和些许的无奈、些许的矛盾和不知所措。他不知该怎样面对这个给了他爱的、自己杀父仇人的女儿，他不想利用她，但是他无从选择，已经迈出这一步，就再也无路可退了。

他走过去，轻轻地拥抱着锦如的肩，说道："锦如，不想再看见你的泪，不想你再有忧伤。你看，天空中成群的白鸽，教堂中安详的乐声，这世界多么美，他们都是真实存在的。只要你打开心扉，就可以感受到，一切都是那么美好，空气中都有爱的味道。所以，不要再哭了好吗？做我女朋友好吗？我们交往吧！"

锦如听着忆远贴心的话语，心瞬间变得温柔起来，仿佛所有的委屈瞬间消失一样，将自己埋在忆远的怀抱里失声痛哭，眼泪打湿了忆远雪白的衬衫。

看到锦如因流泪而花了的眼妆，忆远不禁笑说："都哭成熊猫啦。"说着拿起锦如的小镜子给她看。

锦如见状也不禁破涕为笑，说道："学长，以后都不要再欺负我好吗？"

"我怎么能欺负我的顶头上司呢，你可是我的女老板呐！"

远说着从锦如包里拿出一沓湿巾,轻柔地擦去锦如花了的眼妆。

"学长,以后要是我的眼妆花了,你还会为我擦吗?"锦如问道。

"我不会。"忆远迟疑了一会儿说道。

"为什么?"锦如失望地说道。

"因为,不想再看到你哭了。"忆远说道。

锦如的包掉落在木质的甲板上,她紧紧地拥着忆远的腰,踮脚吻上了忆远的唇。

时间仿佛在这一刻凝固,心像是开满了花的春天,有暖暖的温馨甜蜜的感觉。

晚上,忆远为锦如包下了威尼斯久负盛名的 Locanda Montin 餐厅,亲自安排了具有欧式风情的浪漫烛光晚餐。

暖暖的烛光,轻柔舒缓的钢琴曲,微凉的海风,独特意式风味的比萨饼和海鲜粥、西红柿填馅,让人口齿留香。

"学长,我觉得好幸福,我在想,我是不是在做梦。"锦如说道。

"如果你喜欢,每天都让你做梦。"忆远笑道,说着夹了一只茄汁鸡腿给锦如,"这是用番茄汁、玉米、香菇、洋葱等小火炖制而成的,国内没有这样地道的口味哦。"

"恩,你说的,我都喜欢吃。还有这个,柠檬土豆酥饼,很松脆香甜。这个西红柿填馅也不错,吃出了沙丁鱼的香味,哈哈。"锦如笑说。

"看你吃得这么开心,就多吃点,都把它吃光光。"忆远说道。

眼前的忆远,在暖暖的烛光中更显俊朗温柔。

锦如陶醉了,在忆远贴心的情话里,找到了未曾有过的幸福感。

两人就着威尼斯的美味和让人陶醉的小曲，品着红酒聊着天。

"学长，你是怎么找到这么美的餐厅的？"锦如问道。

"人们都说，这里很'肖邦'。"忆远答道。

"是的，这里很浪漫。"锦如说道。

"很多艺术家都钟爱这里。"忆远说道。

"那你是说，你很有艺术'细菌'喽！"锦如说着笑起来。

"是呀，我是被你感染了。"忆远说着也笑起来。

窗外夜色已阑珊，两人拖着微醉的身体回到了酒店。第一次，忆远的脸那么贴近自己。锦如的心，狂跳不已。

就这样，该发生的，不该发生的，就这样发生了。

……

锦如看着沉沉睡去呼吸均匀的忆远，抚摸他浓浓的眉毛和宽厚的耳垂。这一张俊朗的脸上，显现出安详的神情。

锦如穿好睡衣，拿起忆远的手机细细地翻看。忆远发给毓静的短信清淡却充满沉甸甸的爱意。

存放照片的文件夹里，几乎全是毓静和忆远在一起时的照片。照片上毓静开心的笑容却成为锦如心痛的病源。

锦如狠狠地将手机摔在沙发上！

"我不能这样，我要克制，我要让忆远自己心甘情愿地删掉那些照片。"锦如想着，拿起手机放回了原处。

锦如躺回了忆远的身边，靠在远坚实的胸前安然入梦。

伴着圣马可教堂的钟声，忆远睁开了惺忪的睡眼，晨曦中微弱轻薄的阳光透过纱窗撒了满屋的金黄。

远穿好睡衣，伫立凝望着西南穿行在湛蓝天际的鸽群。

不一会儿，锦如也醒了。

"什么时候起来的?"锦如问道。

"刚刚,你再睡一会吧。"忆远说道。

"没有你在,睡不着了。"锦如用暧昧的语调说道,说着从背面抱着忆远的腰,右脸贴着忆远的背。

"怎么了?"忆远用温柔的语气说道。

"没有,只是想要再感受到你的气息。"锦如说道。

就这样,两人安静地伫立在窗前,看着窗外晴朗的街景和飘浮在蓝色天际的云朵。

"学长,你觉得幸福吗?"锦如问道。

"幸福,有你陪着我,安静地听时光静逝,我觉得很幸福。"忆远说道。

"我也好幸福。希望时光能够停留在这里。"锦如说道。

忆远的心里,想起他和毓静去流苏湖畔看桃花的情景,他们当时所说的,是如此的相似,只是,再也回不到那时的心情了。

"静,对不起,我给不了你幸福……"忆远在心里想着。

"学长,答应我一件事好吗?"锦如说道。

"什么事?"忆远说道。

"你必须先答应我!"锦如说道。

"你说,只要我能做到的,一定答应你。"忆远说道。

"不要再和毓静在一起了,好吗?"锦如说道。

"其实,我和毓静之间的感情在认识你之前已经破碎了,现在只是普通朋友而已。"忆远说出这句话时,心里有微微的刺痛。

"真的吗?可是,你不是还买了那么多她喜欢的东西送她吗?"锦如问道。

"曾经在一起时也没送过她什么,这次有机会来欧洲,就买了几件她喜欢却买不到的东西，也算是一种弥补吧。"忆远说道。

"你是不是还是忘不了她？"锦如失望地问道。

"不是，只是毕竟朋友一场。"忆远说道。

"学长，你现在已经和我在一起了，不是吗？所以不要再和毓静来往了好吗？"锦如说道。

"好的，只要你开心，我答应你，我和毓静只限于朋友关系。"忆远说道。

"那你的那些东西还是要送给她吗？我会吃醋的！"锦如说道。

"已经买了，那要怎么处理？"忆远掩饰不住心中的失落。

"学长你信得过我吗？我帮你交给她吧。"锦如说道。

"好吧，你看着办吧。"忆远掩饰住悲伤说道。

"好啦，学长，你要是不开心的话，我就收回刚才的要求好吧。"锦如拉着远的手，帮他理了理衣角说道，"真是傻学长，我之所以会这样是因为我太在乎你啊。"

"我懂的，锦如，我们去吃早餐吧。"忆远说道。

早餐后，两人乘车前往意大利罗马古城。

坐落于梵蒂冈圣彼得大广场上的圣比得大教堂，庄严肃穆。西方宗教文化的神秘色彩在此表现得淋漓尽致。罗马市中心，古罗马斗兽场和侧面的君士坦丁凯旋门历经千年风雨依然岿然不动，散发出古朴而沧桑之美。威尼斯广场上，世界上最古老的、罗马境内最大的、久负盛名的许愿泉旁，来自世界各国的不同肤色的人们，双手合十虔诚祈祷，但愿美梦成真。

两人在罗马城里尽情观赏，犹如《罗马假日》里那个刚刚获得自由的公主，想要走遍每一个曾经向往却又未曾去过的地方。晚上，在位于罗马的奥雷利奥附近，靠近多里亚潘菲利别墅公园、梵蒂冈花园和圣彼得大教堂的 Raganelli Hotel 水疗宾馆舒适温馨，两人泡在温泉水中洗去一身的疲惫。

两人正要入睡时，锦如接到景铭基的电话，说地中海风情别墅工程快要开工了，希望忆远拿出详细方案后尽快回国。锦如忙应声回应，说他们将马上回国。

"本来还想去瑞士呢，学长，瑞士的'邮票王国'——列支敦士登离罗马城不过两三个小时，真是可惜了，董事长让我们尽快回去。"锦如不无遗憾地说道。

"没关系，下次还有机会的，不过，列支敦士登离苏黎世和琉森已经很近了，那里风景真的很美。"忆远说道。

"要不，我们先去瑞士玩一下再回去。"锦如说道。

"去完瑞士还想去法国，去完法国还想去奥地利，是不？"忆远说道。

"没有啦，好不容易来了，总想要多看一些地方嘛。"锦如说道。

"我们还是回去吧，要不耽误了工作就不好了，以后有时间再来也可以。"忆远说道。

锦如最终同意了忆远的建议，毕竟取得景铭基的信任才是最重要的事！

第二天一早，两人便急急地飞回了流苏城。

第八卷 今夜有星，不适合悲伤，只适合怀念

　　七月的风吹过微笑的侧脸，脏的跑鞋跟随没有计划的路线，沙滩边捡起的红色七星螺，晨曦中清朗田野和你手中摇曳的紫色风铃草，夕照铺撒的海边，苍茫的草原，牵手一起看过的雪，过马路时紧握的双手和你说的那句"小心危险"。街角的咖啡店，还有你手写的留言，电影院哭红的双眼，和你温柔擦过的双眼，这所有，都还留在那些温暖的瞬间。可是，为什么，心会痛？泪水模糊了视线，无处不在的悲伤悄无声息地蔓延。心中残留的那份温暖，是你留给我最深的伤痕。

六十一、未曾到过爱琴海

回到流苏城时正值正午时分，阳光炙热地烘烤着几近融化的水泥地面，车窗外望去，眼前有海市蜃楼般刺眼的光晕。

锦如正抱怨着流苏城和欧洲的气候比起来真是天上地下，眨眼间便已到达铭基集团，接机的工作人员为两人取下行李，锦如和忆远也下了车，不久便到了办公室。此时正值午餐时间，办公楼里几乎空无一人。忆远放下行李后立即去了董事长办公室，本想趁递交此次欧洲考察总结、别墅设计方案和预算表格之际，打探此次别墅项目投资地段地皮是否已定下来，忆远知道，这对景铭基来说是极大的商业机密。在去欧洲之前，程安翔就提醒过自己，一定要在景铭基搞定地皮之前，获得投资地段的详细信息，这样便可在他之前买断地皮，以此迫使景铭基以高于市场价的好几倍去投资，这样，景铭基的此次投资项目不是被扼杀在摇篮里就是迫使铭基集团股票大跌！忆远走在悠长的走廊里，转过弯，董事长办公室就在正前方，门虚掩着，透过缝隙，忆远清楚地看到景铭基的座椅上空无一人，忆远迟疑着。走廊尽头的摄像头可以清楚地记录自己进入景铭基办公室的时间和过程。忆远轻轻地敲了下门，无人应答，低头看了看手表，刚刚十二点一刻。离下午上班时间还有一个多小时，忆远迅速推门进去，右侧文件架上摆满了各种各样的文件，忆远一一翻找，并无自己想要的信息，只好转移视线。四下翻找，他终于发现景铭基办公桌抽屉里的一个文件夹里，放着一个还未拆封的绝密文件袋。怎么办，忆远想着，这十有八九就是自己想要拿到的地皮信息。但是，如果自己打开的话，势必被景铭基所怀疑！这个老狐狸，即使让你看到文件也不让你拿走信息！正迟疑间，忆远听到有脚步声从走廊的尽头传来，忆远以迅雷不及掩耳之势将文件放回原处，轻声跑了出去，躲在了楼梯拐角。总算躲过一劫！忆远的心狂跳不已。顺着楼梯爬到十二楼，回到了自己的办公室，却又被眼前的场景吓了一跳，锦如正直直地坐在自己办公椅上！

"去哪儿了？这么长时间！"锦如说着拿过忆远手中的文件，问道："这是什么？"

"本想去董事长那儿汇报一下工作，无奈他不在，就就近去了趟洗手间。"忆远答道。

"'东方爱琴海畔的华庭之约——碧波荡漾里的浪漫'，不错，别墅的创意风格独具慧眼，匠心独运。"锦如看着忆远的别墅创意设计书说道，"董事长看了一定会很满意的，说不定会升你职哦。"

"真的这样的话，那也是得益于和你一起去的欧洲之旅！"忆远说道。

"可惜的是，我们还没有到达爱琴海就回来了。"锦如说道。

"即使没有到达，也可以感受到爱琴海浓浓的古典地中海风情，你知道吗，是你给了我灵感。"忆远说道。

"我有这么大的作用吗？"锦如惊喜地问道。

"当然，还记得在水城威尼斯掉下的那滴泪吗？就是它，给了我力量和灵感。"忆远深情地说道。

"那是我自己想起那些悲痛的经历，抑制不住内心的痛苦而掉下的泪，那是发自灵魂深处的悲鸣！"锦如想着，走向忆远，将头埋入他的胸膛里,说道:"学长,你好坏!你这是将自己的幸福建立在别人的痛苦之上!"锦如佯装撒娇似的说道。

"刚刚回来还没休息就谈公事,累不累?"忆远问道。

"有你在,再累也不觉得了。"锦如说道。

"走吧,我们先去吃顿饭,回来再说。"忆远说道。

说着两人走了出来,锦如从地下车库开出红色宝马载着忆远共赴浪漫午餐。

饭间,忆远问锦如道:"我的那份爱琴海创意书,董事长真的会满意吗?"

"当然啦,几近完美的创意会吸引更多有品位的高端人士购买,董事长怎么会不满意呢!"锦如说道。

"可是具体的开发地段还没有确定,如果开发地段的海域污染严重或者生态环境不够好,就称不上是东方爱琴海了。"忆远说道。

"这个嘛,你就不用操心啦,第一次涉足这样高端的房地产投资,相信董事长在地段选择方面一定会挑最好的吧!换个角度想,即使地段不好,别墅也会因为你的设计而提升文化魅力的。"锦如说道。

忆远觉得从锦如嘴里也套不出更具商业价值的话了,便不再多问。两人吃完饭,便回到了公司,忆远将整个企划书交给了景铭基,铭基看后也是大为赞赏,从此对忆远更是刮目相看了。

这段时间,毓静几乎联系不到忆远。忆远在欧洲期间只打过两次电话给自己,说买了自己喜欢的爱丽丝梦游水晶球,这让毓静既欣喜又失落,因为怀着期待和希望去等待的时光,是既漫长又寂寞的。

操场上的刺槐花开了又落,眼看自己就要毕业了,毓静心想着，考研或者工作对自己来说重要么？为什么，曾经的理想，在遇到学长之后，都变得微小而失去了重量。毓静不知这样的改变是否值得，只是，她也不想，和学长一起的画面，如此清晰而深刻地烙在记忆深处，已经成为自己生活的绝大多数，越是想要忘记就越是清晰！这样的不由自主！这种状态一度让自己懊恼不已，只是，对学长的依恋，却还是无法改变。仿佛所有一切都没有每天都能看到学长、听到他的声音来得重要吧。面对南方一所不错的大学研究院的录取通知书，毓静犹豫着。如果和学长在一家公司工作会不会影响到他呢？可是，铭基集团不是每个人都能进的，关于副部长锦如，她倒是不怕的，毕竟，自己和锦如还是有情分的。最要命的是，自己最讨厌最不想碰触的人，却偏偏正是铭基集团的老板娘，李香兰！这才是让毓静困惑和犹豫不决的真正原因。

　　她想要和忆远当面说说自己内心的困惑，面对抉择，她第一次真正理解忆远离开前对自己所说的那番话。所以，即使忆远再忙，她也要和他见上一面！

　　因为忆远走前告诉自己，他有很重要很重要的事要办，所以，希望自己尽量少打电话，多在网上联系。考虑到他的感受，她也没有经常发信息给他，即使自己因思念而彻夜不眠，她也不曾因为自己而去打扰他。但是，这一次，她说服自己，必须拨通那个拨了无数次却又最终挂断了的、烂熟于心的号码。

　　晚上十点整，忆远的电话铃声准时响起。那悠扬的旋律回响在锦如的单身公寓里，此刻，忆远正在厨房为锦如烹制她最喜爱的意大利面做夜宵，锦如放下手中正在摆弄的水晶球，接通了毓静的电话。

　　"学长，好像很久没有联系了，你最近还好吗？"听筒那一端传来毓静轻柔的声音。

"哦，毓静吗？学长正在做晚饭呢，我们刚从欧洲旅游回来，意大利的通心粉，味道不错，学长亲自做的哦，你要不也来我这儿尝一下吧。"锦如笑说。

"哦，这样啊，不过，请问你是？"毓静迟疑道。

"哎呀，毓静，真不够意思，才几天，就把我忘了吗？连姐妹的声音都听不出来了么？"锦如调笑道。

"你是，锦如吗？"毓静说道。

"不是我还会有谁？"锦如说道。

"学长在你那里？"毓静问道。

"当然，毓静，希望你不要因为这个而难过，我其实也是无心的，只是，忆远说他早已和你分手了，刚开始我还是不太相信的，所以，他向我表白后我一直没有接受，直到他请我和他一起共赴欧洲之旅，那样浪漫的烛光晚餐和每个女孩都向往的水晶球让我很难拒绝！所以，请不要违背学长的意愿好吗？这次的欧洲之行，让我了解到学长对我的真心。呵呵，毓静，还希望你不要怪我，学长那么热情，我真的不好拒绝。不过欧洲真的很不错哦，威尼斯的叹息桥，古罗马斗兽场，荷兰的风车，风景真的很美，有机会我们几个组个团儿一起去吧。还有，学长费尽心思为我买的爱丽丝梦游水晶球，我一定会好好珍藏！"锦如得意地说道。

锦如等待着毓静的回答，等到的却只是一阵彻骨的沉默。毓静静静地挂了电话。

这不是锦如预期到的情景，不过此刻她还是笑了，灿烂得像是骄阳下的太阳花。

"吃饭啦。"忆远将做好的意大利面盛入镶有金丝花边的瓷碗里端给锦如。

"我要学长你喂我吃。"锦如腻腻地说道。

忆远用银色食叉将面条送入锦如口中。

"学长好乖。"锦如笑说,"表现这么好,可以得到我的奖励哦。"说着她趁忆远不注意,用沾满番茄酱的唇吻上了忆远的唇。

锦如的热情让忆远招架不住,两人再次陷入无尽的缠绵中。突然间,忆远的手机铃声再次响起,轻柔悲伤的旋律让人倍增感伤。忆远拿起电话,另一端传来毓静的声音。

"学长,是你吗?"毓静的语调充满感伤。

"是我,怎么了?有事吗?"忆远关切地问道。

"你和锦如真的在一起了吗?"毓静问道。

"你听谁说的?"忆远问道。

"是我说的。"锦如抢过电话对着忆远说道,"难道不是吗?学长你如果心里有我的话,就告诉她,你爱的是谁!"

锦如说着打开了手机扬声器:"毓静你听着,学长现在就在我床上,他会告诉你他爱的究竟是谁!"

"学长,这是真的吗?"毓静问道。

面对毓静的质问和锦如的刁难,忆远不知该如何去面对。

"不管你说什么,我都会相信你。"毓静的声音让忆远的心顿时裂成碎片。

"学长,你忘记在威尼斯说过的话了吗?你说过你爱我的,你就是这样爱我的吗?我已经为你付出了一切,你就是这样对我负责的吗?"锦如咄咄逼人的态势几乎让忆远喘不过气来。

"学长,什么都不用说了,我已经懂了。"毓静轻声啜泣着说道。

"毓静,对不起,有机会我们见面再说吧。"忆远无奈地说道。

"毓静,希望你以后不要再烦扰忆远,他已经是我的男朋友了,我不希望你们之间依然藕断丝连,不清不楚!"锦如气愤得语气使毓静瞬时挂断了电话。

忆远的心,瞬间坠落到谷底!

毓静的眼中,只余灰烬!

"为什么要对她这么残忍呢?你们不是好姐妹吗?"忆远责问锦如道。

"你心里是不是还想着她,还忘不了她?你有没有想过我的感受?"锦如故作心痛地说道。

"虽然我和她分手了,可是我们还可以做朋友的,不是吗?你连我们做朋友的权利也要剥夺吗?毓静只是一个心地善良的小女生,你连一点接受的时间都不留给她吗?这样对待朋友,是不是太残忍了呢?"忆远终于控制不住内心的情感,责问锦如道。

"你心里就是放不下她。她有什么好?你竟然因为她对我这样大呼小叫,一点都没有在乎过我的感受!如果喜欢她,就去找她啊!我也不会赖着你!"锦如冲忆远喊道。

空气中的火药味已经让忆远几近窒息,终于,他穿好衣服,拿起手机,愤然而去。

空余锦如愤怒的叫喊声:"苏忆远,你要是走了,就再也别来见我!"

六十二、今夜有星，不适合悲伤，只适合怀念

毓静走在挂满星星的夜空下，夏天的风带来大海咸咸的气息，美好的夜晚，其实是不适合悲伤的。

远处飘来刘若英轻盈的歌声："天空越蔚蓝，越怕抬头看，电影越圆满，就越觉得伤感……"

毓静不想听到这样的靡靡之音，这样心中会更难过吧。她打开随身携带的MP3，里边都是忆远和自己喜爱的音乐，选了那首自己伤感时，忆远送给自己的歌——中岛爱的《Sunshine Girl》，把音量调到最大。心可以感受到欢快旋律的剧烈震颤！

  沐浴着闪闪亮亮的阳光

  Make up and dress when you're ready to go

  Weather is great it's your holiday

  We got to party all day long

  Happy days summer days sunshine girl

  I like it！

  Happy days summer days sunshine for you

  Happy days summer days sunshine girl

  I like it！

  Happy days summer days sunshines for you

  My girl 微微的 sky 照耀着涡动

  风吹的方向和以往不同

只要伸个懒腰

就能感到会有什么好事发生

Sunshine girl

胸中藏着一个闪闪亮的太阳

害羞的月亮和不同的假日

跳舞的时候就要尽兴

……

  关于这首歌的所有回忆，都是开心的吧。就这样听着歌，沉浸在美好的回忆中，忘掉现实，忘掉悲伤，忘掉所有，忘掉自己破碎不堪的心。曾经的一幕幕再次清晰地浮现在眼前。

  七月的风吹过微笑的侧脸，脏的跑鞋跟随没有计划的路线，沙滩边捡起的红色七星螺，晨曦中清朗田野和你手中摇曳的紫色风铃草，夕照铺撒的海边，苍茫的草原，牵手一起看过的雪，过马路时紧握的双手和你说的那句"小心危险"。街角的咖啡店，还有你手写的留言，电影院哭红的双眼，和你温柔擦过的双眼，这所有，都还留在那些温暖的瞬间。可是，为什么，心会痛？泪水模糊了视线，无处不在的悲伤悄无声息地蔓延。心中残留的那份温暖，是你留给我最深的纪念。

  忆远离开锦如后，拨通了毓静的电话，却一直没有人接听。"她一定伤透了心吧，所以再也不想理我了吧。"忆远一边想着一边坐车四处寻找着毓静，"她不会出什么事了吧。"想到这里，忆远恨不得杀了自己！他几乎走遍了曾经和毓静一起去过的所有地方，但依然没有她的影子！忆远已记不起自己打过多少个电话了。毓静肯定出事了，要不然以她的性格，不会打了这么多电话也不接的！

此刻，已经近乎午夜了，满天的繁星仿佛点着无数盏街灯。毓静走着走着已经走回了学校，在操场的塑胶跑道上缓缓地踱着步。原来，毓静的MP3声音太大了，居然完全没有听到包里一直响个不停的手机。直到MP3电池没电，她才听到包里的手机铃声。听到她声音的那一刻，忆远的一颗悬着的心，终于落地了。

"学长。"

"你在哪里，还好吗？"忆远焦急地问道。

"我在学校操场。"

"你等着我，我马上到！"

五分钟后，忆远急切的身影出现在毓静的眼前。

看到毓静的那一刻，忆远却犹豫了，他要怎么面对她？怎么对她说呢？难道继续欺骗她，然后看她因为自己而伤心流泪吗？不，这样对她，不是更残忍吗？

忆远缓慢地靠近毓静，而毓静却是小跑着奔向忆远！静谧的月光倾泻了一地温柔，将两人的身影拉得好长，繁星如夺目璀璨的钻石，镶嵌在宝蓝色的夜空中。微凉的风吹过，缭乱了毓静光滑如丝的长发。

"学长。"毓静急切地跑着，他们之间的十几米的距离，仿佛漫长遥远到相隔了上万个光年，投入忆远怀抱的那一刻，毓静的心仿佛在啜泣，委屈的泪早已泛滥成河。

"毓静，对不起。"忆远轻轻抚摸毓静柔顺的长发说道。

"学长不要离开我，好吗？答应我不要离开我！"毓静的泪，打湿了忆远雪白的衬衫。

"毓静，想哭就哭吧，我不能再伤害你了，不能再欺骗你了。我和锦如在一起，是真的，但是，你要记得，我的心，永远在你这里。我已经不属于自己了,我的心,和我的人却不能给同一个人,我真的很无奈!"忆远帮毓静擦去脸庞的泪说道。

"不,学长你骗我,你说过的,你的心永远属于我,所以,无论怎样,我都会等你,等你回到我身旁!"毓静激动地说道。

"毓静,对不起,你这样,只能让我更心痛。我给不了你幸福,所以,不要再浪费时间在我身上了好吗?"忆远失落地说道。

"不,学长,我们在一起的日子,你都忘了吗?你可以忘了吗?那些点点滴滴,已经融入我的灵魂,如果你要离开我,那就把那些记忆也一并带走吧!"毓静坚决地说道。

"毓静,理智一点,好不好?我不是个好男人,有过好多女朋友,不值得你这样去爱!"忆远说道。

"学长,为什么要这样对我?爱我却要离开我,是不是锦如逼你的?"毓静问道。

"静,不要再哭了,再也不想看到你流泪的样子,离开是你最好的解脱,只有绝望过后才会有崭新的希望、崭新的生活。你记住,我所做的,都是为了你好!"忆远说道。

"不,我不想听这些,我要的,是能和学长在一起,哪怕只是静静地在旁边看着学长,我的心也就满了,就觉得幸福了。"毓静说道。

"傻孩子。"忆远再一次将毓静揽入怀中,说道:"想听故事吗?再讲个故事给你吧。"

"嗯,学长讲的,我都喜欢。"毓静说道。

"从前有对男孩和女孩,他们深深地相爱。有一天,男孩要去很遥远的地方,女孩对男孩说:'我在池塘边的榕树下等你。'女孩一直等一直等,等到太阳快落山的时候,男孩却仍没有出现,女孩还是焦急地等着。其实男孩早就来了,他躲在榕树背后,看着女孩着急的眼神,再也忍不住了,走到女孩身边,手中拿着两只折好的纸船,递给女孩一只说:'我们来做游戏吧,看谁的纸船飘得更远。'说着一起把纸船放到水里。'许一个愿望吧,我们把它放在船里,一直飘到梦会实现的地方。'他们就这样静静地望着,看着纸船缓缓飘动,被水浸湿,变成一张铺平的白纸消失不见。'至少我们有过共同的梦想。'男孩对女孩说。"

"学长,他们未来的梦想,也可以是一样的,只要他们愿意。你愿意吗?"毓静说道。

"傻孩子,还记得我曾经跟你说过的话吗?爱情对于我来说,不过是遥不可及的奢侈品,我生活的绝大多数,只剩下工作和对家庭的使命。所以,让我们彼此都珍藏这段美好的回忆好吗?不要破坏了这段美好,我不想以后想起来,生活都是支离破碎的,不堪回忆地徒增感伤。"忆远说道。

毓静的泪,再次流了下来。极度的悲伤,让她几乎晕厥过去。

"毓静,不要再哭了,再也不想看到你沾满泪水的双眼,以后,在有星星的夜晚,想起我,要是有发自内心的幸福微笑,我就心满意足了。记着,这么美好的夜晚,不适合悲伤,只适合怀念。"远说着,将挂在自己肩膀上的毓静,抱起来轻放到跑道四周的座椅上。

"学长,我懂了。"毓静轻声说道。

"毓静,以后要坚强起来,知道吗?因为学长喜欢乐观、开朗、积极、可爱的毓静。"

"学长,能不能再背我一次,还记得以前去玉龙山滑雪,摔倒了,学长背着我的时候,感受着只属于学长的气息和关爱,好幸福,我还想学长再背我一次,可以吗?"毓静说道。

"嗯,能够这样背着可爱的毓静,我觉得无上的幸福。"

毓静就这样,在忆远的背上,感受着幸福渐渐远去,现实缓缓逼近。

六十三、别怕时光忘记回来

毓静躺在床上,不知自己是何时回到寝室、何时入眠、又何时惊醒的,真实感受到的是窗外绯红色的晨曦和枕边湿了一大片的凉凉的泪水,感到从未有过的孤独,像窗外逐渐炙热的阳光一样恣意生长。这么多年来,只有父亲离开的时候,她的心曾经如此空洞和孤独过吧。

毓静从床上爬起来,简单干净的半袖衫,背着画板,像落魄而失去信仰的凡·高一样游走在熙熙攘攘的大街小巷以及人迹罕至的荒山远郊。画形形色色的世间百态,画高耸入云的摩天大厦,画衣衫褴褛的乞讨者,画神情落寞的打工仔,画踽踽独行的失意者,画日出的希冀,画日落的忧伤,画小桥流水人家,画大片大片金灿灿的油菜花,捕捉微风吹过青绿色田野的痕迹,惊叹于浩瀚无际璀璨夺目的星空,描绘可以让感官兴奋的所有阴晴圆缺的世界……

就这样,毓静仿佛生活在自己所追寻的世界,不是对艺术的向往,不是无事生非地故作深沉,不是处心积虑地追求名利,在这样一个每个人都遵循欲望的指引想要拼个你死我活的向上爬的浮躁世界,谁又会像傻瓜凡·高一样,为自己想要的理想国而真实善感地活着呢?并非是她故意效仿,至少她是以自己开心的方式,越过浮躁,越过虚伪,越过欲望,抛弃太疲倦的顺从,在庸俗的现实世界，走出最美的通往自我现实天堂的道路。

美国宾夕法尼亚州的七月，温和如暖春一样的气候让人留恋，但此时，病床上的铭卓，早已按捺不住将要回国的喜悦，带着揭开自己身世之谜的迫切心情，早早地做好了独自奔赴滨海寻亲的准备。经过三年多的休养，铭卓的身体已基本康复，现在的他，就等着杰明正在办理的回国手续到位后，立马动身回国。

"卓，既然你已经记起了所有，妈妈也不会反对你去寻找自己的亲生父母。但是，答应妈妈，无论找到找不到，一定不要忘掉妈妈，有空一定回来看看妈妈。"李香兰坐在铭卓身边啜泣道。

"妈，不要哭了，无论我走到哪里，永远都还是您的儿子！如果没有您的救命和养育之恩，我恐怕早就已经葬身大海了！您的恩情，儿子怎么可能忘掉呢？"铭卓安慰李香兰道。

"卓，去找自己的亲妈妈吧，她一定很想你。这么多年不见自己的儿子，她该多伤心难过呀！"李香兰再次流下了激动的眼泪。

"妈，不要难过，我知道，您心里肯定不好受，有什么难过都和儿子说吧，说出来会好一点。"铭卓看着哭得伤心欲绝的李香兰，想起每年自己生日聚会过后，母亲都会哭得像个泪人，父亲脸色也不好。他总觉得在他生日这天肯定发生过什么，只是问了很多次，母亲都不肯告诉自己，以后，每次看到母亲默默哭泣的时候，铭卓都觉得不知所措。

"妈，你心里有什么事，可以告诉我吗？至少这样，我也可以帮你分担一些。"铭卓帮李香兰擦了擦眼泪说道。

看着铭卓俊秀如毓澄的脸和纯净关切的眼神，李香兰不禁泪如泉涌。"卓,知道妈妈为什么总是很悲伤的样子吗?知道为什么妈妈这么在乎你,怕失去你吗?因为妈妈曾经也有一个儿子,他叫毓澄,长得和你一样帅气。他很聪明,每次考试都是第一名;他很善良,喜欢养小狗狗,很乖,从来都很听话……"李香兰说着再次哽咽起来。

"妈妈,别难过,那小弟弟呢?他出什么事了吗?"铭卓问道。

"你永远都见不到他了,妈妈也永远看不到他了……他死了,死得那么惨!只有八岁,他还是个孩子啊!"李香兰悲痛地说着不忍触及的事实,"卓,妈妈已经失去毓澄了,所以你再离开我,妈妈就真的一无所有了!"

"妈妈,你放心,我永远是您的儿子,您不要伤心!"铭卓一边说着,一边帮母亲擦去脸庞的泪。

"妈妈其实还有一个大女儿,因妈妈的错误而失散了。这些年,妈妈无时无刻不在想念她,你爸爸也四处打听寻找,最后结果却更让妈妈绝望!她也在六年前因病离开了妈妈!"李香兰说着已泣不成声!

"妈……"铭卓想要用一切可以用得上的话语来安慰这个穿金戴银看似幸福但内心苦涩挣扎的中年女人,却发现所有的语言在如此悲惨的事实面前都失去了作用。

"卓,妈妈现在只剩下你了。"李香兰啜泣着说道。

"妈,你放心,我会很快回到你身边的!我永远都是您的儿子。妈,如果可以,能告诉我,弟弟是怎么死的吗?"

李香兰因陷入沉痛的回忆里而无法自拔。片刻的沉默过后,是李香兰声泪俱下的悲诉。

"十三年前那个飘着细碎小雪的冬天,街上灯火通明,火树银花，有浓浓的过年的气息，那是一个原本可以很开心幸福的小年夜。我带着毓澄去买他心仪已久的那件宝蓝色带有小超人图案的进口羽绒服。他说要去参加同学举办的一个户外打雪仗比赛，屋外没有暖气，穿得太少会冷。除了衣服，我们还买了一些喜庆的年货。当我们回到车上准备回家时，毓澄却说忘了买给狗狗史蒂芬的狗粮了，我们就又再次回到了超市，当买好狗粮兴高采烈地坐上车准备回家时，却震惊地发现后座上有人拿出尖刀，顶上了毓澄的脖子！我尖声呼喊救命，那男人却狠狠地说了一句：'别出声，再喊我杀了他！'毓澄也奋力呼喊，想要挣脱那歹徒的手，那歹徒左手一挥，打在毓澄的太阳穴上，毓澄瞬时昏死过去。我拼命呼喊着救命，并用我所能拿到的东西，狠狠地向那男人砸去，无奈却反被他用棍子打晕了。当我醒来的时候，我和毓澄已被关在一个暗无天日的小屋里，四面看不到一点阳光，眼前的毓澄，正在奋力地摇晃着我头痛欲裂的身体，呼喊着他的母亲，只听到一声声'妈妈，妈妈，你快起来，我好害怕……'我直起身，一把抱住了他，说道：'澄，妈妈在这里，不哭！'"李香兰接过铭卓递过去的纸巾，擦了擦眼睛。

"妈，那个人为什么要绑架你和毓澄？是为了钱吗？"铭卓问道。

"如果为了钱还好，可惜的是，他根本就不是为了钱，而是为了复仇！二十年前你爸爸做生意时，可能因为什么事，使得那男人家破人亡，蒙受了十年的牢狱之灾后，他决定报复。这些都是他亲口说给我听的。就这样他绑架了我和毓澄。"李香兰说着，神情突然间变得沉重。

"就因为这个，他后来杀了毓澄吗？"铭卓问道。

"不，他要求你爸爸用自己去交换我和毓澄。"李香兰道。

"爸爸没有去吗？"铭卓问道。

"不，他去了，只是，在那男人对他开枪之前，他抢先开了枪，那男人死了。但是，在那男人前方的毓澄，也不幸中了弹！"李香兰说着，泪不知不觉地掉下来。

"那父亲，岂不是杀了人了吗？"铭卓说道。

"后来法院裁决你父亲为正当防卫，当庭无罪释放。"李香兰说道。

"那父亲岂不是误杀了毓澄？"铭卓问道。

"是的，后来，我曾经因为这事和他几乎决裂！在我离开的那一刻，你父亲跪在我面前，向我和毓澄忏悔，并说如果得不到我的原谅，他将以死谢罪。当我走出门的那一刹那，你父亲竟然真的割脉自杀！在医院重症室里躺了一个星期才醒过来！毕竟，他曾经对我那样好，记起他的好，看着他独自在死亡线上挣扎，我突然间觉得，只要他能醒来，一切都不重要了。"李香兰说道。

"后来父亲好了，你们也和好如初了。"铭卓说道。

"是的，后来，他对我更好了，无论我提什么样的要求他都会满足，我也觉得慢慢地越来越离不开他。即使毓澄死亡的阴影有时让我喘不过气，但悲伤过后，却依然下不了决心离开他。后来我和他有了铭甜，再后来救了你，我就更不舍得离开了。可是，越是这样，心也越痛，有时候觉得好矛盾，或许，死亡是最好的解脱吧。"说到这里，李香兰神情淡然得让人害怕。

"妈，我理解你的心情，但是，绝对不能有轻生的念头，知道吗？谁也不想失去毓澄，我相信爸爸心里也一定很自责。我们能够在一起，已经很不容易了，所以，再不要轻易说这种丧气的话，要珍惜爱你和你爱的人，珍惜自己的身体，这样，才是对毓澄最好的怀念。我相信，毓澄如果在的话，也一定希望您能原谅即使有千错万错却依然爱你的爸爸，因为毓澄一定会希望妈妈幸福。只有妈妈幸福了，毓澄泉下有知，才能够心安吧。"铭卓安慰李香兰道。

"卓，有你的这些话，妈妈也就安心了，即使妈妈的心里再苦，也不会做那些傻事的。我现在就盼着，一家人能够平平安安地过平淡的生活。卓，妈妈很高兴看到你长大懂事，我知道，永远将你留在我身边这样对你不公平，我只希望你了解妈妈心里的苦和对你的爱。"

六十四、消散的，不仅是流年

根据母亲所说的发现他的地点，铭卓划定了自己有可能出事的地点的大体范围。原来，滨海就是自己的出生地。那是滨海市市郊的一个县城，现在由于滨海市的扩张，它已被并入市区范围，高耸入云的现代化建筑拔地而起，已经看不出江南水乡应有的古朴与典雅。在去当地公安局和民政局报过案、登发寻人启事后，铭卓来到了自己当时出事的海滩。

终于闻到了故乡久违的海风的味道，铭卓沿着自己曾经出过事的海滩寻找着过往的痕迹。水天相接处，自己出事后被救的地方，云雾岛，在朦胧的水雾里若隐若现。海鸥盘旋在天际，迎着微曦的晨光，狂舞着，这里拥有中国最美的海滨风光。不错，这样的景色，他曾经在云雾岛上看到过无数遍，但今天，却有不同以往的感觉。

海水时进时退，偶尔有一两颗贝壳搁浅在沙滩上。盛夏的早晨，海滩上的行人虽已经零零散散，但却络绎不绝。是的，这里已不是六七年前的那个小渔村了，旅游业的发展，使得这片原本寂静的沙滩，变得喧闹躁动起来。

铭卓缓慢地穿行在行人中，寻找着，期待着，叹息着，曾经的一切，都在时光的飞逝和海浪的侵袭中消散了，了无痕迹。

毓静在画了近百副风格不同的北方地区的画作后，在自己的家乡君安停留了一个多星期，去看了自己的奶奶和姑妈。看到她们都安好后，她又去看了父亲，在父亲的坟前献了一束他爱的紫色萱草花。然后，她背着画板，辗转来到了南方。是的，她要不留遗憾地将有生之年所见到的最美的人和景都留存在自己的画布上。

她沉浸在每幅画作完成时的满足感里，在稻田中暮年老人的皱纹里，发现自然雕刻的柔和精美的线条，惊叹大自然鬼斧神工的精湛技艺；在山水相依的融合里，看到了柔美与刚强的和谐统一；在穿梭于高楼大厦建筑工地上跛脚的送沙男孩黝黑的皮肤中，发现生活的广度；在连绵不绝的金色花海中，寻找挺拔向上的生命力；在翱翔天际搏击风浪的海鸥身上，发现努力活着的意义……即使会承受烈日的亲吻，风浪的洗礼，鄙夷不解的目光，她的精神和灵魂却得到了无以比拟的宽慰。就这样，毓静沉浸在无边的发现美、记录美、创造美的世界，忘了伤，忘了痛，忘了尘世的喧嚣和浮躁。

就这样一个人背着画板行走着，并不觉得孤寂，她的内心，有从未有过的充实和从容。

终于，她登上了开往向往已久的云雾岛的小船，船上有来自世界各地的不同肤色讲着不同语言的游客。她扶着乳白色的栏杆，静静地眺望晨曦中水天相接处那一抹惊艳的红。是啊，这是她所见的中国最美的海域了吧。海鸟在头顶盘旋,偶尔发出明亮的叫声。

不错,此刻的铭卓,正站在滨海的沙滩上,成为毓静眼中的景色;而船上的毓静,也同样成为铭卓眼中的风景。就这样,船舶缓缓开动,泛起依依水波,向着对面水雾笼罩着的云霁岛驶去。

这样的擦肩而过……

铭卓回到酒店吃完午餐,便接到了当地警察局的电话,说他所讲的情况和七年前发生的一起失踪案有点相似。铭卓立刻赶往警察局了解情况。接待他的民警跟他讲述了发生在七年前的一桩事故。

七年前的春夏之交,我们接到一名中年妇女的报案,说她正在上高二的儿子许得九离奇失踪,已经有两个星期没有回过家,也不在学校上课了,她和学校已经找了两天了,可是依然一点消息都没有。得九是个很乖很听话的孩子,从来没有这样过。经过调查,民警得知许得九是个很优秀的学生,不到十六岁就得了国家物理竞赛一等奖。这在当时的滨海可是首次。可就是这么优秀的学生突然间就失踪了!

经过多方查证,许得九当时正处于失恋期。在探访了他的几个同班同学后,我们得知,许得九暗恋他们班的一个女生已经很久了。这个女生姓张,可是名字记不清了。个性腼腆的许得九在向女生表白后,却被当面拒绝。我们后来查出当天许得九被拒绝后在滨海的一个黑酒吧里喝了很多酒,喝得烂醉,却没有钱付账。当时瘦小单纯的许得九不小心还得罪了酒吧里的一个顾客,所以被酒吧保安暴打一顿,他被打得几乎不省人事!酒吧老板怕弄出人命,就把他赶了出去,再后来,我们在海滩上发现了许得九的一只球鞋。但人已被海水卷走了，我们几乎搜寻了附近的整片海域都没有发现许得九的人，无奈只能认为许得九已经死了。只可怜了他的母亲，中年丧子！一夜间愁白了头啊。"

铭卓听后只觉得一阵感伤，问那警官道："我也不能确定我是不是许得九，只是可以肯定的是，我在七年前被人救起，身上也有很多伤，而且头部也受了重伤。对了，你们有当时报案妇女的地址或者联系方式吗？我可以直接去找她确认！"

"有，我帮你查到了。"民警说着将地址递给铭卓，并留了自己的电话号码，说遇到困难可以给他打电话。

铭卓接过纸条，心好像被什么东西牵住一样，隐隐作痛，"她是我的母亲吗？她肯定是。"铭卓想着，"因为自己，她这些年该受了多少苦呀！"

告别了警官离开警局后，铭卓便按照纸条上的地址找过去。照地址上看来，这里当时应该是一片靠海的渔村，但让他失望的是，这个地方早在五年前就已经被政府征用，用于开发海滨的旅游场地了！这里离自己早上去过的那片海域不远，两边只隔了一条小小的河流，隔江望去，下午的海滨浴场在热辣阳光的烘烤下，人迹罕至。

怎么办？已经过了五年，她搬去了哪里？自己还可以向谁去询问？

无奈，铭卓再次拨通了王警官的电话，向他说了自己所看到的一切。王警官对于这个村庄的去向也并不知情，但答应他帮他查询一下，并建议铭卓去许得九曾经上过的高中打探一下。在得知了许得九所在高中的地址后，铭卓马上赶往那里。

走在许得九曾经就读的高中校园，铭卓突然有似曾相识的感觉。进了大门，越过花园广场，便是一条笔直的层层向上的青石台阶，台阶两边，有苍翠挺拔的樱花树和广玉兰。"沿着层层台阶登攀"的校训赫然醒目地雕刻在最高处一座教学楼正面。铭卓沿着台阶一直走到顶，那是政教处所在的地方，铭卓敲门进去，说明来意后，政教处一位年轻的值班老师带着他来到了资料室，查到当时的许得九所在的高2005级15班的资料。看到资料照片的那一刻，铭卓一颗狂跳的心瞬间安静下来，照片上的许得九，正是年轻时的自己！让铭卓觉得更不可思议的是，张锦如，自己的大学同学，竟也是自己的高中同学！那么，她一定知道关于自己在高中的一切情况吧！那为什么她从未对自己提起过呢？铭卓百思不得其解。铭卓告别了政教处那位老师，找到了自己当年的班主任魏老师。魏老师见到他的一瞬间，好像有点不相信自己的眼睛！

魏老师激动地说不出话来。

"老师，不要怀疑，我就是当年的许得九！我被海水卷走后，被冲到云雾岛的沙滩上，后来被好心人救了，所以还活着。只是，我因为头部受伤，以前所有的事都记不起来了！"铭卓说道。

"你还健康地活着就好！"魏老师激动地说道。

"老师您知道当时发生了什么事导致我溺海的吗？"铭卓问道。

"据我的了解，这也是从你同桌赫小敏那里了解到的，她说你喜欢当时班上的一个女生，但她和你之间有过节，她对你比她学习好抢了她的风头而耿耿于怀，经常捉弄你、欺负你，让你下不了台，但你却依然深深地喜欢她。她为了报复你得了全国物理竞赛一等奖，就和班上的另外一个男孩在一起了，而且当着很多同学的面羞辱你，伤害你的自尊心，后来就出了这样的事。"魏老师说道。

"那女孩是谁？您有她的联系方式或者照片吗？"

"好像是张锦如，她已经大学毕业了吧。"

"张锦如？我当时是因为喜欢张锦如而溺海的？"铭卓迅速地回忆着大学时自己对锦如的印象，这样一个温柔可爱的女子，怎么可能当面羞辱自己、挫伤自己呢？铭卓决定一定要搞清楚事情的原委。

"老师，您知道我母亲现在的地址、张锦如家里的地址和我当时那个同桌小敏的地址吗？"铭卓问道。

"你还没有回家？"魏老师说道。

"嗯，我刚从美国治病回来，我也是刚刚知道我的身世。"铭卓说道。

"你母亲要是知道你还活着，她该多高兴啊！唉……这么好的一个孩子，命怎么这么苦呢！"魏老师神情黯然地说道。

"您快告诉我，是不是我妈妈她出什么事了？"铭卓急切地说道。

"孩子，你要坚强啊，你妈妈她因为四处找不到你，在你离开后的第二年，就寻了短见啦！"魏老师黯然说道。

铭卓听到如此噩耗，几乎不肯相信自己的耳朵！

魏老师不知该怎么劝慰他，只在一旁轻拍着铭卓的肩，并在他的茶杯里加了点水，说道："孩子，发生了这样的事，真的让人很难过，不过，一切都会过去！你现在还好好的，就是最大的福分呀！"

"老师，您能带我去我家里看一下吗？"铭卓问道。

路上，魏老师问起铭卓这些年是怎么过的，铭卓如实说了他如何被李香兰救起，如何当了铭基集团董事长的儿子，如何上了大学，如何去美国接受治疗。

这些经历，让眼前的魏老师惊叹不已。铭卓又问了锦如家的境况和地址，说过后去她家里了解一下情况。他还从魏老师那里得到小敏的电话号码，准备明天约她出来谈谈。

说着便到了得九母亲的住处，这是一处偏僻狭小而简陋的民房，院落里荒草丛生，房体由于年久失修而显得破烂不堪。

铭卓看到这房子的第一眼，便觉得心如刀绞。这几年，母亲独自一人就住在这么个破败不堪的小屋里吗？铭卓想到这里，不禁悲从中来。

"这就是我母亲一直住的地方？"铭卓问道。

"嗯，自从搬迁后，你母亲本来是分到了国家补助的一套经济适用房的，但由于她一直在找你，自己也没有工作，身体又不好，需要钱，所以就把那套房子卖了，自己搬到老房子来住。"魏老师说着不禁长叹一声。

铭卓听着魏老师的话，眼睛里有泪水在蠕动。

"自从你母亲出事后，这里便没有人再居住，我探亲曾经路过这里，见房门大开，里边的东西被人翻得乱七八糟，想着是小偷来过，所以配了把锁，将门锁起来了。"魏老师说着打开了锁，推门进去，一股发霉腐烂的气味扑面而来。屋里凌乱不堪，所有值钱的东西已经被小偷洗劫一空。铭卓拾起散落在地面上的一个相框，擦去破碎玻璃面上的尘土，相框露出小时候的自己和母亲的合影。铭卓看着母亲年轻时的笑颜，不觉泪如雨下。

"得九，节哀吧，你母亲要是在，也不想看到你为她伤心难过啊。"魏老师安慰铭卓道。

铭卓默默擦去眼里的泪，说道："老师，我懂，只是看到母亲，有点伤感。"

铭卓砸碎相框，拿出那张相片，放到了自己的皮包里。就当作是对母亲的纪念吧，铭卓在心里想着。

铭卓转过头，向凌乱的屋里看起来比较整齐醒目的一个书架走去，铭卓拿起书一一翻看，那是许得九从小学一年级到高中二年级所有的课本和作业本。生活这么艰难，家里已经没有什么东西可以拿去卖的时候，母亲也没有将这些百无一用的书本卖掉，这是得九留给她最后的"财产"了吧。铭卓看着许得九的全国高中生物理竞赛一等奖的奖状和证书，眼睛再次湿润了。

一旁的魏老师见状，不知该怎样去安慰这个苦命的孩子，心想着："让他哭吧，哭出来或许会好点。"便自己走了出去，留铭卓一个人在屋里静静的感怀。

铭卓继续翻看着，看着曾经的自己，许得九的手迹，他是一个细腻、爱学习的孩子吧，语文书上有写得密密麻麻的读书笔记，数学题目做得一丝不苟。铭卓看着这些自己看不出思路的题目和许得九工整的演算步骤，心想着："他也很聪明吧！"铭卓继续往书柜的下边一层翻找，一个硬皮的金色封面的日记本瞬间吸引了铭卓的目光。铭卓拿出它细细观看，金色的太阳花在灿烂的阳光下耀眼地绽放在广袤的原野。"他也是一个sunshine boy！"铭卓在心里想着，"热爱生活的家伙"！翻开来细看，却是一篇篇让人伤感的日记，让铭卓看到心碎。

爱一个人，原来可以这样深沉。看着许得九写给锦如的心里独白，自己和得九有着同样的境遇。铭卓想起了毓静，自己曾经深深迷恋过的女孩，她还好吗？她已经毕业了吧，工作了还是继续在学习？一切都还顺利吗？是否已经和她的学长甜蜜地结婚了呢？

许久，铭卓带着那本日记，走出了屋子。

"得九,节哀。"魏老师安慰铭卓道。

"老师放心,我没事的。"铭卓坦然地说道,"谢谢老师陪我过来,我们回去吧。"

铭卓送魏老师回到家后,便急忙告别了老师,去寻找自己高中时的同桌——赫小敏。

此时的天际已微微泛黄,西下的太阳,发出琥珀色的柔软光晕。铭卓拨通了赫小敏的电话,却一直没有接通。铭卓就一直拨,不知拨了多少个电话后,对方的手机竟然关机了。无奈之下,铭卓只好赶着搭乘最后一班船回云雾岛了,打算明天一早再乘船回到滨海。

第九卷 整个夏天,想和你环游世界

在夏末,告别炙热的夏天,只余夕照的温暖、荷叶听风的惬意。在夏末,将所有幸福封存在心底,细细品味,有你朦胧的微笑和清新的气息。

有你的这一整个夏天,会有熟悉的惊悸,会有封存的甜蜜,在暖风里一点点缓缓绽放。你的身影,繁盛了生命里骄阳似火的每一个夏天。这一整个夏天,想和你一起环游世界。紧紧牵你的手,仰望天空,倾听大海的波澜壮阔,体味璀璨星空的高远。

六十五、柏拉图的世界,没有眼泪

毓静到达云霁岛后,完全被岛上原生态的自然美景陶醉了。岛内有一片原始的季雨林,巨大苍翠的榕树上栖息着种类繁多的海鸟,这是她第一次目睹如此粗壮的榕树!阳光透过树叶的间隙斜射下来,如同一缕缕金色的丝带飘扬在暗香浮动的空气里。她支着画板,画着她所见的具有热带风情的一幅幅美景。画着画着,竟忘记了时间已近黄昏。毓静穿过季雨林,回到了停船的海港,沿着夕阳下的海岸缓慢行走,陶醉于金色天际笼罩下海浪敲打着峭立岩石的壮美景色。她再次支起画板,沉醉在挥动笔尖的浓墨重彩里。

铭卓终于赶上了最后一班开往云霁岛的船。四年了,云霁岛,这个承载着童年记忆和欢笑的地方,终于回来了!久违了,记忆中的故乡。上岸的那一刻,熟悉的桂花香飘散在黄昏、暖湿、暧昧的空气里,海风轻抚发梢,带着云霁岛特有的气息。铭卓沿着夕阳下金黄色的海岸走着,看着游人如海水一样零零散散地退去,赶着搭乘最后一班开回滨海的船舶。

举目望去,夕阳金色的怀抱里,竟有依稀缥缈的身影在支着画板作画!海藻一样的长发,随着海风飘然起伏。铭卓的脑海,再次浮现画室里毓静作画的身影。应该不会是她吧,毕竟这里离流苏城隔着十万八千里的距离!到底是怎样的女子,有这样的情致,一个人在黄昏的海港作画?这件事情本身,就美得像是一幅诗情画意的画作。

铭卓静静地走近,却又不敢靠得太近,怕惊扰了这样一幅美景。就这样隔着十几米的距离,静静地看着。这是一个略显瘦小却高挑的女孩的背影,映着夕阳下被染成一片红色的海水和天空,像是在梦境中一样,美得那样不真实。

铭卓不忍错过这样美好的景致,开动手机相机,"咔嚓"一声按动了快门。

毓静听到声响侧转过头,铭卓瞬间呆住了!他呆立在原地,有点不相信自己的眼睛。

"是你,铭卓?"毓静跑过来,惊讶地说道。

"我是毓静,林毓静,你不认识我了?"毓静问道。

"我……"铭卓激动得说不出话来。

"你的病好了吗?真是谢天谢地,我听锦如和陶旭笙他们说你失忆了,你因为我出了车祸,我一直很内疚和自责呢,看到你可以健康地回来,我真的好开心!"毓静喋喋不休地说着。

"我……我没有在做梦吧?"听着毓静的声音,铭卓傻傻地问道。

"没有,当然没有!"毓静说着拉着铭卓的手向自己的画板走去。

"你看,这是我画的!这里的海景好美。"毓静指着自己的画作说道。

"嗯,真的好美,不过,你比画更美。"铭卓轻声说道。

毓静莞尔一笑,露出洁白的牙齿,拉着铭卓齐坐在一块相对光滑的礁石上。海风从耳旁掠过,带走中午烈日烘烤过的燥热。

"你什么时候回国的?我怎么一点都不知道。"毓静问铭卓道。

"刚刚回来,就在这里遇见你,真是太有缘啦。"铭卓笑说。

"看到你健康地回来，真的很开心。"毓静说道。

"你呢？一切都好吗？怎么一个人来了云雾岛？"铭卓问道。

"说来话长，来，给你看看我这些天的成果！"毓静拉着铭卓站起身，取出画夹里自己的一幅幅写生作品。

"这些，都是你画的？"

"嗯,毕业后,没有去工作,也放弃了继续读书,一直在画画。呵呵，可能你都不相信，我已经画了一百多幅画了！"毓静看着铭卓赞赏和惊讶的表情，心中不禁有欣慰和满足的感觉。

"为什么不去读书或者找份工作呢？"铭卓接着问道。

"或许，是想给自己放个假吧。"毓静低眉颔首道。

铭卓看着毓静，这一天伤痕累累的情绪，也瞬间明亮起来。

"对了，还没问你，这些年过得好吗？美国那边应该很好吧。"毓静问道。

"走，去我家，我们坐着慢慢说。"铭卓说着拉着毓静往自己云雾岛的别墅走去。

"等一下，我把画板收拾一下。"毓静说道。

两人收拾好画板，铭卓背起画夹和画板，毓静小心翼翼地拿着油彩尚未晒干的晚霞海景图，跟着铭卓来到岛上一处环境优雅的白色别墅。这是一座地基由岩石铺成的巴洛克建筑风格的别致建筑。

"这就是我从小长大的地方。"铭卓对毓静说道。

"真的好美。"毓静忍不住惊叹道。

"四年都没有回来了，不知道会不会有变化。"铭卓说着推门进去，一股饭菜的香味扑面而来。"有人在做饭？"铭卓心想着。

听到客厅的脚步声，王妈和杰明都从厨房里走了出来。

"给你们介绍一下，这位是林毓静小姐，我的大学同学，第一天回国就在家门口碰到，真是有缘！"铭卓拍着毓静的肩膀说着，"毓静，这是杰明，这是王妈。"

"林小姐好。"王妈和杰明齐声道。

"王妈好，杰明好。"毓静回礼道。

说着杰明吩咐王妈去沏壶消暑解渴的菊花茶，铭卓亲自帮毓静将行李放入客房，便和毓静边喝茶边聊天。不一会儿，饭做好了。

看着一盘盘香气四溢的饭菜，毓静忍不住说道："好香。"

"可以吃啦！别客气哦。我已经饿得不行啦。"

两人就这样香香地狼吞虎咽地吃起来。

边吃边聊着，"我忽然想起我在流苏城过生日时你做的黑芝麻炖乳鸽，想起来都流口水呢。"铭卓说道。

"有机会我再做给你吃吧。"毓静挤出一个微笑说道，"想起在流苏城发生的那些事，我觉得很愧疚。"

"为什么愧疚啊？"铭卓问道。

"要不是我，你也不会出车祸，也不会受那么严重的伤。"毓静若有所思地说道。

"这其实跟你一点关系都没有！是我以前就有伤，本来不该自己逞强开车的，医生说，只要我开车，就会很危险！所以，根本就和你没有关系！你不要放在心上，这样反而让我心里很难过。"铭卓说道。

"可是……"毓静听着铭卓的话，心中有无限的温暖在涌动，鼻子酸酸的，眼里沁出感动的泪水。

"毓静……"铭卓不知该说些什么。

"听到你这样说，我真的很感动。"毓静擦着眼睛说道。

"你还是笑的时候好看。"铭卓说道，"这几天你就住在我们家吧，白天方便出去写生。"铭卓说道。

"可是……会不会影响你家里人？"

"放心吧，我爸妈不在。"

"那好吧，我正愁这里没有住的地方呢！"

吃完饭，铭卓提议去海边吹吹风。一路上无话，只有空气中浮动的桂花香味。

"这些年过得好吗？"铭卓的声音打破空荡的寂静。

"还好吧，百无聊赖的大学生活。那你呢？"毓静问道。

"百无聊赖的病床生活。"铭卓回道。

"其实，一直想要联系你的，只是……"毓静无奈地说道。

"我了解，是雨薇和锦如她们为难你了吧？"铭卓说道。

"没有啦！"毓静轻声说。

"和学长还好吗？"铭卓问道。

微凉的海风中铭卓听不到毓静眼里藏不住的涩涩的悲伤，耳旁传来浪涛拍打海岸的呼啸声。已经走到海岸边了。

"他如果欺负你，就告诉我吧！"铭卓的口气坚定中略显犹豫。

"没有，只是……或许我们不合适吧。"毓静轻声说。

"毓静，其实第一眼看到你，觉得你和四年前有很大变化，眼里多了很多忧伤。他对你不好吗？"铭卓问道。

"没有，是你想多了吧。"毓静说道。

"和他分手了吗？"铭卓继续问道。

"嗯，他爱上了别人，所以就分手了。"毓静的口气越是波澜不惊，就越掩饰不住心中的创伤。

铭卓听到毓静的话，心像是被什么东西刺了一下，生生地疼。

"我选择离开，本以为你会幸福。"铭卓低声说道。

"我现在其实很幸福。可以这样遵从自己心的方向，自由自在、无拘无束地活着，这是我想要的生活。"毓静的长发随风飘起，落在铭卓的鼻尖。

闻到一股薰衣草的幽香，"我喜欢拥有薰衣草幽香的女子，清雅坦然，就像她对待生活的态度。"铭卓说道。

"我和雨薇也已经分手了。"铭卓转过脸说着，静静地看着毓静。

"为什么？雨薇是个好女孩。"毓静说道。

"有时候觉得她做这些真的不值得，优秀而美丽的女孩，可是却走了这么一步。"铭卓说道。

"雨薇怎么了？喜欢你难道错了吗？"毓静问道。

"说出来你可能都不会相信，她接近我，和我在一起，完全是设计好的。她其实比我们大好多岁，是镇海投资集团的董事长助理。她其实根本不姓暮，而姓颜。她根本不是暮镇海的女儿，而是他的'下属'，接近我的目的，只是想要得到铭基集团的投资资金。而且暮镇海是一个和我父亲有过节的人，他们接近我都是有目的的。"铭卓淡淡地说道。

"你是从哪里知道这些的？雨薇在你受伤之后，不是也休学去美国照顾你了吗？"毓静惊诧于铭卓所说的一切。

"是的，在我受伤后，得到了暮镇海和雨薇的帮助，转到了美国那间医院。而且，她在得知我可能站不起来时也没有表现出半点怨言，原本母亲想，只要我醒来，就马上让我和雨薇结婚，但父亲觉得事有蹊跷，便派侦探偷偷查了雨薇的家庭背景和暮镇海的公司，才知道这完全是一个骗局！"铭卓激愤地说道。

"真的不可思议。"毓静说道。

"我也不敢相信,原来在我们所看到的世界背后,竟是这样的表里不一!"铭卓说着,内心汹涌翻腾,要不要告诉毓静自己根本不是铭基集团的少公子,只是一个出身普通的男孩而已?而且,亲生母亲因为自己而辞世,自己现在已经沦为孤儿了!

可是,这样的话,毓静能接受这样离奇的事实吗?能接受这样一无所有的自己吗?铭卓思而不解,内心无比的纠结。但转念一想,如果毓静因为自己是铭基集团的少公子而接受自己,那不是和雨薇她们一样,根本不是喜欢真正的自己了吗?可是,如果毓静真的再次拒绝自己怎么办?自己将再次失去爱的机会!

终于,铭卓还是没能说出口。不久,微凉的海风吹得毓静瘦小的身体瑟瑟发抖,两人便回了别墅。

毓静洗完澡后便早早睡了,而铭卓再次拨通了赫小敏的电话。终于,另一头传来了小敏懒懒的声音:"喂,找谁?"

"你好,是小敏吗?我是许得九。有点事,明天想找你谈谈,请问你有时间吗?"铭卓说道。

小敏以为自己听错了,瞬间从恍惚的睡梦中惊醒:"什么?许得九?真是见鬼了!"说着挂了电话。

不久,只听到电话铃声再次响起,小敏觉得不对,接过电话。只听到铭卓说道:"小敏,我没有骗你,我正是你的高中同学许得九,我被人救了,没有死,所以想找你了解一下我们高中时候的事情。请你相信我。"

"你真的是许得九?"

"嗯,我是许得九。"

"明天中午十一点下班后我有时间,你打我电话好了!"

"好的,谢谢小敏,打扰你休息了。我到时候联系你,晚安。"铭卓客气地说道。

"晚安。"

六十六、独自缅怀那些消逝的不为人知

午夜的天空,闪着无数熠熠生辉的星。四处奔走了一整天的铭卓,依然久久无法入眠。翻开许得九那本沉甸甸的日记,那一字一句看得让人心碎。到底有多么深的伤痛,才能让一个原本优秀的男孩对生活彻底绝望?或许,是他的感情世界太单纯、太细腻,而他却承受了一份原本应该只有灵魂足够粗糙的人才可以承受的廉价而功利的感情。他却因这份所谓的爱情,付出了自己所有的灵魂。

张锦如,这到底是怎样的一个女子?为何要如此残忍地伤害一个已经爱她爱得遍体鳞伤的傻男孩?

许得九,你这个不孝子!难道你就没有为自己的母亲想过吗?你的生命里,难道只有那份微不足道的爱情吗?因为这样一个女子,你可以置母亲所给予你的沉甸甸的希望和亲情于不顾吗?母亲从小将你含辛茹苦地养大并付出了多少爱呀!你却让她在有生之年承受白发人送黑发人的巨大痛苦!母亲因寻你不着抑郁而终!而你,却在这豪门之内享清福!

不对,母亲为了寻找儿子,连房子都卖了!怎么可能还没见到儿子就在卖房后一两个月这么短的时间里,寻了短见呢?她一

定不是自己寻死的!

"母亲,儿子对不起你!到底是谁害死了你,儿子一定为你讨回公道!我一定要搞清楚!许得九的'失踪'和张锦如之间到底有什么关系!到底经历了什么,母亲就这样不清不白地死了?"铭卓脑海中不停地责问着自己。

夏日午夜的海风清凉地吹着,拂去白昼所有的燥热,铭卓带着莫名的伤感,渐渐地在凉风的轻吻中沉沉地睡去。

第二天一早,天刚微亮,铭卓便起了床,吩咐王妈照顾好毓静后,便再次启程前往一衣带水的滨海,探访许得九和自己母亲的死因。杰明要求和铭卓一起去,但被铭卓回绝了。

铭卓搭乘着最早的一班船,赶上了滨海的第一缕日光。

因为小敏需要上班,铭卓决定先从锦如的家查起。坐着计程车,来到了魏老师提供给自己的锦如家的地址。放眼望去,这是一片破旧的城中村。按照稻香村172号的地址,铭卓找到了锦如家的住处,是一桩破旧不堪的两层民居楼。铭卓进去一问才得知这里并没有铭卓要找的张锦如母女,只居住着一群来滨海打工的外地人。从一位好心的房客那里得到了房东的联系电话后,铭卓拨通了房东的号码。

"房东你好,我是张玉云的远方亲戚,有很要紧的事找她却找不到了。请问您知不知道她现在在哪?"铭卓问道。

"你说张玉云?她早就不在我那里住了,你还是去别处打听吧。"房东说完就挂了电话。

铭卓再次拨通了房东的电话:"不好意思,房东先生,我想和你当面了解一下张玉云的情况好吗?"

"我不是都说了那女人早就不知道搬到哪儿去了!你去其他地方找吧!"

"房东先生您别挂！如果您提供她的任何信息，我都会给您报酬的！"铭卓急切地说道。

"有报酬？多少？"房东将信将疑地问道。

"先给一万，如果能帮忙找到她，再给三万。"铭卓随口说道。

"当真？"

"当然。"

就这样，铭卓等到了这个一身痞子气的中年男人。

铭卓谎称张玉云是自己的表姨，家里出事了正在找她，并塞给那男人一万块钱，从他那里得知了不少有关张锦如母女的事情。

原来张锦如自小丧父，跟着母亲张玉云一起生活，她们本不是滨海本地人，张玉云丈夫死后，便带着女儿来到这举目无亲的滨海，由于生活所迫，张玉云曾经为了锦如出卖自己的身体。张锦如上了高中后几乎不回家里住，可能也是碍于颜面。其实张玉云走上这条路，听她自己说是为了给女儿锦如治病，正是那年，锦如生病休了一年学，那一年，张玉云便做上了那种事情。锦如病愈返回学校，竟害得一个男孩为她溺海而死！那男孩的母亲经常来闹事，而张家母女就经常躲着不见她，后来干脆搬到镇上的一片贫民窟去住了。那女人找的次数多了，却又见不着，话语间总觉着那女人精神都快崩溃了！听说她还经常去她儿子的高中闹事，找张锦如算账，让她连学都上不了了，只能又休学了一个学期。再后来，张家母女又搬了回来，听说是那闹事儿的疯女人想不开，割腕自杀了！

"您要是能帮我找到张玉云现在的住处，再给您三万，决不食言！"铭卓说道。

"好，一言为定！就冲着兄弟这句话，哥就是上刀山、下油锅,挖地三尺也给你找到那女人!"男人坏坏地笑着说。

铭卓看了看时间,已经快十一点半了,坏了,见小敏要迟到了,就急忙告别"王哥"。他拨通了小敏的电话,约好在离小敏工作地点较近的一个茶餐厅见。

铭卓到后,四下张望,见一个略显肥胖的扎着马尾的女人独自坐在角落低头发呆,便走了过去。看到自己的第一眼,女孩惊讶中略带娇羞的神色反倒让铭卓不好意思起来。

"你是……小敏?"铭卓询问道。

"臭小子!你连我都不认识了?"小敏狡黠而温柔的语气表明,她和许得九之间关系一定非同一般。

"呵呵,小敏,让你等久了吧?先点菜,我们吃完饭再说。"铭卓说着招呼服务员拿菜单过来点菜。

铭卓将菜单递给小敏说道:"点几个你喜欢的菜吧。"

"你点吧,我都不知道哪个好吃。"小敏说道。

"小敏你不要客气,今天就当是朋友久别重逢,你能来,我很开心,就怕耽误你的时间,喜欢吃的,就点几个,别客气啊。"

"得九,你这些年都去哪里了?怎么一点消息都没有?"小敏问道。

"说来话长,我意外溺海差点淹死,后来被人救了,可是,以前的很多事都记不起来了,所以想找你了解一下当时我们班上的情况。"铭卓说道。

"得九,真的吗?你连你妈妈也忘了吗?你知不知道,你不在的这段时间发生了好多事。"小敏看着眼前透着一丝陌生的许得九,眼神里流露出些许哀怨。

"我昨天去见了魏老师,所以知道了一些事。"得九压抑着自己内心失去母亲的痛苦。

"那么关于伯母的事,你也知道了吗?得九,不管发生什么事,你都要坚强啊!毕竟,你还有我们这些关心你的朋友啊!"小敏通红圆润的脸,显露出生怕得九因为失去母亲的事而想不开的表情。

"小敏,我没事的。"铭卓不敢直视小敏关切的眼神,"你知道我母亲是怎么去世的吗?"铭卓接着问道。

"你不知道,你失踪的那些日子,伯母每天都去学校找你,找同学了解你的情况。后来警察也来了,说只在海边发现你的一只球鞋。得知你当时是因为锦如才失踪的,才溺水的,伯母因不能接受你的离开,每天都去学校找锦如'算账'。后来,锦如因为伯母的缘故休学了。那时,一有空,我就会去你家看看伯母,失去你后,她的精神状态很不好,经常自己一个人拿着你得奖时的照片默默流泪,有时一两天都吃不下饭。因为太多次的哭泣和极度的哀伤,伯母的眼睛也慢慢地越来越模糊。光线暗的时候,完全看不清东西。所以我一有空就去照顾她,帮她打水做饭。即使这样,她也没有放弃过找你的希望,她相信你一定还活着。她为了找你,将国家拨给她的房子都卖了,自己却搬去了荒草丛生、阴暗潮湿的早已被废弃的老宅。可是……后来……"小敏已不忍再说下去,只见她的眼里有大滴的泪掉落下来。

铭卓看着因为自己母亲去世而伤心欲绝的小敏,心中顿生一股感激和羞愧之情,外人尚且能对母亲如此用心,而身为儿子的自己却一手将母亲推向绝望的深渊却浑然不知,自己就是母亲悲剧的缔造者!铭卓想着,泪不禁也掉了下来。

小敏回过神,擦去眼眶中残留的泪痕,看着同样沉浸在悲痛中的许得九,说道:"得九,伯母死得蹊跷啊!"

得九听到这话,不觉一惊:"小敏,你是不是知道些什么?"

六十七、What You See is Your Shadow

人们喜欢看到盛夏天际盛开的暗灰色蘑菇云,因为这意味着凉爽的甘露即将倾洒大地,洗去烈日笼罩下的沉闷和燥热。不知是谁说的,夏天的天气像是娃娃的脸,想哭就哭,想笑就笑,够洒脱,够自由,够善变,如魅影般琢磨不定。

突然间,大雨倾盆而下,洗去一身尘埃。眼看着小敏上班要迟到了,铭卓突然后悔没有让杰明和他一起来,如果他来了,就不用这么费事拦车了!铭卓突然想起自己的劳斯莱斯,那是自己考上大学那年景铭基和李香兰送给自己的礼物!当时他只是想要一辆跑车,可是,没想到景铭基却送给自己这样一辆豪车!记得当时他试车时景铭基的话:"你是我们铭基集团的少公子,只有这款劳斯莱斯才配得上你的身份!"然而,正是这被称为"魅影"的可以让自己体会飞一般感觉的豪车,险些要了自己的性命!

看着雨雾中远去的小敏的背影,他第一次觉得,原来自己是如此渺小。不仅是对于小敏,更是对于母亲,在小敏没有去探望母亲的一个月里,母亲到底经历了什么?什么事情让母亲失去了寻找自己的希望?

铭卓反复回忆着小敏的那些话,不错,母亲死前的一个月,是有着顽强的意志力和寻找自己的希望的!由于小敏升入高三且课业繁重而没有很多时间去看母亲,就在这短短的一个月里,母亲便出了事,母亲一定是经历了很多让她难以承受的事情吧!可是,按照小敏的说法,母亲心中坚信自己还没有死,怎么可能选择自杀呢？而且，母亲死后，并没有亲人在身边，母亲的财产也没有人知晓到底有多少、到底去了哪里。会不会是有人看中母亲刚刚卖房后手中的钱而对母亲痛下杀手？事后，有没有人找到母亲的存折或现金？想起这些，铭卓便又悔又恨。恨自己的一时冲动，让母亲遭遇不幸。

雨滴倾盆而下，空荡荡的街景在雨雾的笼罩下尽显灰黑的颜色。铭卓走着，许久竟拦不到一辆车。不一会儿，背后竟有一辆黑色林肯停在了自己的右侧。熟悉的声音在雨声中显得不那么真实。

"少爷，快上车！"

铭卓循声望去，果然是杰明，便上了车，吩咐杰明朝滨海市警察局驶去。

车上杰明一边询问着铭卓的身体和寻找亲人的情况，一边递给他一条干净的毛巾，见铭卓默不作声，便也不再询问下去。

两人一路来到了滨海市警察局。铭卓吩咐杰明等在车内，便只身进了警察局。他找到当时接待自己的那位刘警官，便又询问起自己母亲的事。

但翻开档案，自己母亲死亡时的资料并不在档案袋里，刘警官询问起母亲死亡时的地点，铭卓便告诉他是在离当时的滨海县城几十公里的隶属于当时龙水镇的一处偏僻的废弃民房里。

刘警官若有所思地告诉铭卓，当时龙水镇当地的一般刑事案件均是由当地派出所自行办理的，若有特大影响且范围广的案件才会移交县公安局。所以，当时的案件审理情况，应该还在当地公安局存档。

带着刘警官的介绍信，铭卓便和杰明驱车前往龙水镇派出所调查当时的情况。一个年轻警员接待了他们，经了解，当时办案的李警官已经退休,所以要了解案发时的情况,只能通过找出当时所存的档案细读了。

经过一番查找,终于找到了当时的记录!档案中如是记录着当时的情况:当时接到报案时尸体已经高度腐烂,外貌特征很难辨识,只在其左手手腕上发现一处不浅的刀痕。通过当地某些居民提供的信息,死者丈夫早在十几年前已经死亡,而不久前她唯一的儿子也葬身大海。我们的第一反应是这是一起自杀案件,因为从现场特征来看,屋里没有打斗过的痕迹,屋内财物也没有丢失,从死者的衣柜里发现五万元现金且完好无损,所以排除了因财谋杀案的可能性。那会不会是仇杀呢?据我们了解,死者生前为人低调,人缘也极好,从不与人交恶。所以,当时的判定,死者因接受不了儿子死亡的事实,而选择了自杀。死亡的原因极有可能是手腕上的大动脉破裂,失血过多而致。

而后来,我们了解到,死者生前曾经与和自己儿子死亡有关的一对母女发生过口角。但经查证,有证据证明那对母女在死者死亡的那段时间里不在案发地。而且,经检查,那女人张玉云原来患有严重的脊髓小脑共济失调,完全没有能力作案。所以当时这起事件就被定为简单的自杀案件。

铭卓细心地记下关于母亲死亡案件的细节,发现了很多可疑之处。比如,母亲变卖的房产价格和当时母亲身边的现金数量完全不符。还有,所谓的张玉云所患脊髓小脑共济失调到底是怎样的病症?使得她没有杀人的能力这样的论断到底成不成立?所谓的不在案发现场的人证到底是否真实可靠?

铭卓深知再询问这样一个年轻的不知当时现场的小警员根本问不出个所以然,即使现在提出上诉,翻案的可能性又是多大?这些问题萦绕在铭卓的脑海。铭卓经过深思熟虑后决定,先不提翻案的事，暗地里调查，等找到充足的证据后再说。

铭卓再次拨通了张玉云曾经的房东"王哥"的电话，询问张玉云现在的住处是否已经找到。只听那王哥"哼哼唧唧"说不出个所以然来。铭卓便说若打听不到，后边的三万块就别想要了。王哥听罢连说一定尽力打听到。铭卓早看出这个王哥只是看中自己的那份钱，听说他嗜赌成性，所以铭卓认定，他一定会为了钱尽快找到张玉云的住处。

回到滨海市区后，铭卓便又随杰明驱车前往当时出具张玉云患有脊髓小脑共济失调病例证明的滨海市医院，探访当时张玉云的病情，其结果让铭卓大吃一惊。铭卓看着医生拿给自己的所谓脊髓小脑共济失调症的介绍书，心中不禁微微地颤抖。"脊髓小脑共济失调3型，主要病变为脊髓后索及侧索、脊髓小脑束与锥体束慢性变性。多在五至十五岁隐袭起病，进展缓慢。中年时期病症较明显。最早的症状为两下肢共济失调，走路不稳，步态蹒跚，容易跌倒，站立时两脚分得很宽，向两侧摇晃。以后两上肢出现共济失调，可有意向性震颤，但上肢症状往往轻于下肢。也可有躯干性共济失调，站立或起身时身体摇摆不稳，讲话含糊不清或呈吟诗状。肢体无力。可出现胫前肌和手小肌轻度萎缩，缩深觉明显减退，膝反射减弱或消失，肌张力低下，锥体束征阳性。多数患者有眼震，常有脊柱后侧突和弓形足，并可有脊柱裂、指（趾）并合等。疾病早期即有心电图异常，但只有1/3病例有心脏病的症状或体征。"

如果张玉云真的患了这样的病的话，现在岂不是已经瘫痪在床，变成"活死人"了吗？锦如的母亲张玉云到底有没有患上此病？铭卓焦急地等待着韩医生的答案。

不久，铭卓便等到了当时为张玉云问诊的刚从手术室里出来的韩医生。当铭卓得知张玉云当时确实患有脊髓小脑共济失调3型,并且拿出当时的化验单时,铭卓一颗悬着的心变得更加迷惑。如果她真的患有如此严重的疾病的话,那到底是谁害死了自己的母亲?自己又该怎样为已故母亲的亡灵申冤?

当铭卓跌跌撞撞地走出滨海医院时,天色已变得暗沉,昏黄的路灯在蒙蒙雨雾中发出迷离而温暖的色泽。但此时的铭卓,心已被对母亲沉甸甸的愧疚感所填满。去花店买了一大束的矢车菊,他再次驱车前往距城区几十公里远的安溪公墓,从龙水镇派出所查到的安葬母亲的地方。站在母亲的墓碑前,铭卓泣不成声。冰凉的雨水滴下来,混杂着泪的味道,分不清是雨是泪。

面对失去亲人而悲痛万分的铭卓,杰明深深懂得,此时的千言万语,都无法让铭卓释然,所以,他选择了静静地看着他,默默地在旁边支持他。当铭卓泪尽的时候,杰明便送他回了滨海。车子到达码头后,杰明便驾驶林肯驶向董事长的私人游轮维多利亚号的登录通道。登上游艇后,杰明帮铭卓放水洗了温水澡。由于淋雨和过度悲伤而发烧的铭卓吃下退烧药后便安然入睡了。

铭卓早上离开云雾岛后,毓静便背着画板外出写生。中午吃完饭后,便下起了暴雨,毓静只能独自待在别墅里看电视,王妈见她无聊,便提议她去铭卓房间上网,说这是少爷吩咐过的,一定要照顾好毓静小姐。毓静想想,自己已经有近三个多月没有上网了,好像自己已经被隔离一般,完全脱离了外边的世界。上网看看同学老师们的近况吧,毓静想着便拿了王妈放在茶几上的钥匙,开门进了铭卓的房间。这是一间充满阳光气息的大男孩的房间,橄榄绿色的壁纸,给人柔和的清新感。墙壁上挂着一幅几年前红极一时的音乐才子周杰伦的海报。落地窗旁支立着一只足有一人多高的望远镜。透过望远镜,可以清晰地看到盘旋在云雾岛雨雾中的海鸟湿漉漉的羽毛。一旁的书桌上，有静立着的摇滚天王猫王的玩具公仔，摆放整齐的乐谱以及文学读物，以及各种各样的生日礼物和圣诞节卡片。书桌的一旁，是一架散发出纯黑色质感的钢琴，这是一架原产德国的施坦威钢琴，算得上当今世界顶级的钢琴了。毓静想着，轻轻地打开琴盖，轻抚黑白相间的琴键，音色饱满圆润，充满质感。钢琴的右侧，一台苹果的台式电脑精致中略显得有些笨拙。电脑桌上堆满了各种风格的音乐CD。毓静打开电脑，随手放了张碟进去，是欧洲古典钢琴曲。看来铭卓最喜欢的，依然是古典轻音乐啊。她忽然想起铭卓为自己写的那首曲《偶遇》，突然觉得铭卓一直在用心温暖着自己，付出爱的人，总是傻得义无反顾。

　　毓静一边听音乐一边挂上自己的QQ，有很多留言，一一翻看，有老师同学的询问，有曾经一个工作单位的催促，也有忆远学长发来的问候。毓静看着这些淡淡的温暖的文字，突然觉得自己还是很幸福的。毓静一一回复，并告知他们自己现在的境况很好。看到锦如的留言，毓静的心有所触动。即使她和忆远在一起了，她依然无法去恨她，每当锦如让自己难堪时，她总是记起她依偎在自己肩膀哭泣时自己安慰她的话：

　　"我从白日走来却没有黑夜的感觉，在这个熟悉又陌生的城市里，我是孤独的。"

　　"小如，我们都一样，孤独地面对着漫长的冬夜，孤独地守候着未知的明天。"

　　"每个人都孤独吗？不，我们不一样，你们和我不一样，我最孤独。"她说，"你们都很幸福，你有学长，紫萱有昱潇还有老爸，铭儿有温暖的家，而我，什么都没有，一无所有。"

　　是呀，一无所有，为什么不是呢？

"小如，其实我们都一样，我们都一样。"

这样的小如，好像自己。

"你不是一个人，你不是一无所有，以后你再也不孤单。"

毓静打开锦如发给自己的链接，发现原来锦如是想和自己分享她和忆远一起去欧洲时拍下的照片。是啊，锦如的笑，一如曾经在玉龙雪山滑雪时的样子，如她喜爱的太阳花，充满蓬勃的生命张力。站在一旁的忆远，也笑得那样灿烂。或许自己早就该释然了吧，可是心却依然会隐隐作痛。原来，真正可怜的人并不是锦如，而是自己。真正孤单的也不是锦如，而是自己！这么长时间与世隔绝的生活，她以为自己可以忘记，可以生活在自己的世界，可是当再一次触碰到现实，自己的心依然会如此的痛。毓静——陈列自己这段时间的画作，细细地研读，这一幅幅色彩斑驳的生活场景，都倾注了自己渴望生活的信念和不绝的情感。

毓静再次支起画板，画这翱翔于昏暗天际，穿梭于暴风雨中的海鸥。

此时已近午夜，画了一整天雨中云雾岛的毓静依然久久不能入眠。铭卓去哪里了？为什么直到午夜还没有回来？会不会出什么事了？正想着，就听到有仓促的脚步声从楼下传来。毓静开窗向下看去，只见铭卓被杰明和一个面生的男人用担架抬着进了屋子。毓静的心瞬间颤抖了，难道自己想到的是真的？毓静快速穿好衣服便奔下了楼。只见铭卓安静地躺在担架上，正要被抬入自己的房间，正想询问时，一边的杰明轻声对她说："少爷没事，只是淋了点雨，有轻微的感冒发烧，已经吃了退烧药了。"

毓静听罢，一颗悬着的心终于放下了。

六十八、Lossing in the Rainy Season

随着南方雨季的到来，很多时候，大雨覆郁了盛夏的黎明，空气中充满了湿润的香樟树的味道。雨滴如跳跃于琴键上的音符，轻盈婉转。听悠扬的旋律流淌在铭卓的指尖，是毓静离开流苏城以来最平和温馨的时候了吧。

在毓静的葱姜鲫鱼汤外加鲜榨西瓜汁的集驱寒退烧于一体的偏方的温补下，铭卓很快便恢复了健康。

有雨的时候，毓静会伴着铭卓的琴声作画，那一幅幅独坐钢琴旁沉醉在音乐世界里忧郁少年的侧影，让毓静感到不安。是的，铭卓是完美的，在他身上，毓静看到了莫扎特的影子。敏感、细腻而哀怨的情感，这样的气质和曾经的铭卓大不一样。或许，这才是真正的铭卓！只是，曾经自己从来没有如此深入地了解而已吧。

有时铭卓会静静地看着毓静作画，拿着毓静画的自己弹琴时的油画，铭卓开玩笑地说："原来我弹琴时的样子这么帅呀！"毓静便撇撇嘴，假装漫不经心地反驳："铭公子真的是好自恋呀！"

不知从什么时候开始，两人喜欢上早早地起床去海边看日出，清朗无雨的清晨或黄昏，在大海边小跑的感觉，风从两旁拂过，蓝天和大海的光影美得像是毕加索的油画。就这样大口呼吸着岛上馥郁的香樟树的气息，直到天色由藏蓝向沥青过渡，逐渐覆盖住光。于是，月亮攀上天际，星辰铺满夜空。

久而久之，铭卓便习惯于这样静静地看着毓静俯首、抬脚、笑、皱眉、吐舌头、挥胳膊……每一个动作都被打上印记，然后统统扫描进脑海里，在那些失眠的夏日凌晨，给自己放一部无声的老电影。

有一次两人约好一起去季雨林的东面探险，其实铭卓很早以前就去过那里。那是自己被母亲救起后，大病初愈，心情格外激动，便和妹妹铭甜两人在岛上四处游走，偶然间发现当地居民种下的一大片向日葵田，铭卓还记得当时激动的心情。两人还在金灿灿的花海里玩起了捉迷藏，竟然忘记了回家，直到听到杰明的呼喊才拉着铭甜走出了葵花田。所以，他也想给毓静一个惊喜，就谎称出去探险，并已将维多利亚号游轮停靠在东岸，等到欣赏完美景后便乘游艇出海兜风。无奈人算不如天算，出发时朝阳初升的天气豁然间被倾盆大雨所取代。两人没有带雨伞雨鞋，瞬间便被淋了个透心凉，只好找了一棵粗大的榕树避雨。两人就这样静静地并肩站着，清点着雨雾中模糊不清的思绪。

"在想什么？"铭卓的声音打破了寂静的沉默。

"在想一个朋友。"毓静说道。

"学长吗？"铭卓问道。

"不是，是安德鲁。"毓静笑说。

"原来是个德国人，你喜欢他？"铭卓接着问道。

"嗯，我很想念它，不知他现在过得好不好？我想一定很好吧。相信铭儿一定会很喜欢它，对它很好的。"毓静卖了个关子。

"原来你一直在骗我，已经有了新欢也不告诉我！"铭卓无辜的表情逗得毓静捧腹大笑。

"如果他真的是个帅小伙，我可能会考虑考虑哦。可惜，他是我养了两年半的狗狗!"毓静笑说。

"原来这样啊!你把它送给铭儿了吗?"铭卓问道。

"嗯,毕业时将它寄养在铭儿家里了。我还记得我走时它伤心的样子呢。"毓静说道。

此刻,林中的雨竟越下越大了。

"你听这雨声,越来越大了,看来今天我们是回不去了。"铭卓说道。

"看着雨就会想起安德鲁。"毓静说道。

"为什么?"

"我是在雨里发现它的,当时它一个人在漆黑的雨夜里流浪。"毓静说道。

"所以你救了他。"

"是的,那时候看到它,它只有两只手掌这么大,现在已经有课桌椅那么高了。"

"想它了是吗?"

"毕竟它陪我度过了最孤单的日子。"

"呵呵,什么时候去流苏城看看它吧。如果可以,我还想去我们学校转转呢,虽然没有读完,但也有好多值得回忆的东西。"铭卓笑说道。

"嗯,我想铭儿应该会看在我的面子上很照顾它吧,呵呵。"毓静答道。

"唱首歌给我听吧,好吗?虽然你很少唱歌,可是我知道,你唱得很好,还记得第一次听你唱歌,是在诗社的晚会上,那时很青涩的你也很害羞,面对那么多人脸都红了呢。记得你唱的是梁咏琪的《魔幻季节》,其实很好听,只是你不善于发现自己的美而已。"

"你还记得这些？当时真的很丢脸，都忘词了。"毓静说道。

"我还记得，听你第二次唱歌是在大一时中秋节晚上，我们一起去唱歌。你还记得吗？"铭卓说道。

"哦，那天月亮好亮，天空有好多星星。我还记得，你很喜欢吃我带的月饼呢。"毓静笑说。

"是啊，到现在还很怀念那个月饼的味道呢。莲蓉里掺有淡淡的桂花香。"铭卓陶醉地说道。

毓静微笑着看着铭卓，撇撇嘴说道："你说得我的肚子更饿了耶。"

"我也是，好饿呀！"铭卓摸摸肚皮说道。

可是，雨依然没有停下来的意思，淅淅沥沥地演奏着自己的旋律。

"我们来唱歌吧，这样就不会觉得饿了。"铭卓说道。

"真的吗？"毓静疑惑地问道。

"当然啦，在心理学上，这是一种知觉调控手段。"铭卓笑说。

"好吧，姑且相信你一次吧。可是，我想听你唱耶。"毓静笑说。

"这样好了，我们石头剪刀布，谁输了谁唱，怎么样？"铭卓说道。

毓静也欣然答应。两人就这样说说笑笑唱唱。说来也奇怪，或许因为两人的天籁之音异常好听的缘故，竟引来一群栖息在林子里的小鸟盘旋在他们头顶，像是跳着雨中的圆舞曲。

雨终于渐渐地小了，两人也唱得疲惫了，鸟儿也渐渐飞远了。毓静竟靠在铭卓的肩头睡着了。就这样静静感受着她的心跳和呼吸，铭卓的心被沉甸甸的幸福感所填满。如果可以永远这样给她肩膀依靠，即使自己站成石雕他也愿意。当毓静醒来时，雨已经停了，风呼啸着吹过丛林，叶片上的水珠"噼里啪啦"掉落在泥土里。虽然是盛夏时节，她却依然冷得发抖。铭卓脱下自己的外套，披在了毓静的肩膀上。

"不要，衣服给我的话，你不是要冷死啦。"毓静边说边脱下外套递给铭卓。

"我已经习惯了这样的天气，听话，男人应该保护女人。"铭卓用颇具大男子主义的口吻说道。

"可是……"

"没有可是。"铭卓说着便打了个喷嚏。

毓静心疼铭卓的身体，却又不好推脱，怕伤了铭卓的感情，只好拿出抹茶味的纸巾递给铭卓，说道："有时候觉得你像小孩子的性格。"

"打喷嚏是表明某人想我喽。"铭卓接过纸巾的那一瞬间，有想要拥抱毓静的冲动，但终于还是克制住了自己的情感。

"毓静，我讲个故事给你听吧。"铭卓擦了擦鼻子说道。

"好啊。只是，我怕再这样待下去你会感冒了。我们还是趁着雨停了快点回去吧。"毓静说道。

"那我们边走边说啊。"铭卓说着拉着毓静的手向着来时的方向走去。

两人肩并肩蹒跚在泥泞的小路上，偶尔有高大树叶上贮存的雨水滴下来，顺着发丝滑落，这感觉透心的凉。

"冷吗？"毓静问铭卓道。

"不冷，你的手像我的暖宝宝。"铭卓笑说。

"能不能正经点？"毓静笑说。

不久，天色便暗了下来，没有夕阳的黄昏，格外地阴沉。

走着，走着，在离家不到一公里时，毓静一不留神，脚下一滑，竟跌入路旁的一个狭小的沟谷里，扭伤了脚。不一会儿脚踝上便显现出一大片瘀青。毓静自己倒没喊疼，反而铭卓心疼着急得和自己扭伤了脚一样。

"怎么这么不小心？"铭卓边扶起毓静边说道，见她的右脚已完全不能动，便背起她找了一处巨大的裸露在地表的榕树枝坐下。他轻轻地脱下她被雨水和泥土涂花了的鞋子和湿润的袜子，发现毓静的右脚一侧，已经肿胀起来。

"疼不疼？"铭卓心痛地问道。

"有点。"毓静故作轻松地回答。

铭卓看着毓静轻松的微笑，更觉得一阵心疼。

"还好我早有准备，带了红花油。"毓静笑说。

铭卓从毓静的背包里取出一个整理袋，里边装了各种各样瓶瓶罐罐的药。铭卓取出湿巾帮毓静擦洗完脚后，涂上红花油，毓静突然觉得，眼前的男子，如此可爱和温暖。强忍着蚀骨的疼痛，毓静微笑地注视着铭卓小心翼翼地帮自己涂药的样子，用纸巾帮他擦去鼻翼沁出的涔涔的汗珠。

涂完药后，铭卓便背起毓静向别墅走去。毓静挣扎着要下来，但铭卓却倔强地坚持背着她。

"让我下来啊……我自己可以走……"毓静挣扎着。

"听过小红帽的故事吗？要是再挣扎，我就把你丢给大灰狼哦。"铭卓笑说道。

"真是傻瓜……"

毓静在铭卓的肩膀上，感受到他清晰温暖的体温和脉搏，脑海里却浮现着另一个人的身影。自己从最初的快乐，到最终的伤心，好像都是拜这个人所赐。是的，要记住一个人或许只要一瞬间，但要忘记一个人谈何容易，或许需要一辈子的时间吧。

是的，在自己最伤心孤独的时候，正是铭卓温暖了自己，他比之于学长，不知道要好过多少倍。但是，她不想害他，不想看着他为了一个伤痕累累、破碎不堪的人而枉费了青春。他是完美的，可以找到比自己好千百倍的姑娘。况且，他是李香兰的儿子，这就注定了铭卓和自己永远只能是兄妹。

六十九、最后一抹微笑

铭卓背着毓静回到别墅门口时，天色已完全暗了下来，熹微的灯光从窗口照射出来，未等进门，便碰到了刚要出门寻找自己的杰明。见少爷背着毓静，两人落魄的样子预示着一定是出了什么事。

"少爷，你终于回来了。毓静小姐怎么了？"杰明边问边帮着铭卓将毓静放到客厅沙发上。不久王妈也出来了。

"她不小心伤了脚，不知道有没有骨折，快去请李医生。"铭卓的口吻刻不容缓。

"不用麻烦了，只是小伤，我自己处理一下就可以了。"毓静忙说道。

杰明看着毓静肿胀的右脚踝和脚背，说道："林小姐看来真的伤得不轻。"说着便去请医生了。

由于两人浑身都被雨水淋湿，吹了一天冷风，都有点感冒了。铭卓吩咐王妈帮毓静放好热水后让她洗澡，并将自己早已为毓静准备好的睡衣交给王妈，自己去了隔壁浴室。

洗完澡后，铭卓已早早地等在客厅里，拿了感冒药给她吃。

"这件衣服好像是专门为你设计的，只有你才能穿出它的味道。"铭卓看着毓静湿润的眼睛,长而卷曲的睫毛,和湿漉漉披散下来的长发,这件真丝和蕾丝拼接的睡衣让她从一个大女孩变成小女人。

"毓静真的长大了哦。"铭卓将感冒药递给她说。

毓静听着铭卓因感冒而发出的黏重的鼻音,内心有说不出的感觉,如果没有那么多如果,铭卓是这世界上对自己最好的人了吧。他让自己的内心温暖,除了阳光以外,再也感受不到任何的阴霾。而学长,却是那个给自己留下最深伤口的人,即使想要逃避,那伤口依然会在深夜里隐隐作痛。

不久,李医生到了。经过检查,李医生发现毓静的脚踝及脚筋错位,有轻微的骨折。医生帮她上了药,打了石膏,从此,毓静便只能在床上休养了。

铭卓便每天亲自照顾毓静的起居生活,从来未下过厨的铭卓,竟照着食谱上所说的做法,亲自为毓静煲汤。铭卓的细心体贴,让毓静感激的同时,却也让她无限地忧愁,除了摆满屋子的画作和故乡年迈的奶奶和姑妈以外,自己已经一无所有了吧,又能为他做些什么?能给他什么?

"不要对我这么好,好吗?"毓静这样对铭卓说道。

"我知道,你曾经说过的,别人对你越好,你的心里越有压力是吗?可是,我要告诉你的是,你不要把事情都想得那么复杂,人和人之间不是只有交换关系。所以,我对你好,并不要求你偿还,如果你拒绝我对你好的话,不是会伤害了我单纯的照顾一个受伤了的生命的心吗?就算是一只受伤的小鸟,我也会义无反顾地去照顾它直到它痊愈,更何况是我的校友、朋友兼知己呢!"

面对铭卓这样一番话,毓静再也说不出什么了。

铭卓渐渐地发现，虽然自己对毓静的关爱无微不至，但她脸上的笑容却越来越少，即使是微笑，也依然流露出淡淡的忧愁。一次他无意中看见，毓静拿着自己曾经画过的一幅画默默地流泪，铭卓的心，瞬时碎了一地。他觉得，毓静之所以不开心，一方面是因为感情的创伤让她不再相信自己，另一方面则是因为她对自身的存在感到毫无价值而产生了自卑心理。其实她不知道，自己的才华已经超越了现在很多所谓的画家，她的画，凝聚了多少生命的张力和溢出的情感！这一幅幅画作，正是她生命和情感的寄托！他决定，一定要给她一个惊喜，让她重新对生活充满信心，发现自己的美。

一次，他借口想要仔细欣赏毓静的画作，将所有的画搬到了自己的房间，并亲自将画作送到了由国家美术学会举办的一年一度的全国美术大赛。在送画的路上，铭卓接到了来自"王哥"的电话，说他已找到锦如母亲张玉云的住处，并按照他的意思，没有让她知道任何关于自己的信息。

不料此时，毓静竟接到姑妈打来的电话，称奶奶病危，让她马上赶回家。

铭卓回来得知了毓静的情况后，马上放下所有工作送她回家见亲人，并将"王哥"的联系方式和锦如母亲张玉云的调查事件交给了杰明。当毓静拖着无法站立的右脚回到家后，得知奶奶因早期的糖尿病复发引起肾衰竭，情况十分危险，必须马上换肾！奶奶只剩下自己和姑妈两个亲人了，但姑妈的肾和奶奶的不相匹配，现在希望就寄托在自己身上了！毓静马上要求抽血检查，检查结果令人欣慰，毓静的肾和奶奶相匹配！肾源是有了，可是面对高昂的手术费，毓静和姑妈沉默了，原本姑妈家还是有一些积蓄的，但由于长期维持奶奶的病情，已经所剩无几了。但医生竟然告诉自己，奶奶的医药费全免了！面对医生的话，毓静和姑妈几乎不能相信自己的耳朵！毓静心里清楚，一定是铭卓帮自己付了医药费，心中隐隐的愧疚让她几乎无法面对他。当她询问他医药费的事情时，他只说自己也不知缘由，但这样更加深了毓静的愧疚，她说："那些钱，我一定会还给你的！"

不久，铭卓便接到了来自中国美术协会的电话，这真是一个让人振奋的好消息！毓静的画作，《生活的张力》（跛脚的农民工小孩）获得了此次全国写实类作品金奖！《生命之美》（云雾岛上搏击风浪的海鸥）竟获得了景观类作品金奖！

铭卓迫不及待地将这个好消息告知毓静、姑妈和奶奶，看到奶奶欣慰的表情，毓静和姑妈都流下了激动的眼泪。

此时，同病房邻床的一个病人因手术中大出血而需要大量的A型血，但医院血库里A型血已经几乎没有了，所以医生紧急召集A型血的医护人员积极献血。

只听得铭卓说了一句，"我是A型血，可以抽我的！"便跟着护士向献血处走去。

看着铭卓转身的背影，姑妈和奶奶轻声对毓静耳语道："这小伙子不错，心地善良，有责任心，毓静，你可以考虑一下。"

而毓静心中却纳闷，自己是B型血，李香兰也是B型血，如果铭卓是A型血，那么他根本就不是李香兰的儿子！他和李香兰到底是什么关系呢？

第二天便是毓静和奶奶进手术室的日子，姑妈和铭卓焦急地等在手术室外，这两个多小时的时间仿佛比一生还要漫长。

铭卓看着焦急踱步的姑妈，轻声安慰她道："阿姨，您放心吧，奶奶和毓静一定没事的！"

姑妈轻轻点头，说道："小伙子，谢谢你，她们一定会平安出来的！"

姑妈随后又询问了铭卓家里的境况。铭卓一一回答，在从姑妈那里得知了毓静的身世后，铭卓的心被深深地震撼了。原来，毓静从小便没有了母亲，而在高中时又失去了唯一至亲的父亲。但是这么长时间以来，铭卓竟然都没有从她身上发现任何蛛丝马迹。

"她心里一定很苦吧。"铭卓说道。

"毓静这孩子，就是这样，即使心中再难过再不好受，也不会让她在乎的人看出来，所有的苦都是放在心里。从小到大，她从来没有让家里为她操过一点心。"

听着姑妈的话，铭卓更坚定了保护毓静的决心。

"阿姨，您放心，我不会让毓静再受一点委屈，我要补偿她曾经失去的所有幸福。"铭卓的话真切而让人感动。

姑妈看着眼前这个帅气而善良的小伙子，微笑着点了点头，"如果这样，我和她奶奶也就放心了。"

不久，医生打开了手术室的门走了出来，医生的一句"手术很成功"给等候多时的姑妈和铭卓吃了一粒定心丸。但医生接下来的话"但女孩手术前有点感冒，使得她呼吸有点困难。不过请您放心，我们已经为她做了呼吸系统的辅助处理"，又让两人的心瞬间提到了嗓子眼。接着毓静和奶奶便被护士推了出来。姑妈和铭卓看着尚未从麻醉药中苏醒过来的毓静和奶奶安详的神态和些许苍白的脸，两人不约而同地呼喊着毓静的名字。随后毓静和奶奶便被转入铭卓安排好的只为VIP患者准备的加护病房。

面对姑妈疑惑的眼神，铭卓解释道："阿姨您不必顾虑，这是我安排的,只想奶奶和毓静有更好的环境休养。"

随后,趁着姑妈不注意,铭卓去了主刀医生的办公室询问毓静和奶奶的病情,医生如实说奶奶的情况已经没什么大碍,但毓静的情况不容乐观。不仅因为术前的轻微感冒引发的呼吸困难抵抗力差,还因为她肺部有一颗枣核一般大的肿瘤,因为是刚刚长出来的,所以患者还没有什么感觉。

肿瘤?铭卓听到这两个字时几近崩溃,声嘶力竭地说道:"医生,您是不是搞错了,毓静还那么年轻,怎么可能会有肿瘤?不可能!"

医生见状安慰铭卓道:"您先不要激动,肿瘤分种类,毓静小姐身上的不一定是恶性肿瘤,如果是良性的,我们帮她切除就是了。"

"那要是恶性的呢?不,毓静一定不会是恶性的!"铭卓几乎无法控制自己的情绪。

"您放心,退一万步讲,即使是恶性肿瘤,它也仅仅是刚开始生长,我们也可以为她切除,并进行化疗,癌症的早期治愈率也是比较高的。"

听到癌症这两个字,铭卓的情绪更加激动了,"什么癌症,她一定不会得癌症!医生请你一定要救活她,她才二十二岁啊!无论付出多少代价,我一定要你救活她!"

铭卓对毓静的一片真心让医生颇为感动,便说道:"小伙子,现在像你这样痴情重义的男人真是很少见了。就凭着你这份情,我也一定会不遗余力的!"

见医生这样说,铭卓的情绪稍微平静了一些,便嘱咐医生,先不要将毓静患肿瘤的消息告诉毓静和她的家人,只告诉她们毓静得了阑尾炎需要开刀,等到病情稳定下来再告诉她们。

医生答应了铭卓的要求。

不久,毓静的肿瘤检测结果出来了,是良性,铭卓豁然间有一种新生的感觉,比起自己痊愈时的心情有过之而无不及。肿瘤顺利切除之后,还需要一定时间的静养。

在医院休养的这些天里,铭卓完全变成了毓静和奶奶的专职保姆,面对铭卓的细心体贴,对毓静和自己家人无微不至的关爱,姑妈也都看在眼里,记在心里。

在铭卓的悉心照料下,毓静和奶奶不久便出院了。

毓静生病的这些天,姑妈亲眼看到铭卓对毓静的真心不二,便开口说道:"毓静,如果能有铭卓这样的好男孩这样照顾你,我们也就放心了。"

看着一家人难得的久违的其乐融融,奶奶的脸上也洋溢着幸福的笑。看来奶奶和姑妈对于铭卓这个她们心目中的准女婿已经是百分之百的认同了。毓静也从心里感激他对自己所做的一切。铭卓的出现,像是一缕春日的阳光,让她心中的坚冰化作蒙蒙细雨,流淌着连绵的温柔。

七十、整个夏天,想和你环游世界

在夏末,告别炙热的夏天,只余夕照的温暖及荷叶听风的惬意。在夏末,将所有幸福封存在心底,细细品味,有你朦胧的微笑和清新的气息。

有你的这一整个夏天,会有熟悉的惊悸,会有封存的甜蜜,在暖风里一点点缓缓地绽放。你的身影,繁盛了生命里骄阳似火的每一个夏天。这一整个夏天,想和你一起环游世界。紧紧牵你的手，仰望天空，倾听大海的波澜壮阔，体味璀璨星空的高远。

当得知毓静已完全康复的那天，铭卓便和毓静告别姑妈和奶奶，回到了阔别已久的流苏城，参加即将在流苏湖畔举行的全国年度美术家颁奖礼。两人回到久违的大学校园的那一刻，回忆的香味随弥散在空气中的丁香，穿越时光流转，回到年少轻狂的青涩时光。轻抚已经些许斑驳的课桌椅，走过曾经无数次踏过的青石路，玥明湖畔杨柳依依随风飞扬。曾经的一幕幕，指点江山激扬文字的诗情画意，干净的脸上纯净的笑，痛彻心扉的哭，近乎偏执的期待和信任，所有快乐的、痛苦的、欣喜的、忧伤的表情，纯净得像一汪清泉，不掺一丝杂质。这，就是留在那年那月的记忆，年少时的爱。

重拾曾经遗落在角落的温暖的两人，各怀心事地走在玥明湖畔的青石路上，微风轻抚湖面，泛起阵阵涟漪。

"毓静，知道我最后悔的事情是什么吗？"铭卓若有所思地问道。

"什么？"毓静微笑地看着铭卓。

"后悔刚上大学那会儿没有和你交往。大学时，你的记忆里关于我的一定很少吧。"铭卓转过头，灯光将他的睫毛拉得好长，投映在轮廓分明的侧脸上。

"其实，你不知道吧，我一直很嫉妒他，即使现在和你站在一起，我依然遗憾，在你大学时的记忆里，没有我。"铭卓接着说道。

看着铭卓忧伤的表情，毓静微微笑了，牵起铭卓的手，一直向曾经的画室小跑而去。

"去哪里啊？"铭卓的声音飘散在风中。

"一会儿你就知道啦。"毓静答道。

微风轻抚脸庞,静谧暖黄的路灯下,两人小跑的脚步声清晰而欢愉,空气只余一股淡淡的发香。

不一会儿,铭卓便认出了,原来毓静是带自己到了设计系的画室门前。紧锁的铁门庄严而冰冷。

"门是锁着的,要进去吗?"铭卓疑惑地看着毓静。

却见毓静微笑地看着自己,说道:"卓,我想给你一个惊喜。"说着便从包里拿出一把钥匙,开锁走了进去。

"我以前是画室管理员,所以有钥匙。"毓静的笑神秘而亲切。

看着画室一如既往凌乱的样子,偌大的画室里,随意摆放着不同的画架、画板、水粉颜料,墙壁上挂满了各式各样的画作,较好的用玻璃画框封存起来。眼前的这一切,让铭卓仿佛又看到了大学时毓静在很多人中间支着画板作画的样子。

"你知道吗?早在认识你之前,我就见过你作画时的样子,到现在都无法忘记,当时你就是站在这里的。"铭卓指着靠窗的一个位置说道。

毓静微微笑着点头,"那就是我大学时的位置。你再仔细看看,没有发现其他什么吗?"

铭卓抬起头,视线被一幅正前方的画吸引住了,这是一个俊俏的白衣少年埋在纸堆里读诗的情景。铭卓快步向前,越来越近,画面也越来越清晰,直到眼睛看到画作角落落款的那几个字,那一行诗,心绪豁然间开朗,这幅画的主人公竟然是自己!那是自己去诗社找毓静写的那首《偶遇》时的情景。还记得当时"偶遇"毓静时自己忐忑紧张的心情,其实那天自己去诗社是早有预谋的。他得知了那天是毓静的值班日,所以才去的,还好没有被她发现,原来毓静对于自己那次的造访,其实也是印象深刻的,她一定也在那一刻对自己产生了好感!要不然,怎么会有这幅画的产生呢?

铭卓越想越开心,突然转过身,一把抱住了毓静。这一举动,着实让毓静大吃一惊,不过,这次她没有反抗,而是静静地依偎在他怀里,倾听他激动的心跳声。

"毓静,其实我一直都能感受到,你是喜欢我的,对吗?像我一样,你也一直将我放在心底,你只是不懂得怎么表达而已。"

"卓,除了我父亲和家人外,现在我的心,只属于你一个人,好吗?我是曾经歇斯底里地爱过另一个人,可是,从现在起,让我们对过去说再见好吗?"

听到毓静的这一句话,铭卓突然间感到从未有过的幸福,炙热的感觉快要将自己融化。

他看着毓静莹润的眼睛和弯弯的睫毛,情不自禁地吻上了她的唇。

当铭卓提出让毓静住在自己家时,毓静却不假思索地拒绝了。铭卓不明白,毓静自从几年前大年夜那天去了自己在流苏城滨海区的雅香阁别墅后,就再也不肯踏进他们家半步,就连这次来流苏城,也不肯住在自己家,一定要一个人住在主办单位中国美术协会提供的酒店里。每当铭卓问起时,毓静便称她不敢就这样贸然地见他的父母,可是早在几年前的大年夜,他们不是都已经见过了吗?而且相处得非常融洽呀!铭卓百思不得其解,但他也不多问,便遵从毓静的意思,将她送到了博华酒店后,自己回了家。和父母一起小叙一番后,发现很久没见面的父亲,对自己竟非常客气。而母亲见到自己的那一刻,便激动地拥抱了自己,并说自己比刚从美国出院时瘦了许多,不由分说地便让厨师准备了一大桌海参鲍鱼等补品给自己做夜宵。饭间,铭卓问起了铭甜现在的境况,母亲只说因为铭卓的病,铭甜每天郁郁寡欢,经医生诊断,竟是得了忧郁症,父亲便送她去了新西兰留学加调养。饭间母亲拨通了铭甜的电话,在听到铭卓的声音,得知哥哥已康复回家后,铭甜喜极而泣,竟差点要求中断学业回国和父母哥哥团聚!饭后铭卓拨通了母亲的私人设计师里奥的电话,并请他用自己的设计思路为毓静制作了一套优雅而气质高贵的晚礼服。

晚上,铭卓翻来覆去睡不着,看着夜空中悬挂着的一轮明月,想着晚上怀抱里毓静的唇香。

第二天,铭卓本想先带毓静去流苏城近郊的一处国家森林公园游玩,而毓静却想要去铬儿家看看小卡安德鲁。铭卓便送她去了铬儿家。刚刚按响门铃,便听到小卡清脆的叫声,见到毓静和铭卓两人,铬儿激动不已,给了毓静一个大大的拥抱。

欢迎她的,不仅有铬儿,还有小卡安德鲁。见到毓静的那一刻,小卡便安静起来,并且不住地摇着尾巴,用小鼻子蹭着毓静鞋子上的蝴蝶结。

"哇,小卡已经长这么大啦。"毓静笑着抱起它笑着说道。

"好呀毓静,见到这小家伙你居然比见到老同学都激动!唉!这差距,未免太大啦。"铬儿笑说。

"大小姐,几个月没见,你竟变成了醋坛子啦!"毓静笑说道。

"看看这小兔崽子,见到你比见到我还亲!真是白养啦。"

"看,说你变成醋坛子了吧!"

两人一边说着一边笑起来。

"铭卓变得更帅啦,哦,净顾着说话了,快进来。"铭儿说着拿了两双拖鞋递给毓静和铭卓。

屋里就铭儿一个人,两人后来才知道,李教授和她爱人去西双版纳度假了,铭儿上了本校的研究生,没课的时候就往家里跑,一个人的日子过得挺滋润,没事儿带着小卡出去遛遛弯。

铭儿为两人做了自制咖啡,味道独特,得到了毓静和铭卓的一致好评。

后来,很久没回流苏城的毓静和铭卓,从铭儿那里得知了好多自己不曾知道的事儿。

锦如已经当上了铭基集团广告宣传部部长,而学长已经是策划部部长了!现在整个流苏大学的老师和学生都以他们两为榜样呢。而锦如更是被视为流苏大学本科生的一个神话,就算是很多研究生甚至是博士生也不可能在短短的不到一年的时间里,迅速成为世界五百强企业的高层。

趁着铭卓在厨房的时机,铭儿还悄悄问起了毓静和学长之间到底怎么了,并说她因为担心毓静被学长伤害,曾经发给毓静一封邮件,但一直不知她有没有收到。因为她曾经亲眼看到学长来学校接锦如,两人俨然一副情侣的样子,关系亲密暧昧。后来她才知道,原来学长早就已经和锦如在一起了!一看见锦如嚣张傲慢的样子,铭儿就气不打一处来!抢了好朋友的男朋友还这么嚣张,想起曾经一个寝室时,毓静对锦如的好,铭儿就气愤得不行,这女人真的是太没有良知了!

毓静还从铭儿那里得知,毕业后学长来过她家两次,每次都是有设计上的一些问题来请教铭儿的父亲李教授,在得知她和锦如的事后,她对他都没有好脸色。锦如刚开始当上副部长的时候,学校有传闻锦如是铭卓的下一个女朋友才会得到铭基集团的青睐。现在，校园里已经全是关于锦如和学长的奇闻轶事，有人还说锦如是凭着学长才爬上高位的。但现在看来，学长和锦如已经是狼狈为奸了。

就在他们谈话期间，电视新闻报道中竟出现了锦如和忆远的面孔！在全国瞩目的水晶花园地产项目投标仪式上，锦如和忆远手挽手进入会场，俨然一对情侣的样子。她接受采访时势在必得的口吻略显自负，同时参与竞拍的还有著名地产大亨程安翔等人。最终，铭基集团显示了强大的财力优势，以全国破纪录的最高价八十九亿人民币拍下地处流苏城门户，南山区重要的交通枢纽，也是商业发展的咽喉地段，水晶花园城中心总面积七万平方米的商业区。

听到这些，毓静的心并不如想象中的难过，反而安慰铭儿道："我和学长其实早就不可能了，所以，他们的事，你也不用在意。"

铭儿从毓静平和冷静的语调中却听出了世事难料的沧桑感。曾经多么要好的两个人，就这样硬生生地分离、遗忘、淡漠。曾经扬言可以为学长等一辈子心中也留感动的毓静，真的是长大了，又或者是苍老了。

不一会儿，铭卓亲自下厨做的意大利面的香味，便溢满了整个客厅。三人边吃边聊着，而小卡也有了口福，毓静买了一大包它喜欢的狗粮，小卡也加入了他们的聚餐队伍，津津有味地吃起来。

"铭卓，真想不到，你这个大少爷做饭的水平居然会这么高，我家楼下的必胜客里的厨师，可以下岗啦。"铭儿边吃边说道。

"原来铭儿是这么个伶牙俐齿的小姑娘！以前只见过几次面，表面上看去，还以为铭儿你是个纯粹的淑女呢！"铭卓笑说。

"呵呵，说到淑女呢，你身边的这位才是真正纯粹的淑女呢！"铬儿拍了拍毓静的肩，边吃边说道。

"你呀！满口的面都堵不住你的嘴！"毓静笑说。

在得知了毓静的作品获得了年度美术家金奖后，铬儿惊讶得几乎喷出饭来！

"这丫头片子，这么好的事儿都不告诉我！也让我高兴高兴呀，沾沾你的喜气呀！"铬儿说着便询问起毓静的哪幅画作得了奖，什么时候画的，在哪些地方画的。毓静一一回答，铬儿惊奇喜悦的表情仿佛比她自己得了奖还要高兴。

"我这次得奖，纯属意外，要不是铭卓，我也拿不了这个奖。"毓静笑说。

"不是你画的吗？难道是铭卓帮你画的？"铬儿笑说。

"不，是他帮我拿去参赛的，要不是他，我都不知道我的画还会获奖！"毓静说道。

"怎么又说到我了呢！要不是你画得好，就算是参加一百次也不会获奖的！"铭卓说道。

看着铭卓温柔的眼神，铬儿仿佛从中看出了点不一样的东西。

"你们俩呀，不要争啦，这次获奖，就是你们俩的共同功劳！没有谁都不行，缺一不可！哈哈。"铬儿的笑声清脆明朗。

三个人吃完午饭，铬儿坦言毓静现在这身行头，实在不像是个年度美术家金奖得主，倒像是个穷困潦倒的学生妹，穿得太简单了！

"如果没有记错的话，你这身衣服是大二时候我们一起去买的吧！"铬儿问道。

"你记性可真好！其实这身衣服我很早就想换啦，只是无奈它质量太好了，穿了这么久都不变形不掉色。呵呵。"毓静说着笑起来。

"难得你们今天姐妹相聚，不如我陪你们去逛街吧。"铭卓说道。其实他很早就想和她一起逛街，陪她挑几件衣物，只是怕伤了她的自尊心。他深知，对于物质极度贫乏却才华横溢的女孩来说，衣物只是很肤浅的装饰品，而自尊和内心却是神圣不可侵犯的！

"好啊，我正愁没人陪我逛街呢！"铬儿应声道。

顺理成章的，三人一行便出了门，不，更确切地说应该是四人，外加一只德国犬安德鲁。

依然是那款熟悉的劳斯莱斯魅影，可这次，驾驶员却换成了毓静。

"毓静，你终于肯开车啦。"铬儿惊讶地说道。

"怎么，你早就知道她会开车？"铭卓问道。

"大二时，我们几个一起考的驾照呀！毓静对开车很有天分的，她是一次就通过啦，而我，又考了两次才通过！"铬儿窘迫的表情惹人怜爱。

"那时她是为了以后和学长一起工作才考的驾照……"铬儿突然间意识到自己说错话了，便改口道："毓静不是说过她其实最讨厌开车吗？今天怎么不让铭卓开啦。"

"他身体还需要调养，不太适合开车。"毓静说道。

"其实没关系的，我早就好了，只是毓静硬是不让我开车。"铭卓笑说道，脸上洋溢着浓浓的幸福。

"毓静，去流苏南街的巴黎春天。"

不一会儿，三人便到了巴黎春天商贸大厦底层，一楼专营化妆品，二楼是国际品牌时尚女装。走过任意一个化妆品展台，都有服务生对铭卓鞠躬问好，口中说着："铭少爷好。"这景象让毓静和铬儿惊叹不已。原来巴黎春天商贸大厦，竟是铭基集团旗下的连锁商贸机构。而一向反对进入商业界的铭卓，只因一次偶然机会参加了巴黎春天的落成剪彩仪式，便被拍入董事局高层的人员档案里，自此便成了为巴黎春天员工所熟识的"领导"！

还未进入服装区，铭卓便先让一个化妆品展台的员工为毓静化了一个淡妆。面对毓静的拒绝，铭卓却霸道而温柔地说道："就这一次，听我的好吗？我要把你包装成世界上最美的女人！"

面对铭卓霸道的语气和温柔的眼神，毓静仿佛只能选择顺从，一旁的铬儿就这样艳羡地看着毓静被铭基集团少公子霸道的温柔所包裹，却喃喃道："铭大公子真的好偏心！心里就只想着毓静啦。我也要化啊！"

"当然当然，怎么会少了铬儿呢！"铭卓笑说道。

说话间服务生便为两人化起来。

当毓静转过脸的一瞬间，铭卓脸上的笑便告诉毓静，他有多喜欢装饰一新的自己。而铬儿惊异的表情也告诉了自己，她有多惊讶于自己化过妆之后的脸。

"毓静，我想说，我都不敢相信自己的眼睛，原来眼睛也会说谎！以前我看到的清纯忧郁的小女生，却变成现在几乎都不敢相信的惊艳！"铬儿惊讶的表情让毓静有些无所适从。

铭卓拿了两套最为高级的护肤品和化妆品后，便跟随毓静和铬儿走过过道，右侧有通往二楼的电梯，三人径直上了二楼。在试过无数件衣服后，铭卓和铬儿为毓静挑了近十几套不同风格的衣物，当毓静穿着一件剪裁考究的乳白色嵌花镶钻香奈儿时尚连衣裙从试衣间里走出的那一刻，铭卓和铬儿都异口同声地说："太美了！"

"白色最适合她，比较贴近她清新淡雅的气质。"铭卓说道。

"毓静,如果你每天都这样穿,一定会有星探来找你的!"铭儿笑说。

七十一、暗涌

铭儿、毓静、铭卓一行三人牵着小卡,所到之处,瞬间便引来良多晦涩的目光。

三人乘坐电梯缓缓下楼,阵阵穿堂风撩拨起毓静长而微卷的发丝,而此时,却有两个模糊而熟悉的身影出现在三人眼前。随着缓缓上升的电梯台阶渐行渐近,当这两个许久不见的"故人"的轮廓越来越清晰时,毓静的心竟还是微微地震颤了。她瞬间挽起铭卓的臂膀,对面前的两人莞尔一笑,倾国倾城。

"毓静,是你吗?"学长的声音清晰而熟悉。

毓静笑而不答,只微微颔首点头。

擦肩而过的瞬间,她看不到学长脸上的表情,却听到自己的心碎了一地,掷地有声。

她以为自己已经释然,已经从曾经的阴影里走出来,以为可以坦然面对学长和锦如,以为还可以做朋友。可现实的心痛,冷酷地告诉自己,她做不到!

"毓静,刚才有没有看到张锦如看到你和铭卓时灰头土脸的样子?等这一天真是等得太久了!看到他们俩狼狈为奸的样子真是晦气!"铭儿愤愤地说道。

毓静却沉默不语。

"怎么了?"铭卓关切地问道。

"没什么,我们接下来去哪里?"毓静轻描淡写地说道。

"晚饭时间到,我们带铭儿和小卡去吃顿大餐!然后去游乐场狂欢,提前为明天的颁奖礼庆祝一下,怎么样!"铭卓说道。

"好啊好啊,铭大公子请客,我们可不能错过!哦!小卡!"铭儿抱起小卡说道。

毓静也应声道好。接着,三人便来到距离巴黎春天不远的一座景铭基专门接待贵宾的一处很少人知道的秘密餐厅。这里的菜都是别处吃不到的,而且所有的菜都是很健康的素食菜。

一听到"素食"两个字,铭儿便嚷嚷起来:"铭卓太不地道啦,说好请我们吃大餐!却都是一些素菜,我可是肉食女生哦!"

看着铭儿胖嘟嘟可爱的样子,毓静忙说道:"从大二开始,你就一直嚷嚷着要减肥!看看,到现在还是改不了贪吃的习惯啊!真的该减减啦!"

说着两人都笑起来。

铭儿便勉强答应了吃素,但当服务员将铭卓点的几道菜端上来后,铭儿便一直没有停过嘴,直说自己从来没吃过这么好吃的素菜,完全没有素菜的味道!

"嗯……我也没有吃过这么好吃的素菜哦!"毓静应和着铭儿说道。

铭儿可爱的样子,逗得铭卓和毓静乐得合不拢嘴。

……

锦如和忆远自在巴黎春天偶遇毓静后,情绪都陷落入谷底。原本想要去购物的锦如,却一点兴趣也没有了。因为毓静和铭卓的出现,让锦如和忆远的心里像打翻五味瓶般不知是何滋味。

"你说,你是不是还是忘不了林毓静?看到她你是不是很激动、很兴奋?我知道,你一直都把她放在心里是不是?对我说的话都是敷衍吧！"

面对锦如的质问，忆远只轻声说了一句："我只是礼貌性地问候了一下朋友而已。你不要多想。"

"她是不是比以前漂亮了？你后悔和我在一起了？你看你看她的那眼神！你别想骗我！你明明就是在心里想着她！"

"锦如，你不要无理取闹好不好？这一年来，我对你怎么样你还不清楚吗？你让我断绝和毓静的联系，我就没有再和她联系；你让我扔掉所有毓静送我的东西，我也听你的了；你让我做什么我都没有拒绝，就连你让我将公司对水晶花园的投标信息拿给你，我都没有一丝犹豫地做了！我对你的心，你还不了解吗？"忆远温和的语气反而助长了锦如的气焰。

"可是，为什么，当我刚刚觉得生活平静而幸福的时候，毓静总会出现呢？为什么她一出现，我的幸福就会走远！为什么？为什么……"锦如啜泣着投入忆远的怀抱。

"小如，你放心，我会一直在你身边的！"

"林毓静，即使你得到了铭卓，我也不会让你得意很久！"锦如心中默念道，"一个小小的景铭卓，我根本不会放在眼里！因为，我才是铭基集团的继承人！"

"忆远，你答应我一件事好吗？"锦如梨花带雨的脸庞让人不由得心疼。

"当然，只要我能做到。"忆远轻轻擦去锦如脸上的泪珠。

"帮我坐上铭基集团董事长的宝座！"

"这个，怎么可能？景铭基董事长对我们不薄啊！"

"照我说的办！你别忘了，我们已经是一条船上的人了！"

终于，当晨曦的阳光将沉睡的梦唤醒的时候，毓静迎来了人生中第一次重要的仪式，年度美术家颁奖礼。铭卓已早早地等在楼下，毓静梳洗完毕后，便下了楼。这次，铭卓说什么也不让毓静开车，他说道："这一次，让我亲自送你到领奖台吧。"毓静拗不过铭卓，便只好绕到了副驾驶那一边，打开车门的一刹那，毓静眼前一亮，一只包装精致、有蕾丝蝴蝶结系带的礼品盒安静地躺在副驾驶位子上。

"这是？"

"打开来看看。"

毓静打开来一看，眼里充满了对铭卓的温柔赞许。纯手工刺绣小雏菊图案和大花蕾丝系带，外加胸前的亮钻设计，简约飘逸，充满艺术气质。

"你什么时候买的？这么漂亮的衣服！"毓静抑制不住内心的喜悦。

"先上车，我带你去一个地方。"

说话间铭卓的车已然到了昨天刚来过的巴黎春天商贸会所。

铭卓竟请了专业化妆师为毓静画了气质清雅的淡妆，发型师为她量身定做了适合的清爽发型。毓静换上礼服后简直脱胎换骨，典雅飘逸而不失庄重。

铭卓看着毓静绝美的脸，温柔地说道："我要让今天的颁奖礼，成为你一生都铭记的幸福时刻。"

"卓，谢谢你，从来没有一个人，像你这样对我好过。"毓静说着踮起脚，双臂环抱住了铭卓的肩。

"傻瓜，说什么谢谢，你的幸福，就是我的快乐。"

"我们走吧，还有一个小时，先去吃点东西。"铭卓的语气平淡中充满了温柔。

两人出去吃了点素食粥，便直奔颁奖礼会场。

原来，这次的年度美术家颁奖礼，邀请了来自不同地区的文艺界精英，有名扬海外的各类画家、设计大师，以及业界精英。让毓静和铭卓想不到的是，组委会竟然邀请了铭基集团的策划部部长，曾经在《Artists》杂志上发表过论文的忆远学长作为嘉宾，和他站在一起的，竟然还有张锦如！

当毓静和铭卓挽着手进入会场时，瞬间便成为所有人目光的焦点！虽然大部分媒体对于铭卓这位铭基集团的少公子有些许陌生，但还是有一部分狗仔根据在巴黎春天的那张照片，认出了铭基集团的少公子铭卓。两人刚进入会场，便有好几位记者围上来采访。

铭卓只是说："我是陪朋友来领奖的！"支开了记者的追问。

刚开始，锦如和忆远还以为是哪位艺术家在接受采访，并没有在意，直到颁奖仪式开始后，美术界德高望重的许老师宣布金奖得主的时候，忆远和锦如顿时惊呆了！原来本次年度美术家金奖得主，竟然是林毓静！

"不会是搞错了吧？怎么可能是她？不会是她！"锦如对一旁的忆远说道。

"难道毓静真的得了金奖？"忆远难以掩饰心中的激动与兴奋。

"你是不是很开心她得了奖？"锦如语气肃杀地说道。

当毓静优雅惊艳地站在领奖台上的时候，忆远和锦如都傻了眼。忆远在心里默默赞许并祝福她，愧疚和后悔填满了他的心。而一旁的锦如则羡慕嫉妒恨得牙痒痒，瞬间脸色煞白！她受不了毓静比自己强，尤其是在两个自己喜欢的男人面前！身为景铭基的女儿，竟然输给一个一文不值的女子！她的心瞬间崩溃到了极点。

而更让她受不了的是，忆远在上台给铜奖选手颁奖时，竟当着所有人的面当场拥抱了毓静！

不仅是锦如，就连一直站在台下默默看着毓静的铭卓也顿生醋意，恨不得走上台去拉起毓静的手一走了之。但即使这样，铭卓依然克制住自己，不让自己的一时冲动给毓静造成不必要的麻烦。

终于，当徐老师将那一块镶金的水晶奖杯递到毓静手里的时候，全场都为之沸腾。当记者问起毓静对于获奖有何感想时，毓静只说感谢所有让她感动的人和事，没有这些，她根本不会画出这所有的画作。当问及她最想感谢的人时，她说是铭卓。

台下的铭卓听到这一句时，直想要冲上台去紧紧地拥抱一下毓静。

"如果没有他（铭卓），就没有今天站在台上的林毓静。"毓静继续说道，"我想说的是，铭卓让我冰封破碎的心再次感到温暖和阳光。这样的温暖，就像是春日里的一缕光，融化了所有寒冷。同时，我也要感谢生活中所有的冰冷和阴霾，没有痛苦，就没有深刻的警醒和反思，就没有设身处地的悲天悯人的情怀，也就没有完整的人生。"

不一会儿，站在台下的铭卓，便被记者围了个水泄不通！在问到他和林毓静的关系时，怕影响到毓静的生活，铭卓只说是朋友。可是记者竟拿出一张自己和毓静在巴黎春天时的一张合照，说道："铭公子，您和毓静小姐不是普通朋友吧？"

"如果您再这样干涉别人的私生活，请不要怪我的律师不讲情面。"铭卓愤怒的语气并没有吓到那位记者。他反而气定神闲地反问道："铭公子没有必要为了一件小事而伤了和气吧。"

铭卓勃然大怒时的表情，出现在第二天报纸的头条，张牙舞爪的醒目。

一时间，所有报纸的头条，各大电台的新闻头条，都是关于毓静的获奖和铭卓因为毓静和记者"大打出手"的新闻。昨天之前还名不见经传的毓静，一下子变成了话题女王！毓静和铭卓的关系，成为街头巷尾讨论的热点。

虽然毓静的获奖感言，得到了大众的一致认可，可是远不及负面新闻的来势凶猛。

这件事不久便传到了景铭基耳朵里，面对父亲的"审问"，铭卓只得说了他喜欢毓静，而且早就打算将她介绍给父亲，只是一直都还没有机会，希望父亲能够理解。

看到毓静才学可嘉，容貌可人，并且得到了本次年度美术家金奖，想来还可以为铭基集团争个面子，景铭基也并不责怪铭卓，只派人将当天的所有报纸和电台的负面新闻买断。

毓静在得到年度美术家金奖后，得到了很多艺术研究院的青睐，在收到了艺术家研究院副院长陈宪彰院士的邀请后，她选择了留在流苏城继续进修深造。

后来，铭卓也决定要一步步发展自己的事业，给毓静一个幸福的未来，在母亲的力荐下，他当上了铭基集团的企划部部长。接到的第一个任务，便是掀起过商业狂潮的水晶花园地产项目的实施。第一次参与公司建设，董事会就给了自己如此重要的职位，充分显示了董事会对董事长独子的厚爱和信任。但随之而来的，却是巨大的舆论压力和工作压力。

锦如和忆远在铭卓出现后就已经惴惴不安起来，生怕自己的复仇和夺权计划被铭卓打乱。可是，事实往往比想象的更不乐观，当铭卓作为企划部部长出现在董事会的时候，锦如和忆远都倒吸了一口凉气！他们随即决定，自己的"商业城计划"必须提前执行了！

当铭卓进入铭基集团后才发现，自己和毓静的负面新闻，竟是有人在幕后操作指使而成。自己和毓静的恋情被频频曝光后，竟然有人将矛头直指毓静！不久，一篇名为《艺术商业化之我见——论年度美术家金奖得主林毓静成名之路》瞬间蹿红网络，该文一出，舆论哗然。其主要观点无外乎林毓静出身贫苦，后通过种种不为人知的手段上了大学，又以风雅之名结交权势，攀上铭基集团少公子景铭卓，后又利用铭基集团声名而上位。至于这所谓的"年度美术家金奖"的名号，只是徒有虚名而已。

毫无疑问，这篇文章受到了景铭基的高度重视，并立即命令铭卓断绝和毓静的一切来往。他不想因为一个小小的丫头，而毁了铭基集团的名声，更不想看到自己的儿子和一个从小父母双亡的孤儿有任何瓜葛。

然而，铭卓之母李香兰从景铭基的报纸上看到林毓静这三个字后，却难过、伤心，又激动兴奋得泪流满面。自此，李香兰便时不时地去美术家研究院悄悄探望毓静。不错，这就是自己日思夜想的每一个梦魇中的主角！曾经因为生活所迫而不得不遗弃的女儿！她的举手投足，完全是自己年轻时的样子！

于是，李香兰便派专人买断了所有有关毓静的负面新闻。并查出了幕后主使竟然是铭基集团宣传部部长张锦如！当她向对自己千依百顺、有求必应的老公铭基集团董事长景铭基提出换掉张锦如的要求时，从来没有拒绝过自己的景铭基竟然当面拒绝了李香兰的要求！自此，李香兰对这个看似温柔如水的张锦如更是刮目相看了。

在这之后，李香兰便全力支持铭卓和毓静的婚事，并一手操办了两人的订婚仪式。但当得到毓静不希望自己参加婚礼的请求后，李香兰泪流满面，却也始终没有出现在订婚现场。即使满足了毓静的过分要求，李香兰却并不觉得委屈。因为在她心中，自己亏欠林熙海和女儿的太多太多了，她并不要求毓静能够立即接受自己，只求在她以后的人生中自己能够给她一份亏欠已久的母爱。然而，当毓静得知自己的亲弟弟毓澄已经死亡的事实后，更是对李香兰恨之入骨，甚至因为她而和铭卓几乎翻脸！

让铭卓想不通的是，自己的养母李香兰对于毓静冷酷决绝的态度，却一点也不生气、不介意，更让人想不通的是她竟然规劝景铭基不要反对儿子铭卓和林毓静的恋爱关系。面对李香兰的反常举动，景铭基甚是不解，表面上予以答应，暗地里却派人彻查了林毓静的家庭背景。在得知了林毓静就是林熙海和李香兰的大女儿后，景铭基更是坚定了分开景铭卓和林毓静的决心。

最终，两人的婚礼被迫中止。自此，李香兰和景铭基的关系、毓静和景铭卓的关系，一度陷入僵局。

景铭基说什么也不肯养虎为患，自己曾经因为想要得到李香兰而害的林家家破人亡！虽然李香兰不知道实情，但难保林熙海没有发现端倪，说什么也不能让仇人的女儿做自己的儿媳妇儿。万一林毓静知道了一切，或者林毓静出现在自己面前是早有预谋的，自己的人身安全岂不是都难以保障了吗？这些年来辛苦得来的家业岂不是要毁于一旦？

在景铭基的施压下，美术家研究院一致要求毓静公费留学，毓静被迫离开了流苏城，去往法国深造。

在此期间，铭卓难忍相思之苦去法国寻找毓静，水晶花园项目一度陷入无人管理的境地。然而因为景铭基阻挠的关系，铭卓短暂而幻灭的法国之旅只落得竹篮打水一场空，无奈只得空手而归，心中空余无限惆怅。

铭卓回国后，便将所有精力投入到水晶花园商业城的建设中，以缓解对毓静的相思之苦。

第十卷 大雪无痕

那年,流苏城的冬季,显得格外漫长。雪花缓缓地落着,仿佛想要覆盖所有不为人知的暗沉和丑陋。

……

"静,我可以远远地看着你,看到你长发随风飘舞的侧脸,仿佛还是曾经在云霁岛时的样子。你过得好吗?我不想在你眼中看到任何忧伤的痕迹,所以,不忍心走近你。如果还有恨,让它随着山野的风飘散吧;如果有爱,向着明天微笑吧。"

……

七十二、水晶花园的商业阴谋

时光匆匆，白驹过隙，转眼间已过半年。

月色惨白，在已停工的塔吊旁，一幢幢庞大的西式洋房投下一片浓重的阴影。

古树冠盖如云，枝干上有几只不知名的鸟发出聒噪的叫声，但那一个月黑风高的晚上，一切都寂然无声，铭卓心中莫名其妙地升起一种不祥之感。

铭卓很晚才从工地回家。自从自己负责的水晶花园的投资项目因被判为豆腐渣工程而基本宣告失败以后，铭卓便很少出门。铭卓去工地时，已是黄昏，守门的老李低着头在窗下拔草，擦肩而过时，他对他点点头。不过老李似乎并没看见他，仍然佝偻着身子，嘴里念念有词。

如此场景，很难看出，铭卓在主管水晶花园之前，曾一度是铭基集团的大少爷，是集团里最出风头的人。想起来，水晶花园并不是自己规划的第一个商业区，其实早在三年前，铭基集团在流苏城的第一个商业区就是出自当时还未大学毕业的铭卓。为人低调的铭卓从未在他人面前提起，景铭基能够排除万难，将如此重要的项目交给铭卓也是事出有因的。

开始时一度被炒得沸沸扬扬的水晶花园项目，得到了业界的一致看好。但工程启动后，却一路不顺：先是拆迁出了问题，由于对拆迁补偿条件不满，出现了不少"钉子户"，有人还将事情捅上了媒体；销售也不顺，有网友曝光楼盘附近有医疗废品处理站,完全不具备招商引资和销售的资格,竞争对手趁机煽风点火;集团好不容易才在论坛上将流言压了下去,但楼盘销售却陷入极大的困境……

集团开始出现各种流言,不是说要破产,就是有大变动,甚至有人放言景铭基已卷款跑路了……这样一来,铭基集团的股票大跌,再遇到经济不景气的金融危机,铭基集团可谓元气大伤!景铭基气得哮喘频发。

看到如此的结果,表面佯装失落的锦如和忆远,内心却开出了一朵花。

在这不到一年的"潜伏"期内,忆远已成功打入铭基集团内部,并取得了景铭基和张锦如两人的一致信任,掌握了很多关于铭基集团内部的操作模式。在此期间,成功向程安翔提供大量铭基集团的业务项目信息,并和程安翔安排好的一些看似毫无关联的小型建筑材料生产商以及施工队签署了合同。铭基集团在进军地产界不到一年的时间内便牢牢站稳脚跟,和程安翔安插在忆远和铭基集团的所有地产部门下属机构的供给是分不开的。一开始,为了取得景铭基和张锦如的信任,无论施工如何困难,忆远和程安翔总是千方百计排除万难,做出最一流的设计方案和施工程序。而这些,不过是他们实施水晶花园商业城计划的一个步骤而已。

铭基集团所开发的项目,水晶花园城中心商业区总面积七万平方米,地处流苏城门户,是南海区重要的交通枢纽,也是商业发展的咽喉地段。作为南海区第一个大型购物中心,其不但封锁了南海区内部的消费,而且将会对整个流苏城有着强大的吸引力。南海乃至流苏城东南部的商业将因此迈进关键的一步。

当然，整个过程并不会只因为水晶花园城中心的崛起而形成，招商有更大的阴谋——海上世界。海上世界规划用地四十四点三四万平方米，其中商业、办公、娱乐等配套面积达十六点三四万平方米，一旦启动，将是足以影响流苏城整个东南部的商业巨舰。

从水晶花园城中心、海上世界到招商地产的整个项目，可以看出景铭基招商地产进军商业领域的步伐绝不仅仅停留于南海区乃至整个流苏城，这其中蕴含着更大的招商企图，而水晶花园城中心与海上世界则是其战略布局上的先头部队。

一旦招商阴谋施展，前有水晶花园城中心，后有海上世界，东南部这一完美的商业规划将形成合围。其不但控制了南海购买力的外流，该片区的独特人文魅力及商业配套的完善，也将吸引更多高层次的消费者前往。

届时，一个集购物、餐饮、娱乐、旅游于一体的庞大商业体系将真正形成，其辐射程度绝对超越了整个流苏城。

巨大的商业圈所产生的消费吸引，必定将改变流苏城市的商业布局。在高速发展的东南部，将崛起一个高尚商业圈，那就是南海。

其实，这个看似完美的地产招商项目，不过是程安翔和忆远递给景铭基的一块肥肉，这用心良苦的计谋到底能不能成功呢？至少在程安翔看来，计划已经成功了一半。景铭基完全没有想到，这看似恢宏的黄金殿，不过是迷惑自己的海市蜃楼而已。

自从此次水晶花园项目开工以来，便得到了整个流苏城甚至全国的关注，在初次涉足房地产就得到了消费者零投诉和政府授予的"低碳环保企业"称号的铭基集团，第二笔生意就以七十九亿的大手笔拍下整个水晶花园城中心商业区，可谓出手不凡。然而，在不断出现的施工建设问题被一一曝光后，景铭基开始坐不住了。

业界都知道，景铭基以超出市场价两倍的成交价格拍下如此大面积的商业区，其野心可见一斑。在用远远高于市场价的补偿款解决了最为棘手的拆迁问题后，以为一切都可高枕无忧，商业城建成的那天便是自己商业帝国崛起的时刻。可不到六个月的时间，便又出事了。最先出现问题的竟是自己最信任的儿子铭卓所主管的水晶花园商业建筑群。还未完全竣工便出现了一座二十层高层楼盘因钢筋质量不过关而坍塌的事故，幸运的是没有人员伤亡！当景铭基用钱将楼层坍塌的原因归于历史墓葬问题时，东侧一栋已经正在发售和招商的楼盘又因水泥问题而出现裂缝。最终，纸包不住火，有人一纸诉状将铭基集团劣质楼盘的事实告到了国家质检局。整个水晶花园商业城被强制停工。一时间满城风雨。

原来，这一切都是程安翔和忆远安排好的！一年前程安翔便得知了政府开发水晶花园的内部消息。在看中了水晶花园中部巨大广阔的商业市场后，便一手策划了这起"商业城计划"。在利用锦如的美人计秘密从省委高官处获得了当时水晶花园的标底后，程安翔便派人在竞标过程中一再哄抬标价，并让忆远在公司内部制造水晶花园地产招商有着巨大商业价值的论断，引得景铭基对拍下水晶花园抱有势在必得之心。后来更是以高于市场价两倍的价格中标。在铭基集团实施拆迁过程中，程安翔早已派人指使"钉子户"们严守阵地，甚至付给"钉子户"双倍赔偿款，让他们将地皮转让给另外一个开发商，从而增加景铭基的工程成本。

忆远本想在工程开工前将自己负责的施工建筑材料标底，

转交程安翔的施工队，好让他们成功中标，成为水晶花园和海上公园的施工方和材料供给商，从而更好地实施"商业城计划"。但偏偏半路杀出个程咬金，铭卓却在此时出现在铭基集团，并取代了忆远成为工程主管。无奈计划被迫中断。然而，程安翔毕竟是程安翔，当然拥有兵来将挡水来土掩的气度。在铭卓接手水晶花园后，程安翔再次故技重施，派遣美女"卧底"潜伏在铭卓身边，顺利拿到了工程标底。

在率先实施的水晶花园商业区建设中，拿到标底中标而与铭卓签署合作协议的各类建筑材料供应商以及程安翔派遣的庞大的施工队，正在一步一步实施着自己酝酿已久的"商业城计划"。一切都在程安翔的预料与掌控中，当然也包括结果。

终于，铭卓倾注了大半年心血的、心目中完美无缺的"梦幻水晶花园"商业区终成了黄粱一梦，现实的残垣断壁压得铭卓几近窒息。

更为残酷的是，居然有人在景铭基面前告了铭卓一状！不必说，一定是锦如和忆远从中作梗。锦如眼看自己的夺权计划在忆远的协助下得以顺利实施，后果颇丰，殊不知，螳螂捕蝉，黄雀在后，更为可怕的敌人正躲在身后阴暗处，蓄势待发。面对景铭基，锦如自然而然、滔滔不绝地列举着铭卓的恶行，说铭卓看似无心名利，实则胸怀巨大野心！擅自侵吞工程款，以次充好，贪得无厌已经到了登峰造极的地步！还说什么，铭卓此次回来，就是要整垮铭基集团，继而渔翁得利。总之，铭卓的形象，已被贬低到了不忍卒读的地步。各大报纸媒体也纷纷报道了水晶花园商业城负责人景铭卓的"种种劣迹"。更是爆出景铭卓并非景铭基亲生的传闻。一时间满城风雨，舆论哗然。

随之而来的负面效应可谓势不可挡，铭基集团的股票瞬间大跌！董事局会议上，一半以上的股东要求景铭基套现，他们中的大多数人已经对铭基集团失去了信心。景铭基也清楚，面对巨额的亏损，他再怎么说保证股东的利益也是徒劳的虚话。

在黑道白道闯荡几十年，历经了多少腥风血雨才得到如今的地位。可转瞬间，即将化为泡影。何为一失足成千古恨，景铭基算是领教过了。自己经商这么多年，竟然败在自己的儿子身上！自此，景铭基算是看透了所谓的感情，从来都不相信感情的自己，也不知道脑袋里哪根筋断了，竟然对这个不是自己亲生的"儿子"如此信任！没有半点儿防范！而此时的后悔，却也为时已晚。

更惨的是铭卓，这个昔日的"铭少爷"竟被自己的"父亲"扫地出门，连辩解的机会都没有留给他。

昔日的洋房豪车、锦衣玉食也瞬间化为泡影。当然，李香兰怎么舍得让自己养了十年的"儿子"无故受苦？在她看来即使年少轻狂的铭卓犯了错，也是情有可原的。正是李香兰的暗中汇款，铭卓才保得一日三餐，不至于风餐露宿。

七十三、在荒凉的旷野看见开满玫瑰的花园

九月的风吹落第一片树叶时，铭卓的眼里已是满目的荒凉。他疲惫地奔走于往日交好的朋友之间，只为获得少得可怜的资金。是的，他要不顾一切地分秒必争！他要尽自己最后一丝力气挽救因自己疏忽而一蹶不振的铭基集团！然而现实的残酷，远远超出了自己的想象。谁会傻到和自己的钱过不去？谁会傻到用自己的心血为铭基集团的负债买单？

铭卓在尝到四处碰壁的滋味后，却因一次偶然的机会获知了紫萱父亲的公司已在美国上市，并且资产已过百亿。铭卓忽然像漂流在茫茫大海中的一叶孤舟发现伫立在深海之上的灯塔一般有了方向。第二天，他便搭乘飞往美国的飞机到了纽约，找到了紫萱位于纽约的海景别墅。

还没等铭卓开口，紫萱已经知道了他的来意。坦言她会尽力帮助铭卓的，但最终的结果并不是自己说了算，必须征得自己父亲的同意。

就在铭卓怀着无比期待的心情踏上归国的路程时，却不晓得，迎接自己的将是一张无形而残酷的法网。

当铭卓踏上流苏南机场的一刹那，便被守候多时的民警拘捕并押解到了警局。

"景先生，您涉嫌多次经济犯罪，请和我们回警局一趟。"

面对面无表情、语气平静而冷酷的刑警，铭卓明白，再怎么样辩解都是徒劳。而自己却在心里犯起了嘀咕，到底是谁在暗中作梗？这一连串的事，绝对不会是巧合！一定是谁暗中想要整垮自己！但这样的代价未免太过巨大了吧。用整个铭基集团的覆灭来换取自己的牢狱之灾，未免太小题大做了吧？是张锦如？这样一个看似弱小的女子绝对不是外表看起来的那么简单。还有和他同一战线的苏忆远！难道苏忆远才是幕后主谋？铭卓越想越不对劲，难道苏忆远因为自己和毓静的订婚而动了邪念？

……

铭卓被捕的消息一时间占据了各大媒体的头版头条，刚刚稍微平息一点的"水晶花园豆腐渣工程"再次成为舆论争相抨击的对象。铭卓更是被刻画成一个忘恩负义的、贪财的卑劣形象。

当景铭基和李香兰看到报纸新闻上一篇篇关于铭卓的报道时，痛心过后顿生怜悯之情。

《农村娃变身铭基集团少公子背后的阴谋》、《东郭先生与狼——水晶花园背后的人性思索》……这一篇篇痛心疾首、唯恐除之而后快的檄文，让人读罢热血沸腾。一时间，铭卓已然成为社会道德、良知和正义的对立面。

与此同时，铭基集团的股票已然跌入谷底。董事会连开紧急会议，商议应对措施，大部分股东已坚定了退出铭基集团的决心，更有甚者，竟有一部分股东联名要求景铭基让出董事长职位！景铭基为了公司已尽了最大的努力，将自己在新加坡和东南亚地区以及云雾岛的所有房产和私家飞机全部拍卖来填补公司的资金空缺和稳定民心，而且积极奔走于曾经有过合作的各大公司以求支援。结果却收效甚微。在忆远的极力游说下，首次投入房地产开发时的合作对象程安翔才勉强答应帮他，但他开出的条件却让景铭基甚为为难，他竟要求景铭基出让铭基集团百分之五十以上的股权！这样的话，铭基集团是保住了，但实则已成为他人鱼肉。景铭基不甘心，他苦心经营这么多年才小有成就的铭基集团竟然是为他人做了嫁衣裳！叫他如何可以接受！

看着铭基集团如秋风中摇摇欲坠的枯叶，锦如笑了，早就悄悄地打起了小算盘的锦如，已经成功运用自己的美色加才智俘虏了主管财政的四十多岁贪财好色又胆小怕事的姜部长。将原本就已少得可怜的流动资金源源不断地转入自己早先在瑞士银行开设的户头，并已注册了自己的广告设计和电影后期制作公司。如今，历经半年的运转，公司已上了轨道并且盈利颇丰。

真可谓有人欢喜有人忧。

就在铭基集团即将宣告破产的危急时刻，景铭基突然接到了铭卓的大学同学夏紫萱的电话，称可以尽自己绵薄之力帮助铭基集团。她的父亲在她的极力劝说下，同意为铭基集团投资，并可以为铭基集团重新包装企业形象。紫萱的话语简短而有力，真可谓雪中送炭，景铭基这才想起原来和他有过一面之缘的这位"老朋友"，紫萱的父亲，是东南亚最大、世界排名数一数二的广告业巨头！在问到具体投资金额时，紫萱只说这个是她父亲说了算。但无论如何，这已经是不幸中的万幸了！

当天，铭基集团的股票竟然奇迹般地出现了六个月来的第一次增长！原来，美籍华人向铭基集团投资巨额资金的消息早已不胫而走，为企业带来了巨大的正面效应。

景铭基第一次对一个人如此感激，也第一次感觉到残酷、现实、弱肉强食、墙倒众人推的金钱社会，依然是有稀缺珍贵的人情味的！他感受过多少次的"锦上添花"，但第一次尝到"雪中送炭"的滋味，对紫萱和她的父亲夏建邺的感激之情溢于言表。

铭基集团的起起落落不仅牵动着中国人民的心，也牵动着世界人民的心！自从铭基集团水晶花园事件发生后，已经世界各国媒体频繁报道。

位于法国巴黎国立高等美术学院的毓静，也无意中得知了铭基集团的事，更让她震惊的是铭卓居然因为贪污公司公款已被捕入狱了！

不会的，以铭卓的为人，他怎么可能做出这种事？这不是无稽之谈吗？虽然毓静对铭卓这几个月来对自己的不闻不问心怀不满，甚至一度伤心欲绝，怀疑铭卓是否已将自己忘记了。但当她得知铭卓入狱的消息后，第二天便请假回国了。

和巴黎温和的气候相比，此时的流苏城已是落叶遍地的深秋时节。穿着单薄的毓静踏着遍地黄叶行走在路旁一排整齐高大的梧桐树下，偶尔有叶片如枯叶蝶般随风飞舞。

循着路标找到位于市郊一处偏僻地段的流苏城监狱时，已是黄昏。当她见到铭卓的一刹那，时光仿佛已过千年。一身蓝白竖条的宽大狱服和长得很长的胡须，让原本阳光帅气的铭卓显得苍老憔悴了许多。

物是人非事事休，欲语泪先流。

铭卓首先打破了相视的沉默，看着毓静微红的眼眶，铭卓握住毓静的双手说道："这么长时间不见，好吗？我现在这个样子，想递给你一方纸巾都没有。"

"说什么呢？看看你现在的样子，瘦了好多，我都快认不出来了！"毓静说着，眼眶里的泪不禁流了下来。

"别哭，我没事的，很快就会出去。这么长时间我一直很想你，去巴黎找你却被父亲的人阻挠，结果还没到你们学校就被逼回来了，他们说如果和你见面你就有危险，所以……"铭卓安慰毓静道。

"我知道，你不会忘了我，我就知道，你还是以前那个你……"

"嗯，等我出去，我还欠你一个愿望！我们还没有去看云雾岛上盛开的向日葵，还没有带你环游世界！所以，我一定会出去，你要等我……"

"嗯……我知道，我一定请最好的律师救你出来！告诉我，他们为什么把你关起来？"

"毓静，我没有干，你相信我吗？我真的是清白的。有人控制施工队和建材商联合起来陷害我，我现在是百口莫辩了。从一开始接管水晶花园商业区，他们就已经计划好了。这是一个不折不扣的商业阴谋！"铭卓激动地说道。

"我相信你！卓，我知道你一定是被冤枉的。你不缺钱，怎么会贪污公款，做出那种伤天害理的事呢！"毓静说着，泪又止不住掉了下来。

"毓静，不要哭，只要你相信我，我就有信心活在这个世界上。"

……

在毓静走出监狱大门不久，竟然碰到了低头疾走的李香兰。几个月不见，她也显得憔悴了许多。手中拎着一只盛饭的暖水瓶，想必是为铭卓煲的汤吧。毓静走过去，第一次主动和李香兰打招呼。

"伯母……"毓静的声音很轻，轻到一阵风就可以吹散似的。

李香兰循声抬起头，看到毓静的那一刻，眼里竟闪出泪光。

"毓静啊……你……回来了，来看铭卓了……"李香兰第一次听到毓静主动和自己说话，竟激动得说起话来都有些断断续续。

"嗯，您这些日子还好吧？"毓静说道。

"还好……你，在巴黎怎么样，生活上学习上都适应了吗？"李香兰说道。

"嗯，已经适应了。家里发生了这么多事，我也没有帮上忙，真过意不去。"毓静说道。

"别这么说，你能回来看铭卓，我已经很开心了。你是刚回来的吗？"

"嗯，您也刚要去看他吧。"

"我刚刚煲了他喜欢的鲫鱼汤，就给他送过来了。"李香兰说道。

"快进去吧,待会儿汤要凉了。"毓静说道。

"好的,你有其他事吗?没有的话能不能等我一下,我很快就出来。"李香兰说道。

"好的,我就在这儿等你。"

李香兰只将鲫鱼汤送给铭卓后便出来了。

"毓静,还没吃饭吧,走,先去吃点东西。"李香兰说道。

"好吧,我想了解一下铭卓案子的具体情况。听他说您已经为他请了律师了。案子进展得怎么样了?"

"案子本身很简单,但主要是所有的人证物证都对铭卓不利……上车吧,我们边走边聊。"李香兰边开车门边说道。

……

不久,她们便到了位于流苏湖东街的一家素食馆,装潢竟和曾经和铭卓一起去过的巴黎春天旁边的那一家一模一样。

"不知道你喜欢吃什么,这家菜馆是我开的,味道怎么样我不敢评价,只是营养和健康还是可以的。你喜欢什么不要客气。"李香兰将菜单递给毓静说道。

"原来如此,这是李香兰开的一家素食连锁店。"毓静在心中暗想,便随便点了几个菜。

李香兰还加了几个菜推荐给毓静。

"多吃点,一路上辛苦了,都没有好好吃一顿饭吧。"李香兰一边说着一边给毓静夹菜。

"谢谢伯母。"毓静微笑着说道。

看着毓静第一次对自己微笑,李香兰的眼眶竟再次湿润了。

"伯母,铭卓的冤情,能被洗脱吗?"毓静问道。

"我在尽自己最大的努力,但是到现在案情一直还没有突破。"李香兰说道。

……

"你放心吧,就算拼了我这条老命,我也要为铭卓讨一个说法。"李香兰安慰毓静道。

"伯母,我想知道是谁控告了铭卓?不会是伯父吧?"

"当然不是,虽然铭卓的失误让铭基集团陷入危机,但再怎么说,你伯父也不希望自己的儿子承受牢狱之灾。"李香兰说道。

"那会是谁呢?铭卓一向与人为善,并没有什么仇人,到底是谁想要陷害他?"

"刚开始,你伯父还怨恨铭卓,可自从铭卓入狱后,他才恍然大悟。铭卓不会因为小小的利益做出这种事情,而且,用自己的身败名裂和牢狱之灾换取小小的回扣,就算再笨的人也不会做出这种事情!我和你伯父曾经讨论过,其实这完全是一场商业阴谋,铭卓只是这场阴谋的牺牲品。他们的目的并不是针对铭卓,而是想要铭基集团破产!"

"那有没有查出到底是谁想要整垮铭基集团?幕后黑手到底是谁?"

"你伯父正在派人暗查这件事,可以肯定的是这件事肯定是铭基集团内部的人做的,但具体是谁还没有定论。"

"还有,有关铭卓并非伯父亲生的传言,是不是真的?"

"这个,说来话长,即使他不是亲生的,我们也早已将他视为己出了。"

……

自从夏紫萱之父夏建邺的一笔不菲的流动资金到账、铭基集团稍微稳定后,景铭基便连连召开紧急会议,谎称要开始着手开发海上公园以分散众人对水晶花园事件的注意力。对于暗查的事他没有声张，只是分别叫来了自己最信任的两个手下忆远和老魏，让他们查查究竟是谁在兴风作浪，致使铭卓身陷囹圄，自己的水晶花园商业区竟被一个名不见经传的小公司接管！但是千万不要打草惊蛇。

铭基集团项目部部长苏忆远的书房里，液晶显示屏正在播放"杀人游戏"。最近董事长迷上了这个游戏，经常在下班后揪着几位高层来"杀"一盘，但忆远却不喜欢。这个游戏简直就是一个心理测试，忆远可不希望自己的思路性格被看得一清二楚。尤其在这个人人自危的"多事之秋"，如果被揪出来的话，两年来的努力就会完全付诸东流。

每次玩的时候，忆远最希望拿到法官的牌，这样他便能以上帝般全能的视角看透参与者的种种表演。比如董事长景铭基，平时看着那么稳重的一个人，一旦拿到杀手牌，性格中刚愎自用的一面就表露无遗，看谁不顺眼就杀谁，谁要是怀疑过他，哪怕是上盘或者是上上一盘游戏，他也要记着"杀"回来。

而财务部老姜就是和稀泥的。即使他拿到警察的牌，也和拿到平民牌没区别，只会忙着从自己的角度去辩白，因为什么什么原因，我不是杀手云云。

这群蠢人！谁对我威胁最大我才会干掉谁。忆远关上电脑，他马上就要"出手"了。今天下午，是他向景铭基提交企划案和调查报告的日子。

董事长景铭基坐在办公椅上，望着面前的报纸面无表情。那是几天前的新闻了，"镇海投资集团正式接管水晶花园商业城"。

景铭基记得当时自己的震惊。早在铭卓受伤住院时他就已对镇海投资集团进行过调查，那个美若天仙人见人爱的暮雨薇，果不其然是一个不折不扣的商业间谍！小小的镇海集团竟也可以骑到自己头上来了！真可谓是三十年河东，三十年河西。即使自己因为此次开发不力，导致资金链暂时断裂，也轮不到这么一个名不见经传的公司来接管自己投入了巨大心血的水晶花园商业城。要不是夏建邺投资的消息晚了一步，以及考虑到公司声誉，自己如何肯以如此低价秘密转让这么大一块儿肥肉！景铭基越想越不是滋味儿！即使再怎么悔不当初，却也于事无补了。

一定要趁着夏建邺对集团投资的良好时机，铲除内鬼，实现自己的"大清洗"目标。

……

进入董事长办公室的一刹那，忆远只觉得一阵寒气扑面而来。但他并不声张，只默默地将自己的企划案和调查书递交给董事长景铭基，他深知，这次的海洋公园项目，和调查进展情况，一定不能露出半点差错，要是被景铭基抓住把柄，自己就前功尽弃了。

现在忆远坐在老板面前，先说收集消息的情况："景董，我通过近两个礼拜的仔细了解，铭卓部长与建材商签署的合约完全是经过合法招标后才产生的，并没有牵扯收受回扣的问题。关于铭卓部长在和建材商谈生意时被拍的那些收受贿赂的照片，我想有可能是在被人挟持或者意识不清的情况下拍摄的。但是有一件事我不得不提，会不会有人利用铭卓部长的单纯和经验不足私底下将标底出卖给那些建材商，而将收受贿赂的犯罪事实嫁祸给铭卓部长也不一定。"

"难怪！表面上衣冠楚楚，在酒桌上和我们谈诚信，暗地里却搞一些劣质的东西敷衍我们！竟然还陷害诬告我们铭卓！

真不是东西!"景铭基对于忆远用事实说话的态度颇为赞赏,殊不知,忆远的话,就是事实的再现。

忆远又看了一眼那报纸,程安翔的手脚也真快,这么急着先发制人,也没事先打个招呼。自从自己在铭基集团最困难而面临倒闭时将景铭基迫于压力要将水晶花园商业区转让的消息告知程安翔后,第二天报纸上便出现了镇海投资集团接管水晶花园的报道。

忆远继续试探着说:"其实公司董事会也就那么几个人,但即将转让水晶花园的消息公司的核心团队都了解……"

景铭基盯着他:"那么,就是说没有查出来?"

忆远艰难地点了点头:"毕竟我不敢动静太大,查了这些天,没有确凿的证据。公司高层都是我们的骨干员工,而且都是您一手提携起来的……"忆远停下了,话没说满,项目组唯一一个不久才到公司的空降兵是老魏挖过来的项目部副部长陈宇。

景铭基一挥手打断他,自己开始分析。陈宇以前是新锐房地产开发有限公司的项目部部长,在铭卓丢下水晶花园去巴黎的那些天,他一直是想全面负责水晶花园,代替铭卓的职务,谈了几次景铭基都没松口。再加上最近因为公司资金有些紧张,挖他过来时承诺的条件有一部分没到位。他的情绪明显不高,一副心事重重的样子。

忆远一愣,景铭基怀疑陈宇?他心中一阵暗喜,自己正想拉陈宇当替罪羊,陈宇想上位、不服管而且严重干涉自己的计划也不是一天两天了。没想到这个人不知道什么时候已经得罪景铭基了,那就顺水推舟吧。忆远想着。

"陈副部长很可能觉得他的职务太低。说起来,他之前在新锐时就一直在外面搞兼职赚外快……"火上浇不得油,这一浇,事情就大了。

陈宇被辞退了，罪名是监管不力导致公司商业机密外泄，为公司造成巨大损失。

出了这种事，总有人要承担责任，对内对外必须有所交代。

其实，景铭基哪有那么好骗，发生了这么多事，他已经对公司的所有员工都不再像以前那样信任了。表面上他对忆远信任有加，但一面让忆远着手去查老魏和其他公司员工，另一方面，却让老魏去查忆远和锦如。

其实景铭基很久以来已经对锦如有所怀疑，早在他刚刚和她相认后不久，他便让人秘密获取了锦如的头发，直到亲子鉴定结果出来以后，他才真正相信了锦如就是自己早年的女儿。即使他表面上对这个女儿有求必应，并给她以部长的职位，但并没有将真正的实权交给她，而是安插了很多内线在锦如身旁以分散她的权力。在水晶花园事件发生后，听到锦如对铭卓的一番深度剖析后，景铭基便开始对锦如刮目相看，直到铭卓入狱后，景铭基才发觉，原来铭卓完全是被冤枉的。仔细想来，铭卓的入狱对于锦如来说，是消灭了一个潜在的威胁。张锦如，这个看似温柔甜美、毫无攻击性的弱女子，或许隐藏着更为巨大的野心！而苏忆远，原本是景铭基最为看好的员工，但由于和锦如来往甚密，一定是和张锦如一条船上的人。两人在公司是同事兼同学，而私下却是同居关系。外人或许不知道两人的真正关系，但对于景铭基，这些已经不再是什么秘密。

此次响应忆远，将陈宇支离公司，一方面是陈宇确实有出卖公司机密的嫌疑，另一方面是给忆远一个台阶下，暂时稳住忆远和锦如的心，让他们误以为自己还没有被怀疑。

景铭基为谨慎起见，一边让老魏继续暗查忆远和锦如，一边把保密工作做得更细。

而此时的忆远已经准备好了，如果此次海洋公园项目再次失败的话，这个纵使无坚不摧的、有九条命的世界五百强企业，也将瞬间崩塌！

幸好，景铭基对于自己一点怀疑的迹象都没有。不对，景铭基这个老奸巨猾的老狐狸，怎么可能对于自己的行动一点察觉都没有？他不是这样愚钝的人！在执行最后这个关键的任务时一定要加倍谨慎小心！

……

不久，景铭基便从老魏那里获得了一摞张锦如和财务部老姜在红色宝马中的激吻照！难道……景铭基不忍再看下去，也不忍再想下去，难道铭基集团的流动资金早已被张锦如动过手脚？

看到照片后的第一时间，景铭基便召开了紧急秘密会议，找了几个自己信得过的公司元老级人物，以海洋公园为借口，对财务部进行了突击检查。

面对巨额的假账，景铭基差点昏死过去！想起自己曾经年轻时所做的一切，或许这就是因果轮回，就是对自己曾经犯下过错的一种报应吧。

而此时，第一时间得知东窗事发的张锦如，早已不知去向。

面对全国范围内的通缉令，刚刚到达滨海的锦如原本想和自己的母亲取得联系，却发现自己的母亲早已被人跟踪调查。已无处可逃的锦如，只得藏身于荒郊山野。

看到锦如已暴露身份，忆远不禁一阵后怕，如果自己的计划也被景铭基发现，所有的努力就将付诸东流。程安翔已发出了最后通牒！只要接下来的海洋公园计划顺利实施，自己的复仇计划就会圆满成功,然而,此时的忆远,却觉得公司仿佛有无数双眼睛在盯着自己,自己的一言一行仿佛都掌握在景铭基手中一样。

然而,就在铭基集团爆出财务亏空的消息后,股市再次动荡,一路标红。实际上,几乎一大半的流动资金已被锦如卷走。铭基集团再次陷入破产危机!

还没有从水晶花园事件中恢复过来的景铭基,再次陷入财务亏空的阴影。

而此时,想要尽力挽救铭卓的毓静,看到身陷囹圄的铭卓因为铭基集团的即将破产和自己的无能为力而日渐消瘦,母亲李香兰被迫变卖了经营很久的"养心斋"素食馆连锁店。想起铭卓曾经给自己留下的所有温暖记忆,以及李香兰对自己的种种关心和难以抗拒的爱意,毓静的心便一阵阵地疼。

为什么,生命中的美好稍纵即逝,而苦难却如影随形!

随即,毓静带着自己在国内的所有画作,回到了巴黎,联系到已经毕业回国的Pierre。在得知了铭卓的事和毓静想要办画展和拍卖会以帮助铭卓的来意后,Pierre竟通过他的父亲,法国最大的甜品品牌Sweet Heart创始人Aaron,在巴黎最繁华的巴黎新凯旋门艺术中心为毓静举行了为期五天的美术作品展销会!

让人欣喜的是,毓静的作品竟被拍出了巴黎美院艺术生中有史以来的最高价!两天的时间内,所有的作品几乎都有买家询问。整个展销过程经过法国媒体报道后,竟引起了空前的轰动效应!

毓静的名字,一度响彻法国艺术界。

随即,毓静便将自己拍卖所得的巨额款项全部投给铭基集团，用作企业流动资金。不仅毓静，Pierre也为铭卓投进了一笔款项。

此事一出，铭基集团再次有了生的希望！而毓静，也再次成为媒体争相报道的焦点。

在得知了毓静是为了救自己的未婚夫才将自己多年来视为生命的所有作品拍卖掉后，不少欧洲企业家也慷慨解囊，向景铭基伸出援助之手。

一时间，铭基集团的股票再次起死回生，一路飙升！

也正在此时，水晶花园经济犯罪案二审开庭，在新的人证，绿康建材策划部部长隋跃晟出示的证据，原产印度半岛的"致幻药"以及药瓶上残留的陈世康老总的指纹面前，曾经指证铭卓因收受回扣引发经济犯罪的人证，绿康建材公司老总陈世康当堂翻供，承认自己做了假证，那些指正铭卓收受回扣的照片都是在铭卓处于半昏迷状态下拍摄的。他们在铭卓的酒杯里下了迷幻药，这种产自印度半岛的从蛇皮中提取的致幻药极其罕见，可以让人在用药后极短的时间内失去知觉。在铭卓被致幻后，他们便拍下了那些照片。最后，他供出了操作这一事件的幕后黑手就是张锦如。

但提供新证据的隋跃晟却认为，幕后主谋另有其人。至于具体是谁他现在还不方便说，不过已有目标，现在正在搜集证据中。

坐在旁听席上的忆远，听到隋跃晟的证词时竟惊出了一身冷汗！这不是曾经因为偷了自己的"地中海别墅企划书"而被景铭基赶出铭基集团的那位设计师吗？难道，这其间另有隐情？

原来，当时锦如为了追求忆远，故意设计了这出"调包计"，隋跃晟根本没有剽窃忆远的创意，是张锦如在其中做了手脚。

后来她又以此"拯救"了忆远的创意,将隋跃晟踢出公司以保住忆远在铭基集团的地位,目的是获得忆远的感激,继而为引诱忆远做铺垫。

……

这样的话,就不难理解隋跃晟为何会出卖自己现在的老板陈世康,并以此来指证锦如和忆远了。

不久,铭卓便被判无罪,当庭释放。

踏着流苏城满目凋零的枯叶,铭卓感慨万千。若不是毓静,铭基集团可能就如脚下的枯叶一般随风飘零,任人踩踏了吧。想起毓静笑容灿烂、裙摆飞扬的样子,铭卓的心中突然升起一股感动,可以化腐朽为神奇的力量,豁然间,凋零的枯黄竟化作满目的姹紫嫣红。

随即,远在巴黎的毓静便收到铭卓的短信:"谢谢你,静。你给的一切,让我在荒凉的旷野,看见开满玫瑰的花园。"

七十四、逃不过时间的纠结

秋高气爽的晴空不属于流苏城那年的深秋。即使还未到大雪压枝的严冬,却也让人不觉清晰的寒意缓缓地渗入骨髓。即使是晴朗的午后也让人顿生寒意。

而此时,大洋彼岸的欧洲,却是一片秋雨梧桐的落叶纷飞的景致。

终于,当流苏城落下第一场雪后,铭卓便搭乘飞往巴黎的飞机,飞往他日夜思念的毓静。

而正在准备期末考的毓静也放下手中的一切,迎接铭卓的到来。

接机室外,细细的雨滴打在宽大的梧桐叶上,发出清脆的声响。

一身剪裁考究的灰黑色修身毛呢外套让铭卓更显清瘦。而毓静着一身卡其色帅气风衣,海藻一样的头发随意披在肩头,显得成熟了不少。见到毓静的那一刻,铭卓给了她一个久违的拥抱。这一年来,这是他们第一次拥抱,不过却有时过境迁的沧桑感。

"好想你……"毓静说道。

"我也是。梦里都想着重逢的这一刻。"铭卓说着将毓静搂得更紧了。

想起曾经在云雾岛上两人相依而伴的那些云淡风轻的日子,毓静竟不禁掉下泪来,暖湿的液体顺着脸颊流在了铭卓的颈肩。

"毓静,别哭……我不是来了么?我们以后再也不分开了。"铭卓说着轻轻擦去毓静脸上的泪。

"嗯……"毓静说着帮铭卓拎起提包。

"让我好好看看你……"铭卓说着拉起毓静的手,望着她闪着泪光的眼。

"头发更长了……还有……比以前看起来更成熟了,更有女人味了……以前的小女孩,终于长大了!"

毓静放下包,握紧了铭卓的手,说道:"你是说,我变老了!"

"看看,刚刚说你长大了,看来是我错了,不一会儿就露馅了,又变回小女孩了!"铭卓说着用手指捏了捏毓静的鼻头,微笑着看着她的脸。

"卓……在你面前,我才像个小孩子……"毓静笑说。

……

不久，两人便搭乘计程车来到了毓静在巴黎美术学院的单身公寓。背光的玻璃窗外，有枝叶繁茂的红色爬山虎。迎着秋雨，在细雨氤氲的湿气中绽放着生命中最为繁盛华美的火焰般的色泽。

看着空荡荡的屋子，铭卓突然间有发自内心的深沉的忧伤。

"毓静，想象中，你的屋子应该是满地摆着乱七八糟的画作……可是……不想却是这样整洁空旷。"

"你不要乱猜哦，我一向很爱整洁的！"毓静笑说。

然而，铭卓深知，毓静的笑容下，隐藏着多少辛酸！一个视美术为生命的人，能将自己所有的作品全部拍卖掉，这需要多么大的勇气！

"毓静，你放心，铭基集团是你救下来的，你的画，我一定会为你赎回来的！"

"又说这些傻话，我的画，有人欣赏，我高兴还来不及呢，更何况，美术本身就是为懂得欣赏美的人而做的，现今，有这么多人收藏我的画，我的心里就好像有了很多的知己，这样我该多开心、多不孤单呀！"毓静说着为铭卓煮了一杯自制咖啡。

"先喝点暖暖胃吧。"

……

就这样，在毓静准备期末考试的这段时间里，两人过着平淡而幸福的生活，毓静白天复习功课，写论文，铭卓则为她做各种各样好吃的家乡菜，红烧鲫鱼、小排炖玉米、西红柿炒鸡蛋、糖醋排骨……这是毓静来法国后吃过的最地道的家乡味儿了。晚上，两人便游走在巴黎形形色色的大街小巷，品尝法国独有的气息，或安静，或喧闹，或浪漫……

终于，毓静顺利地拿到了巴黎美术学院的硕士学位，并被授予"优秀毕业生"称号。

而就在毓静的毕业典礼上,铭卓竟然当着毓静所有校友的面,单膝跪地向毓静求婚!巴黎多雨的天气,在那天竟奇迹般地放晴了,久违的阳光让人心情开阔而舒畅。巨大的钻戒在阳光下熠熠生辉。更可喜的是,这浪漫的一幕,竟然通过电视直播,传遍了世界各地!

……

此时的流苏城,已是白雪皑皑的冬日,忆远的心情和头顶惨淡的阳光一样暗淡。不仅是因为海洋公园计划困难重重,更是因为国际新闻播报上,毓静面对所有人答应了铭卓的求婚。

……

吃一堑长一智,水晶花园项目的失败,让景铭基加强了对海洋公园工程的监管力度。所有关于海洋公园项目的事情,大到工程款的发放,小到对施工工程队的挑选,事无巨细,一概需向景铭基请示。这让忆远和程安翔的计划根本无从下手。

更为可怕的是,忆远竟发现有人在暗处调查自己!难道景铭基已经发现了某些蛛丝马迹?忆远想想就后怕,怎么办?眼看自己的复仇大计就要成功了,哪知竟被自己最爱的女人——毓静给搅黄了!但他对她却怎么也恨不起来。程安翔已经派人去查张锦如的母亲了,毕竟,她和景铭基,不,应该是张福田,夫妻一场,一定会知道一些外人不知道的内幕。此时应该有下落了吧,忆远正想着,不料电话铃声响了,正是程安翔!

"不好了!张锦如被警察抓住了!"

"什么?你不是已经帮她办理了出国护照吗?不是说已经安全了吗?"忆远听到程安翔的话大吃一惊!

"是啊,为了查到锦如的母亲张玉云,我没有让人把护照先交给她，而是让她先说出她母亲的住处，哪知联系到她母亲后的第二天，警察便根据无线电讯号监测到了她！如今她已经被押解回流苏城了，如果她供出你的话，我们的计划就全完了。"

"你怎么这样？她的处境已经这样了，你还忍心逼她！错过了逃跑的时机，你让她以后怎么办？"

"我不是也是为了我们的计划嘛！现在想起来也后悔，可是后悔也于事无补了，现在最关键的是她会不会供出你来！"

"不会的，我相信我们相处一场，她对我还是有感情的！"

"不要再异想天开了，感情……感情在生死存亡面前一文不值！"

"我知道，可是除了相信她，我还能有什么其他的选择吗？"

"我们现在需要稳住阵脚，无论遇到什么，首先自己要坚定信念！对了，我在调查锦如母亲张玉云时竟发现一个人，他竟也在调查张玉云！而且，好像是和一桩十年前的命案有关。更不可思议的是，这人竟然是跟了景铭基十几年的管家，杰明。"

……

不久，涉嫌谋划并实施了水晶花园事件的主犯张锦如被押解回流苏城后，立刻引来一片舆论批判。

水晶花园经济犯罪案三度开庭。

坐在原告席上的景铭基，看到自己亲生女儿张锦如声泪俱下，竟升起些许怜悯之情。

而一身狱服的锦如，却对将自己告上法庭的道貌岸然的景铭基恨得咬牙切齿。是的，她要将他的罪恶告白于天下，即使自己遭受囹圄之苦也在所不惜。

当法官将在锦如笔记本上找到的一段日记作为证据呈现给审判长及各位法官时，景铭基惊出了一身冷汗！

锦如写道:"我要复仇!景铭基,不,应该是张福田,不要以为一千万就可以收买我孤苦无依的童年,掩埋我孤独自卑的青春!蔑视母亲为生活所迫而沦丧的尊严!丢掉我二十几年来的伤痛和仇恨!

"二十年来,你是可以呼风唤雨的铭基集团董事长。而我,却不过是被人像垃圾一样丢来丢去的孤儿!被你们这些所谓的'君子'玩弄和践踏的宠物!有家不能回,只因母亲为筹微薄的学费,竟被工厂老板侮辱,而后沦为娼妓!当同龄女孩享受着青春美好的初恋时,我只能抛开所有所谓的自尊和矜持,去当最年轻的企业公关小姐,陪人吃饭,陪人喝酒,遭受那些非人的待遇,只为攒够读完高中的费用!

"我不会原谅你,生下我却又将我抛弃。我不会原谅你,因为别人的老婆而打得我流血不止、险些丧命!我不会原谅你蔑视的眼神和鄙夷的神态,只因我是母亲生的'没用的东西'。我不会原谅你拂袖而去时的冷漠和淡然!是你教会了我无情和冷血,你说过的,感情是世界上最无用的东西,眼泪是最廉价的垃圾!这,就是你教给我的'信仰'。

"是的,凤凰生于火,珍珠生于伤痕。这,就是我,在被你无情抛弃后所得的财产,只因这一句,我才如太阳花一样,即使在最冰冷黑暗的夜里,依然向着太阳,寻找那即使微不足道,却依然充满希冀的希望之光。

"所以,当我走向你,不要惊讶,不要躲避,那是你应得的礼物,就像我请你喝过的那杯血色玛丽,香醇而致命。"

……

"张锦如怎么可能是景铭基的女儿?那他们怎么一个姓张一个姓景呢?"景铭基的律师梁某问道。

"法官阁下,首先请允许我公布一项美国统计局调查报告,如果一个不足十岁的小女孩,经常遭到父亲毒打、虐待,那么她长大后患精神类疾病的概率会比常人高出百分之五十,如果一个人格完整、精神健全的人,无故遭到冷落、蔑视、嘲笑、抛弃,那么她成人以后的人格不健全、神经错乱的概率将提高百分之六十。大家先不要急,这些看似无关的数据,其实隐含有大量的信息。我的当事人张锦如的这段话,意思已经非常清楚,她从小被父亲毒打,经常遭受冷暴力、性别歧视和人格漠视,而且,最终也没有逃出被父亲残酷抛弃的命运。在她成长过程中,又遭受过多少不为人知的辛酸,尝尽了多少世间冷暖。大家想一想,在这样环境下成长起来的小孩会是健康的吗?当然不是。而我的当事人,张锦如,就是生长在这样一个不健全家庭和冷酷恶劣的生活环境里的人!早在五年前,她已经被查出罹患脊髓小脑共济失调并伴有间歇性精神分裂。而造成我可怜的辩护人张锦如因精神分裂而患病的主谋,便是高高在上的铭基集团董事长景铭基!因为他,正是冷酷无情抛妻弃女的张福田!"程安翔为锦如请的"流苏城第一名嘴"陈泽昱律师说道。

"你撒谎!你有什么证据证明张锦如就是景铭基董事长的女儿?法官阁下,我要告被告辩护律师诽谤罪!"

"法官阁下,我有物证呈交。"

接着,只见陈律师将一份医学鉴定报告递给了各位庭审律师。

"请各位法官看一下,这是从景铭基董事长头发上提取的DNA和我的当事人DNA的鉴定结果,相信大家已经有目共睹了吧,鉴定结果表明,张锦如正是景铭基的亲生女儿无疑!"

听到这样的事实,坐在旁听席上的李香兰几乎晕厥过去。

"我反对,我反对对方辩护律师恶意中伤我当事人的人格,并侵犯他人隐私!"梁律师说道。

"法官阁下,张锦如的身世和本案有莫大的关联,如果不说清楚,司法公正便无从谈起啊!"陈律师以司法公正作为筹码,让法官不得不听他说完。

"反对无效。"

"谢谢法官!"

"即使被告真的是景铭基的女儿,那有何证据可以证明她曾经遭受过铭基董事长的虐待?如若没有,那此时便是对铭基先生的污蔑和诽谤!应该负相应的法律责任!接下来,我要回到本案的主题,水晶花园经济犯罪案,我们有足够的人证物证证实,水晶花园豆腐渣工程和张锦如有着千丝万缕的联系。首先我要呈交一份物证。"只见梁律师将一叠伪造的假账递交给了陪审团,并说道:"法官大人,各位庭审律师,这是在水晶花园开发和实施以来的财务报表,请大家看清楚在尾页的红色标志,对了,这所有的账目,都是假的!而造假者,正是坐在被告席上的张锦如!"接着,梁律师又请出了铭基集团前财务部长姜浩。

"姜浩,请你对着在场所有的法官,以及在场的所有听众,说出你所知道的实情。"梁律师说道。

"各位法官,我承诺,我所说的句句属实,我是铭基集团的前财务部部长姜浩,我和老婆感情不好,那一天,因为发现老婆在外边有了第三者,我便一个人去了酒吧,喝得酩酊大醉,不巧便在那里碰到了时任铭基集团宣传部部长的张锦如。那天,我没有经受住她的诱惑,和她发生了关系。后来的日子里,她便隔三岔五来找我,我犹豫再三终于还是没有把持住,从此我们便成了地下情人关系。后来，我的办公室便成了和她的私人会所，再后来，我鬼迷心窍地一刻也离不开她，她的话便成了我的圣旨，我对她言听计从，最终便将一大半水晶花园的工程款转到了她设在瑞士的户头。这些假账便是这样产生的。"

"法官阁下，仅凭一个污点证人的证词，怎么可以下定我当事人张锦如就是主谋的结论呢？而我，反要告姜浩一个栽赃嫁祸之罪！"陈律师说道。

"我说的句句属实，张锦如，我没有说谎，是你引诱我的！你说话呀！我是清白的，你们不能这样污蔑我！"姜浩听到陈律师的话激动的差点晕死过去。

"法官大人，我严重怀疑姜浩的神智是否清醒，并有足够证据证明他有作伪证之嫌。"陈律师说道。

"你不要血口喷人！"姜浩激动地咆哮道。

"法官大人，请允许我把话说完。"陈律师说道。

"陈律师请说。"

"事实并不是姜浩所说的那样，当时是姜浩主动联系到我的当事人张锦如的，这一点我有足够的人证物证。"陈律师说着将姜浩和张锦如初次相会的酒吧监控录像递交给法官及各位庭审律师，并将锦如和姜浩曾经初次相识的酒吧服务生找来问话。

不太清晰的视频显示，姜浩跌跌撞撞地撞到了锦如，并撒了锦如一身酒，接着便和锦如攀谈起来，确实是姜浩先招惹的张锦如。从酒吧服务生的证词来看，也是姜浩先和锦如搭讪的。

"大家看到了吧，事实胜于雄辩！所有的伪证终会被识破！"

"张锦如，你怎么不说实话？你是想害死我吗？"一旁的姜浩气得满脸通红,而此时的锦如却神色淡然,沉默不语。

"法官阁下,据我从我当事人张锦如那里了解到的信息,转移工程款的事她事先一概不知!她完全是被姜浩利用而已。"

"你胡说!你不要血口喷人!"

"我反对对方律师诽谤我的证人!"

"请姜部长和梁律师冷静一下,并允许我把话说完。我之所以说出这样的论断是有理由的!在姜浩和我当事人发生关系之前,他便得知了锦如和铭基董事长之间的真实关系以及锦如伤痕累累的童年,他利用了铭基董事长对锦如的放任和弥补之心而让锦如去替他办一些违心之事!"

"我反对,我反对对方律师对莫须有的事做无端猜测!"

"梁律师请息怒,我说的是有根据的。"

"法官阁下,我有人证。"梁律师说着请上了绿康建材公司老总陈世康。

"法官阁下,在座的各位庭审律师好,我是水晶花园项目的建材供应商陈世康。梁律师说得不错,是张锦如让我们把建材费用压至最低,所以水晶花园的所有建筑用料都是质量最差的。正因为这样,直接导致了水晶花园工程最终成为'豆腐渣'工程。"

"我没有!你凭什么污蔑我!"张锦如激动地说道。

陈世康突然想起自己和程安翔之间的约定,便改口说道:"法官大人,我有罪,只因姜浩曾经给过我一笔钱,所以才把罪名妄加在了景铭基的女儿张锦如的身上。"

"什么?"梁律师听到自己的证人竟成了为张锦如脱罪的证据,几乎晕厥过去。

"天哪!还有没有天理?!还有没有王法?!怎么可以这

样血口喷人！"姜浩听罢怒吼道。

"法官阁下，事实正是如此！我先前所说的均属实，这再一次证明我的当事人张锦如是被冤枉的！"梁律师掷地有声地说道。

"陈律师，你是如何让我的证人变成为张锦如开罪的证据的，这其中难道没有猫腻吗？"

"我反对，我反对对方律师污蔑我的人格！"

"梁律师请你注意说话方式。"

"法官，我还有证人。"梁律师说着请出了绿康建材的项目部长隋跃晟。

"法官您好，我是绿康建材的员工隋跃晟。在我时任绿康建材项目部部长期间，发现陈世康总裁和张锦如、苏忆远的来往甚是密切，解释一下，苏忆远是铭基集团项目部部长。而后来我更是在陈世康办公室的档案袋里，发现了原产印度的可以使人失去知觉的致幻剂。接下来就得知全国瞩目的水晶花园工程被判为'豆腐渣'工程。而负责水晶花园建材供应的，正是绿康建材有限公司。日前陈世康已经承认了他和张锦如之间的黑暗交易和勾当，但据我所知，对于这件事，苏忆远事前其实也是知道的，而且很可能是主谋！我这里有他在事发之前的通讯记录，记录显示，苏忆远和绿康建筑有限公司的联系非常频繁，而张锦如和陈世康的联系也仅有几次而已。而当水晶花园出事之后，苏忆远办公室电话的通讯记录里还有和陈世康的通话记录！"

坐在旁听席上的苏忆远瞬间脸色大白！

"你不要污蔑好人！几个通话记录能说明什么？苏忆远作为铭基集团的项目部长，和建材供应商联系并提出建材风格和性能是理所当然的事！"被告席上的锦如突然激动得不能自已，"法官，我有重要信息要说，请允许我说出实情。"

"请说。"

"隋跃晟根本没有做证人的资格！他其实是前铭基集团的项目部部长。因为苏忆远比他实力强，他便一直耿耿于怀，两年前他因剽窃苏忆远的地中海别墅创意被董事长赶出了铭基集团，并提拔苏忆远取代了他项目部部长的职位，所以他一直怀恨于心，想要置苏忆远于死地！所以，他的证词根本不可信！"

"你胡说！是你和苏忆远联合起来陷害我，我根本没有剽窃他的创意！"一旁的隋跃晟青筋暴涨。

……

就在锦如案开庭之前，程安翔已派人直接接触了锦如的母亲张玉云，在得知了女儿竟被自己的丈夫告上法庭时，张玉云愤然离家，和程安翔的人一同乘机来到了流苏城，而铭卓和毓静听闻景铭基因水晶花园事件已将锦如告上法庭后，也从巴黎赶了回来。

中场休庭时，铭卓和毓静已经等在了门外，不久，张玉云和程安翔的人也来了。第二场开庭时，几人一同进了审讯室。

刚开庭不久，景铭基看到自己前妻张玉云阴冷的眼神，想起自己年轻时犯下的那些罪行，突然间萌生出一股子想要赎罪的意念，更是顾及和张锦如之间的骨肉亲情，便声称因为控告证据不足想要撤诉。梁律师将该想法通告法官后，整个庭审现场一片哗然。

蓦然间，锦如却号啕大哭起来，称自己被父亲无情抛弃，直到最后还要蒙受这等羞辱。而旁听席上的张玉云，哪能见得了自己心爱的女儿受如此的委屈？看着景铭基和他身边貌美如花的李香兰相依而坐，想着自己这二十年来孤苦无依、无人话凄凉的惨淡境况以及自己所承受的委屈和辛酸，一股莫名的怨气油然而生。

"张福田！你这个畜生！你以为自己当了个董事长就了不起！改了名换了姓就以为可以高枕无忧，你别得意得太早！你做的那些亏心事我可都给你记着呢……"张玉云的喧哗，引来法院维持秩序的保安将其强行拖出了庭审现场。

当所有人都目瞪口呆不知缘由时，景铭基却牢牢记住了前妻张玉云的这一句晴天霹雳般的话语。

一旁的李香兰脸色煞白，她突然觉得，身旁这个陪伴了她多年的枕边人竟是如此的陌生和遥远，他曾经声称自己没有结过婚，但现在却平白无故跑出个二十五六岁的女儿，还有，那个中年妇女到底是景铭基的什么人？为何又管他叫张福田？

不仅李香兰，坐在后边的铭卓和毓静，也对这突如其来的突发事件莫名其妙。为何父亲突然间要撤诉？那个看似破败的中年妇女和他到底是什么关系？

而他们所有的疑惑，更是在场的所有记者和新闻工作者的疑惑。

第二天，这件事便登上了各大新闻报纸的头版头条。景铭基和张锦如之间的父女关系瞬间成了所有人谈论的对象，再加上"水晶花园事件""豆腐渣工程""贪污腐败""董事长虐待亲生女儿"等字眼，几乎一瞬间，刚刚有所提升的铭基集团形象，再次毁于一旦。铭卓和毓静得知实情后，更是惊讶不已。

当天下午，景铭基便被迫召开了新闻发布会，澄清一系列绯闻。

为了分散媒体的注意力，景铭基更是在发布会上宣布自己的儿子景铭卓和巴黎美院硕士林毓静的婚事将在近期举行。

然而，程安翔、苏忆远、张锦如以及张玉云如何肯轻易放弃这个天赐的可以让景铭基身败名裂的好机会呢？

正当铭卓与毓静将奶奶和姑妈接到流苏城，准备婚礼并派发喜帖之时，毓静却收到了忆远的一封信。正当毓静要拆开信来看时，铭卓正好推门进来。看到毓静紧张的神情，铭卓立刻猜出一定出了什么事，便问道："怎么了？哪里不舒服吗？"

毓静看了看窗外，此刻，雪花如那年冬天一样洁白绚烂地舞动在阴沉的天空。

"没有啊，可能是今天下雪的缘故，有点受凉了吧。"毓静说道。

"我看看。"铭卓温柔地看着毓静闪闪烁烁的眼神，将大大的手掌贴在毓静的额头，轻轻摩挲着说道："还好没有发烧，今天是有点冷，我一天没有提醒你多穿点，你就着凉了，如果离开我，看你还怎么生活？"

毓静看着微笑着的铭卓的脸，温柔的眼神饱含深沉的感情。她突然觉得对不起他，对自己如此好的一个男人，她怎么会忍心去伤害他呢？

"卓，我没事儿，下午我们去打雪仗吧。"毓静笑说道。我已经是铭卓的未婚妻了，所以，曾经和忆远的一切，就让它随着飞舞的雪花飘散了吧。毓静心想着，将铭卓的手握在手心里暖了暖。

"好，我也想和你一起去打雪仗呢！不过，你现在必须在暖暖的被窝里乖乖睡一觉，等你好一点我们再去，知道吗？"铭卓说道。

"嗯……知道，你也去睡一会儿吧，忙了一早上了。"毓静说着躺进了暖暖的被窝。

"嗯，乖乖睡哦。"铭卓说着亲了亲毓静的额头，帮她掖了掖被角。

看着毓静轻轻闭上眼，铭卓才出门进了自己的房间。

铭卓出门后，毓静拿出藏在被子里的那封忆远寄来的信，看着窗外纷飞的雪花，飘飘洒洒，落了一地的银白。回忆的味道静静地将自己萦绕。

玥明湖上的笑声依旧清晰地荡漾在耳际，还有忆远帮自己画的那幅《白雪皇后》，还一直珍藏在记忆深处。可是，此时此刻，却已是时光飞逝，物是人非了。

"学长，忘了我吧。明天我将会是铭卓的新娘了。所以，让我们互相祝福吧。我祝你和锦如幸福快乐，我相信，你也会祝福我的。"毓静多么渴望窗外纷飞的雪花可以将自己心中的声音传给忆远。

最终，毓静还是没有打开那封忆远寄来的不知内容的信，她更愿意让记忆永远停留在那个大雪纷飞的琉璃世界，而自己现在的心，只留给一个人，那就是铭卓。

七十五、如何在黎明之前，让往事安息

"毓静，来抓我呀！来呀……你的画笔在我这里哦……"忆远的声音清晰而响亮。

"坏学长！快点还给我！我的《白雪皇后》还没画完呢！快点还给我……"毓静的声音哀怨中饱含幸福。

玥明湖上白雪皑皑，冰冻三尺，两个灵动的身影在纷飞的

雪幕中嬉戏打闹。忽然间,毓静的脚下,瞬间裂开了一道冰缝,这冰缝又瞬间化为一尺宽的冰窟,毓静像是被一股强大的引力向下拉扯一般,跌入了深不见底的冰窟。

只觉一阵刺骨的寒气迎面扑来,仿佛整个世界都被冰封了一般,巨大的黑暗遮天蔽日的笼罩下来,不一会儿,毓静便看不到一丝光亮了。只听得冰窟外忆远的声音若有若无地飘进自己的耳膜。

……

"毓静……毓静……起床啦,该吃晚饭啦。都睡了五六个小时啦,快点起来!"

毓静张开惺忪的睡眼,眼前出现的却是一只憨态可掬的米奇娃娃。她这才恍然发觉,原来刚才发生的一切只是一场梦而已。毓静接过娃娃,笑着说道:"咔哇伊哦,你是谁呀?怎么长得这么咔哇伊哦!"

只听这娃娃也说道:"我是Mickey,我的肚肚好饿哦,毓静带我去吃饭吧。"

那可爱的娃娃音逗得毓静直想笑。

毓静抱住娃娃,铭卓的脸便从后面露了出来。

"卓,怎么这么大了还玩儿这个呀!看看你,真像个小孩子。"

"只有在你面前,我才像个小孩子嘛……"铭卓说着将手放在了毓静的额头,问道:"怎么样,好点了吗?睡了这么久,我都不忍心叫醒你。你还说要去打雪仗呢!不瞒你说,其实我也好想和你出去打雪仗,唉,只是不忍心让你受冻。你看那边……"铭卓说着拉开窗帘,指向窗外。

毓静顺着铭卓指的方向看去,只见一个可爱的足有一人多高的雪人戴着圣诞帽,向着自己笑着,眼睛笑得眯成了一条线。毓静激动不已,连鞋子都没穿就跳下床,打开了窗户。

"你看你,这怎么行?一会儿又感冒了,况且地上凉,怎么可以连鞋子都不穿就跑下来了!"铭卓说着赶忙将窗户关上。

就在铭卓转身的一刹那,毓静已吻上了他的左脸。毓静第一次这样主动地搂住铭卓的腰,说道:"卓,你真好。要是能永远和你在一起,我死也愿意。"

铭卓赶忙捂住毓静的嘴,"傻瓜,明天我就是你的男人了,你还怕我跑了不成!再不要说什么生啊死啊的,我们从此以后就要像白雪公主和王子一样幸福地生活在一起。"

……

第二天一早,雪停了,空气中散发着清新的雪花的芬芳。毓静披上婚纱,宛如白雪皇后一样洁白无瑕、冰清玉洁。

在众人的祝福声中,姑妈将毓静的手,交到了铭卓的手里。

当流苏城最大的圣路易斯大教堂的整点钟声响起的时候,庄严神圣的婚礼进行曲的旋律也随之响彻云霄。

各路媒体的目光,也完全从景铭基和张锦如身上转移到铭基集团少公子景铭卓和国际知名艺术家林毓静的大婚上来。

铭卓和毓静交换婚戒的场景浪漫而温馨。而就在主婚人宣布两人婚姻关系生效前的一瞬间,突然有人闯进教堂,口中大喊:"毓静,你不能嫁给景铭卓!"定睛一看,不错,来人正是苏忆远。

说着,忆远已紧紧拉住毓静的手,不让她接近铭卓半步。

"苏忆远,今天是毓静的婚礼,你怎么可以这样让她难堪?你究竟想要做什么?!"只听得铭卓一声怒吼,喊来了众多保安。

"学长,请你放手,我已经决定嫁给铭卓了。你不是也已经找到锦如了吗?"毓静轻声说道。

"毓静，你真的要嫁给他？我给你的信，你看过了吗？"

"学长，我们已经回不去了，所以，请你放手好吗？"

"林毓静，算我看错你了，你变了，为了这些个徒有虚名的荣华，你竟连自己的父亲是怎么死的都忘了吗？"

"什么？你说什么？什么意思？这和我的父亲有什么关系？"

"苏忆远，你不要在这里妖言惑众，毓静已经是我的新娘，你给不了她幸福，所以，放手吧。"铭卓从忆远手里握住毓静的左臂说道。

"好吧，既然说到这里，我也不怕明说，毓静，你的父亲林熙海，就是被铭卓的父亲景铭基害死的！"

"什么？你说……"毓静几乎不敢相信自己的耳朵。

"不会的，怎么可能……苏忆远，你不要血口喷人！"铭卓激动得几乎说不出话来。

"二十年前，景铭基因为看上了你的母亲李香兰，便设计迫害你父亲，直至他的箱包连锁店破产。当时一连串的事故，并不是偶然，而是景铭基一手策划的阴谋！"

"什么？"毓静听到忆远的话差点晕死过去。

姑妈听罢更是激动不已，拉着忆远问道："你说的，都是真的？"

……

婚礼的不速之客，苏忆远的说辞，让各路媒体大跌眼镜。因铭卓大婚而沉寂一时的景铭基再次被推到了舆论的风口浪尖。

……

当天晚上，景铭基便被刑事拘留，警方手里已掌握确凿的证据，证明景铭基犯有商业欺诈罪。

原来，忆远父亲的一个朋友陈浩然，很久以前已经掌握了景铭基因爱慕李香兰而不惜以商业欺诈骗得林熙海家破人亡，以实现霸占李香兰的犯罪证据。不过，只因陈浩然的家人当时被景铭基牵制而不得不忍辱负重，隐姓埋名，等待时机。碰巧当时他碰到了忆远的母亲去南方查访忆远父亲的死因，就将这一证据交给了她，并说这是忆远父亲临终前的遗嘱，非万不得已不得拆开。哪知这份有景铭基手印的交易书，竟落到了忆远手里。直到忆远成功实施了水晶花园计划，但最终铭基集团却又得到各方援助起死回生了，就在他苦于没有机会实施海洋公园计划之时，忆远才将其打开。

……

最终，景铭基在白纸黑字的证据面前不得不低下了高昂的头颅。结果，景铭基被判十年有期徒刑。

景铭基的前妻张玉云看着曾经不知对自己实施过多少次家庭暴力的仇人景铭基伏法，心里既是高兴，又是失落，高兴的是自己多年来因为张福田所受的罪，终于被老天看见了！失落的是，眼看这个曾经和自己夫妻一场的男人遭受牢狱之苦，心中不免惋惜，揭发景铭基和黑霸王勾结所犯下的那些罪恶行径的念头，最终还是打消了。"他已经得到惩罚了，不是吗？这世界上有谁没有因为生活所迫犯过一点错呢？"张玉云想着想着竟释然了，原来，张玉云自己也一直对自己曾经犯下的不可饶恕的罪行忏悔不已！

……

铭卓在得知毓静的父亲真是因为对自己有恩的养父景铭基而死，自己的养母李香兰竟是毓静的生母后，便觉已经失去了再去爱毓静的资格，将毓静交给忆远后，蓦然转身。

而毓静更是痛不欲生，左边是自己惨死的父亲，右边是世界上最爱自己的男人，这样的抉择，未免太残忍！终日以泪洗面的毓静这才发现，自己是多么在乎铭卓！没有了他，生活竟好像丢掉了全世界所有的阳光一样暗无天日。

而此时，铭卓竟收到了一年来一直在帮自己查找亲生母亲死因的杰明的消息。电话的那一头，杰明坚定的声音让铭卓既欣喜又忧伤！

"少爷，您的生母刘紫琼的死因已经查清楚了，您猜得不错，凶手正是张锦如母女！"

……

不久，铭卓便将张锦如及其母张玉云告上了法庭。原来，早在得九（铭卓）失踪前，锦如的母亲张玉云已经病入膏肓，她所患的脊髓小脑共济失调已经使得她离不开药物了！因为无钱看病，张玉云一度靠出卖身体挣钱糊口！锦如因为无钱交学费，更是曾经休学一年，在家照顾张玉云。一次偶然的机会，母女俩在新闻报道上得知，曾经治愈过几例脊髓小脑共济失调患者的德国汉堡医学院神经外科的韩博士归国发展了，并且正式担任滨海医院脑神经外科主任！锦如便带着母亲张玉云去就医，韩医生告诉她们，这个病要想去根，只得采用基因治疗法，但手术费用非常昂贵。面对高昂的医药费，一贫如洗的两个人只得打道回府，勉强用药物稳定病情。锦如一边在外打工挣钱养家，一边读高中。而正是此时，发生了得九因为锦如而失踪的事儿。得九失踪后不久，他家的房子和农用地便被滨海政府征用了，得九母亲刘紫琼得到了一笔不菲的补偿款。由于刘紫琼的儿子许得九因锦如而失踪，她便成了锦如家的常客，一来二去，锦如和张玉云便得知了刘紫琼身上有一笔不菲的财产！

当韩医生告知张玉云和锦如，如果再不实施手术的话，就可能错过最好的治疗时机，一辈子都可能成为植物人的事实时，张锦如母女便开始谋划着怎样搞到这笔对她们来说可谓天文数字的手术款。接下来的事，就显得顺理成章了。她们得知刘紫琼眼睛不好，深夜潜入刘紫琼家，趁其不备，用枕头捂其头部使其窒息而死！两人原不想要她性命，在得知她已断气后，更是吓得惊慌失措！不过锦如急中生智，用刀片割其左腕上的大动脉，制造自杀的假象！事后，她们将刘紫琼的房屋紧锁，外人无法得知屋里的境况，再加上刘紫琼所住地偏僻无人，就这样，直到尸体腐烂发臭，才有人发现了此事！而她们早已拿着邪恶的沾满血的存折乔装成刘紫琼的样子去银行取款！取得赃款后，便去滨海医院做了手术。

面对韩医生提供的当时张玉云的手术时间以及短时间内获得不菲的手术款，以及杰明在刘紫琼死亡地点的后院发现的残留的老式军用橡胶鞋印，和从张玉云搬迁后曾经居住的出租房房东李老太太那里得到的大小尺码都一模一样的军用胶鞋，还有李老太对胶鞋主人的指认，张玉云不得不承认了自己的犯罪事实，但她坚决否认这件事和自己女儿张锦如有任何关系。

最终，张玉云被判死刑！这样的噩耗让张锦如母女恨意剧增！曾经，贫穷对于两人来说就像是一把架在脖颈上的尖刀，要么选择死亡，向生活的无奈妥协；要么选择抵抗，争取自由向上的人生。然而，她们看似选择了后者，但过程却是那样残忍！用牺牲他人来成全自己，最终还是走不出通向死亡的迷途。

曾经的所有辛酸，如潮水一样将锦如母女淹没，付出了这么多，不过只是想要活着而已，然而，最终还是逃不出命运的制裁，这或许就是宿命吧。

行刑前，张玉云将一直挂在脖颈上的一把钥匙戴在了女儿锦如的脖子上，说道："如，妈要走了，以后自己好好照顾自己，妈以后想照顾你、心疼你也没有机会了。如，记住，这世界上除了自己会心疼自己以外，没有人能真正心疼你！所以，好好生活，妈泉下有知也就安心了！"

"妈……"锦如扑到张玉云怀里哽咽起来。

"好女儿，这把钥匙留着自有用处，当你需要的时候，它会有用的……"张玉云说着便被警察拉离了锦如。

"妈……我不要你走……"

张玉云眼含泪水，一步一回头地看着身后，仿佛在等一个人，眼里散发出绝望的死亡的气息。

……

眼看着母亲被押入警车奔赴刑场，锦如的泪不禁奔流而出。看着母亲留给自己的唯一遗物，一把些微生锈的圆柱状钥匙，锦如心生疑惑，这根本不像是门窗或箱包的钥匙，从来没有见过这么独特形状的钥匙。这到底是做什么的呢？

……

在经过专家鉴定后，锦如得知，这原来是一把银行储存柜的钥匙！是二十年前的那种老式储存柜钥匙，这种储存柜是银行为客户提供的私密物品储藏箱，除了拥有钥匙的人能够打开以外，所有人不得擅自打开。

这样一来，这把钥匙就勾起了锦如的兴趣，难道母亲有巨额财产留给自己吗？锦如迫不及待地顺着钥匙上的编号查到了储存柜，这是一个位于滨海的私人银行的储存柜。锦如小心翼翼地打开它，展现在眼前的，竟是一个发黄的档案袋，打开来看，竟是自己父亲张福田二十年前的旧身份证、伪造的新加坡华商

"景铭基"移民新加坡的"签证"以及和各种官员签订的合同书!

原来,在张福田转移了黑霸王食业的资金后,他便早已谋划好了移民新加坡的后路。将这所有的凭据放在自己家的一个箱子隔板夹缝里,他自以为神不知鬼不觉,却无意中被张玉云发现,后来,张玉云便将这所有的凭证转存到了花旗银行的储藏柜里。但张福田神通广大,竟再一次搞到了假的身份证、护照和签证,顺利摆脱黑霸王、忆远的父亲苏瑾瑜及当地警察的追捕,携带存有巨款的银行卡逃到了新加坡!

看着这些可以指证景铭基罪行的证据,锦如的心七上八下,不知是何滋味。

由于自己转到瑞士银行的赃款已被警方冻结,所以锦如的寰宇广告设计公司也面临资金枯竭的危险,再加上舆论的打击,她已经处于破产的边缘。

无奈只得向景铭基伸手要钱。当锦如踏进关押景铭基的监狱,以探视为借口提出此事时,景铭基竟告知锦如,他的所有财产,早在自己入狱不久便被铭卓夺取了。锦如只得打道回府。

但不久后,锦如便在律师事务所得知了景铭基已将所有财产留给了自己的小女儿铭甜、养子铭卓和现任妻子李香兰!锦如的心彻底地凉到冰点!既然你已经不把我当作女儿,我也不会再顾及父女之情!

结果可想而知,锦如竟将手头的所有证据交给了和景铭基有着不共戴天之仇的苏忆远!景铭基再次被告上法庭!在确凿的证据面前,景铭基不得不以生命来偿还自己曾经犯下的罪过。

七十六、大雪无痕

那年，流苏城的冬季，显得格外漫长。雪花缓缓地落着，仿佛想要覆盖所有不为人知的阴暗和丑陋。

终于，景铭基和前妻张玉云双双被判死刑的消息传开之后，成为这个寒冷冬天唯一一个传得火热的话题。

《血泪铸就的海市蜃楼——铭基集团董事长不为人知的发家史》、《景铭基为李香兰亵渎法律残害人夫》、《抛妻弃女为哪般？英雄难过美人关》……这一篇篇文稿和帖子瞬间红遍网络，铭卓和毓静婚礼现场的视频也被人传到网上！可谓一石激起千层浪。铭基集团的很多投资商原是看在毓静救夫心切和铭卓为人诚恳的份上才拉了资金断裂的景铭基一把，但此事一出，很多投资商便直接撤销了对铭基集团的投资。

这样一来，铭基集团再次陷入破产的危机！狱中等死的景铭基，此刻可谓万念俱灰，却也无可奈何。只能将所有的罪责归在苏忆远身上，若不是苏忆远这个王八蛋状告自己，自己也不会落得身败名裂、名誉扫地，还搭上一条性命！铭基集团也不会有如此下场！景铭基越想越不是滋味！每当铭卓前来探视他时，他便提出要杀掉忆远，为铭基集团报仇的要求，但懂得是非曲直的铭卓怎么也不肯答应他，最终，景铭基撤销了铭卓对铭基集团的继承权！

景铭基说道："既然你不听我的，我的钱，你一分也别想拿到！"

"父亲,我来看你,并不是因为你的钱,而是对你养育之恩的感念!我亲生母亲已经死了,要是没有你,也不会有今天的我!父亲,即使你有千般不是,但在儿子心中,你永远是我的父亲!"

……

铭卓的一番话让景铭基感动不已,但想想自己这么多年来的辛苦才积累下来的事业和地位,终将毁于苏忆远手里,景铭基依然不依不饶,说道:"如果你不肯答应实施我的复仇计划,就不要再叫我父亲!"说罢拂袖而去。

此时,远在新西兰留学的铭甜终于学成归国。她带着憧憬和喜悦的心情回到家后,却发现早已物是人非、家不成家!

原来,李香兰在得知了自己曾经幸福的家竟是被景铭基一手毁灭的,而原因却是想要得到自己!悔恨将仇人当作亲人!前夫林熙海的死,竟是自己一手造成的!原本身体虚弱多病的李香兰,更是一病不起,一直躺在医院的重症监护室里。

在铭甜前去探监时,景铭基却向她隐瞒了实情,说自己是被苏忆远冤枉的!苏忆远是铭基集团的"商业对手",潜伏在铭基集团就是要找机会害死自己!铭甜信以为真,她从来都不相信自己一直敬仰的父亲会做出此种龌龊之事!随后,景铭基竟将一封密信托铭甜寄给锦如,表示了自己对亲生女儿锦如的悔过和歉疚之情,更是说自己会将所有财产都留给锦如,只要她答应自己一个条件。殊不知,这封信竟预示着更为惨烈的结果!

原来,景铭基早已察觉自己被判死刑的证据是锦如交给忆远的,原本还顾及父女之情的景铭基,此刻已丧失了理智,临死之前的最后一个愿望就是想眼看着陷害自己的苏忆远和张锦如为自己陪葬！在规劝铭卓不成的情况下，景铭基便想出了让锦如将忆远铲除，再将锦如杀死忆远的证据移交警察的主意。

锦如看着景铭基的亲笔信和一包毒性极强的无解毒药，心中盘算着景铭基的财产，就算铭基集团破产被拍卖甚至被收购，最终的财产也不会低于五个亿。不如现在假装答应他，做做样子给他看。一个行将就木的老头子还不好骗吗？然而，锦如的小算盘打得太早了，景铭基早已安排好了！

小年夜那天，雪依旧飘飘洒洒，繁盛了整个苍穹，流苏城的大街小巷处处洋溢着节日的欢快氛围。

不错，又到了忆远和铭卓的生日，然而，年年岁岁花相似，岁岁年年人不同，仿佛昨天还在一起吟诗作赋的铭卓，已经消失在茫茫人海，不知去向。

……

锦如约好忆远去庆生，在忆远到来之前，锦如已将一包可以使人瞬间失去呼吸的产自美国的粉状抑制激素类化学提取物盐酸氟西汀放入了摆放在桌面上的柠檬水里，这种药微毒，但用量过大会致人瞬间失去意识和呼吸衰竭，但要是抢救及时，命还是可以保住的。锦如心想着，只等着忆远喝下那杯水，就可以轻松骗过景铭基的眼线！

但让锦如始料未及的是，忆远并不是一个人前来赴约，他的身旁竟站着另外一个人，不错，那就是毓静！毓静看起来憔悴了许多，即使面对忆远殷勤热切的关怀，毓静依然显得愁云密布，眉头紧锁。

锦如看着忆远对毓静的眼神中流露出从未有过的怜惜和爱意，这是她从未在忆远那里得到过的，心中不免泛起一阵酸意！

就在锦如将那杯装有微毒性药物的柠檬水递给忆远而将一

杯温热的咖啡递给毓静的时候,原本应该倒下的忆远却和毓静调换了杯子!

"毓静,你身体不好,不要喝太多咖啡,我这杯柠檬水给你吧。"

毓静接过水,正要喝时,却被锦如的一声"等一下"吓着了!

"这杯水有点凉了,我再让服务员重新倒一杯吧。"锦如轻声说着,眼神中充满关爱。

说着锦如便叫了服务员。

"不用了,也不太凉,就是一杯温水,不用麻烦了。"毓静说着已喝了下去!

锦如看着毓静喝下那杯水后,惊慌得不知所措!

不一会儿,毓静便倒下并失去了呼吸!

……

餐厅因为突如其来的"事故"乱作一团。面对忆远近乎疯狂的呼喊声,整个餐厅充满了恐怖和死亡的气息。

"张锦如,你到底给她喝了什么?"忆远的声音让人胆战心惊。

突然间,人群中出现了一个身材魁梧高大的黑衣人,手中的德式手枪闪着寒冷的光。

正要开枪之时,忆远一把握住那人手上的枪,用手指别住扳机,那人便无法扣动扳机。

此刻,餐厅里已经乱作一团,人们早已吓得四散开去!

就在这危急时刻,那人竟从腰间拔出一把闪亮的尖刀砍了过来!忆远一手将枪支打落在地,一手握住了刀柄!只见那人抽身一跃,竟到了毓静身旁,忆远一声怒吼,便冲了上去!在保护毓静不被黑衣人伤害时不幸身中数刀!但忆远并无颓丧之势,而是趁黑衣人不备,捡起落在地上的手枪,指向那人说道:"为什么要出此毒手?我们和你无冤无仇!说!是谁派你来的?"而就在此时,忆远看到毓静的嘴角渗出一丝血渍,怒吼一声:"滚!"便抱起毓静,向门外走去。

忆远的血滴落在苍白的雪地上,瞬间开出一朵殷红的花蕾。

"毓静,你挺住!一定要等我!"忆远抱着毓静狂奔在大雪纷飞的苍茫的街头。

"救人啊!"忆远向着远处的车辆挥着手。

此刻,游丝若离的毓静微微睁开眼,看着忆远苍白的脸。一滴滚烫的泪滴落在忆远脚下殷红的雪地上。

"毓静!你没事了,等一下医生就来了!一定要挺住啊!"

不久,忆远便听到"嘟嘟嘟"的警车声,当两人被抬上急救车后,忆远便陷入了深度的昏迷!而此刻的毓静意识却越来越清晰。看着浑身血流不止的忆远,毓静忍不住哽咽起来。毓静在心中默念:"学长,一定要坚持,毓静的心,从来都没有离开过学长!所以,学长一定要好起来!"不久,毓静便失去了生命迹象。

......

天色缓缓地暗下来,雪依旧纷纷扬扬地下着,默默地覆盖了一切,任天一点一点黑成夜。

终于,在黎明到来之前,毓静经过电击心脏、辅助呼吸和洗胃后捡得了一条性命,而忆远却因失血过多休克而死。

医生在毓静的胃里,发现了残留的可致人瞬间丧失呼吸的盐酸氟西汀,还好抢救及时,要不然,毓静的一条命也没了。

毓静的泪打湿了忆远苍白的脸。

第二天,雪愈发大了。仿佛倾诉着什么,毓静拔下自己身上的输液针,赶往警局向警察叙述自己当时和锦如、忆远一起庆生以及自己如何中毒丧失意识的过程。

警察在案发现场的玻璃杯里发现了和毓静所中毒一样成分的化学物质。这种烃类的有机化合物毒性微弱却发作得极快,可使人在几秒内瞬间丧失呼吸能力,如果不及时抢救的话,患者可能因为呼吸衰竭而死。

在该玻璃杯上同时发现了张锦如、林毓静以及已故的苏忆远的指纹。而且,警察竟同时收到了将要被执行死刑的景铭基的一份物证,是自己将铭基集团的财产继承权移交给锦如时所签订的一份协议和锦如雇凶杀害苏忆远的凭证。

锦如最终成为忆远死亡的最大嫌疑人。

然而,就在锦如被认定为杀害忆远的凶手,即将宣判死刑之时,锦如用高价聘请的曾经帮自己打赢过水晶花园官司的陈泽昱律师竟发现那份被认定为锦如亲笔的"雇凶杀人凭证"竟是景铭基伪造的!他将那份"财产继承协议"上的签名挪到了"雇凶杀人书"上签名档的位置。再用化学物质将其黏合,两张纸张的签名撕痕的吻合度达到百分之九十!专家称,这种处理方法是仿制名家画作艺术品时常用的伎俩。

在陈律师的证词下,法官判张锦如无罪并当庭释放。而一旁旁听的毓静却为忆远的死深深地愧疚和惋惜。

后来,杀死忆远的黑衣人终于被抓获,他承认了自己的犯罪事实,并交代了自己曾经受人之恩,自己的命是景铭基救的,不属于自己而属于景铭基!而且,自己一家老小都靠景铭基过活,所以对景铭基的话,他是言听计从!那次从乡下赶来,目的就是杀死苏忆远!

……

最终，锦如如愿继承了铭基集团被拍卖后留下来的六亿遗产，成为流苏城最年轻的第一女富豪！

铭基集团原先的继承人景铭卓和铭甜在景铭基去世之后便一直在医院照顾病危的母亲李香兰，在李香兰病愈回家之后，母子三人竟被锦如从原来的豪宅里强行赶了出来！因为锦如手中握有景铭基全部的财产继承权！

三人被赶出来不久，李香兰便旧病复发，撒手人寰！毓静在得知这一噩耗后也是悲痛不已，恨由心生！帮助铭卓、铭甜料理完母亲后事后，便不辞而别，搭乘开往南方的火车南下了。

一路北望，无尽的凄凉。

……

一年后，毓静重返流苏城，在逝去的母亲和忆远的墓碑前献上一捧矢车菊时，竟看到铭卓献上的花束和一封给自己的信。

"静，我可以远远地看着你，看到你长发随风飘舞的侧脸，仿佛还是曾经在云雾岛时的样子。你过得好吗？我不想在你眼中看到任何忧伤的痕迹，所以，不忍心走近你。如果还有恨，让它随着山野的风飘散吧；如果有爱，向着明天微笑吧。

"对了，还有一件事情要告诉你，锦如病了，而且已经几乎成为植物人了。她遗传了她母亲的脊髓小脑共济失调，并且世界唯一掌握了对这类疾病基因治疗法的韩医生因突发性心脏病倒在了手术台上，所以，锦如的病已经无药可医了。如果忘了恨，就去看看她吧，她已经对曾经忏悔了，并说在有生之年想当面对你说对不起。"

毓静看完信在墓地四下寻找铭卓，却只看到郁郁葱葱的松柏如守墓人一样坚挺地直立着。

离开墓地后，毓静便按照铭卓提供的地址找到了锦如，将一束锦如喜欢的蓝色妖姬递给她时，毓静惊呆了！看到锦如口眼歪斜、只能靠轮椅度日的样子，毓静几乎不敢承认这就是锦如！

"毓……静……你……来……了……"锦如一字一顿地说道。

"嗯……蓝色妖姬，你曾经最喜欢的！"毓静不自然地笑道。

"你……还记……得……"锦如歪斜的眼弯成了一弯月亮。

……